16	3	2	13
5	10	11	8
9	6	7	12
4	15	14	1

William Shakespeare

REI LEAR

Edição bilíngue

Tradução, posfácio e notas
Rodrigo Lacerda

editora 34

EDITORA 34

Editora 34 Ltda.
Rua Hungria, 592 Jardim Europa CEP 01455-000
São Paulo - SP Brasil Tel/Fax (11) 3811-6777 www.editora34.com.br

Copyright © Editora 34 Ltda., 2022
Tradução, posfácio e notas © Rodrigo Lacerda, 2022

A FOTOCÓPIA DE QUALQUER FOLHA DESTE LIVRO É ILEGAL E CONFIGURA UMA
APROPRIAÇÃO INDEVIDA DOS DIREITOS INTELECTUAIS E PATRIMONIAIS DO AUTOR.

Imagem da capa:
Detalhe da primeira página do Rei Lear, *de William Shakespeare,
Londres, William Jaggard, 1619*

Capa, projeto gráfico e editoração eletrônica:
Franciosi & Malta Produção Gráfica

Revisão:
Alberto Martins
Beatriz de Freitas Moreira

1ª Edição - 2022

CIP - Brasil. Catalogação-na-Fonte
(Sindicato Nacional dos Editores de Livros, RJ, Brasil)

Shakespeare, William (1564-1616)
S411r   Rei Lear / William Shakespeare;
        edição bilíngue; tradução, posfácio e notas de
        Rodrigo Lacerda — São Paulo: Editora 34, 2022
        (1ª Edição).
        448 p.

        ISBN 978-65-5525-134-0

        Tradução de: King Lear

               1. Teatro inglês. I. Lacerda, Rodrigo.
        II. Título.

CDD - 822

REI LEAR

Nota do tradutor 7

REI LEAR
Lista de personagens 17
Ato I 19
    Cena 1, 19; Cena 2, 49; Cena 3, 67; Cena 4, 71;
    Cena 5, 105
Ato II 113
    Cena 1, 113; Cena 2, 127; Cena 3, 147; Cena 4, 151
Ato III 183
    Cena 1, 183; Cena 2, 189; Cena 3, 197; Cena 4, 201;
    Cena 5, 221; Cena 6, 225; Cena 7, 237
Ato IV 253
    Cena 1, 253; Cena 2, 263; Cena 3, 275; Cena 4, 283;
    Cena 5, 287; Cena 6, 293; Cena 7, 325
Ato V 337
    Cena 1, 337; Cena 2, 347; Cena 3, 351

Posfácio, *Rodrigo Lacerda* 391

Sobre o autor 445
Sobre o tradutor 447

Nota do tradutor

O *Rei Lear* de Shakespeare foi escrito entre 1603 e 1606. Sua primeira encenação ocorreu, segundo os registros da época, em 26 de dezembro de 1606. Existem três edições-base da peça: o Primeiro Quarto, de 1608, o Segundo Quarto, de 1619, e o Fólio, de 1623. Da primeira para a terceira, mais de trezentas linhas foram eliminadas, algo em torno de cem novas acrescentadas, e são perceptíveis ainda pequenas diferenças em todo o texto. As circunstâncias de produção tanto dos Quartos quanto do Fólio são duvidosas. O autor dos cortes, acréscimos e ajustes pode ter sido o próprio Shakespeare, que se retirou da vida teatral por volta de 1611 e morreu em 1616, mas não há certeza disso. O texto mais corrente, usado aqui e na maioria dos casos, segue a edição de 1623, porém reincorpora muitas das linhas nela cortadas. Tal conduta, já tradicional, mas que gera pequenas variações de edição para edição, visa corrigir erros flagrantes do Fólio, manter em circulação o material omitido, porém pertinente, e substituir certos trechos considerados esteticamente inferiores às versões encontradas nos Quartos.

A presente tradução apoiou-se em duas edições de *Rei Lear*, ambas editadas e anotadas por importantes estudiosos de literatura renascentista e da obra de Shakespeare: a do escocês G. K. Hunter (1920-2008), da coleção New Penguin Classics, e a do norte-americano Russell Fraser (1928-2014), da coleção Signet Classics.[1]

Como em outras peças de Shakespeare, os textos originais de *Rei Lear* alternam trechos em verso e trechos em prosa. Das quatro tradu-

---

[1] G. K. Hunter (org.), *King Lear*, Harmondsworth, Penguin Books, 1987; Russell Fraser (org.), *The Tragedy of King Lear*, Nova York/Ontario, New American Library/Penguin, Signet Classics, 1986.

ções com as quais cotejei este trabalho — a da crítica e professora de teatro Barbara Heliodora, a do multiartista Millôr Fernandes, a do médico e tradutor Carlos Alberto Nunes e a do professor de literatura inglesa Lawrence Flores[2] —, a de Carlos Alberto Nunes opta por colocar em verso mesmo os trechos em prosa, as de Barbara Heliodora e Lawrence Flores seguem a oscilação original e a de Millôr Fernandes usa a prosa todo o tempo.

Optei por respeitar a oscilação entre prosa e verso. Ainda que as edições originais, fontes de todas as outras, possuam diferenças inclusive neste aspecto (como em tantos mais), ou que eventualmente a prosa possa sugerir um trecho inacabado, sem a última fase do processo criativo de Shakespeare, na qual o conteúdo da fala era posto em verso, ou ainda que eventuais transcrições de memória possam ter deturpado o original, ou, por fim, que um editor tenha interpretado erroneamente a diagramação nas versões setecentistas, sigo aqueles que acreditam em motivos específicos, de ordem dramática, para esta alternância.

Não é uma ciência exata, e nem sempre a causa é patente, mas se o personagem está bêbado ou louco, ou se é cômico além de uma certa medida, ou vem de uma condição social muito baixa, sem dominar a língua culta, se há uma mudança abrupta no clima da cena, ou entre uma cena e outra, assim como nos momentos em que um ou mais personagens são especialmente maus, como se tanta maldade desorganizasse o ritmo do mundo, as falas tendem a ser em prosa. Shakespeare indica assim alguma forma de "descontrole" do discurso. Por outro lado, se o personagem é sábio, nobre, cortesão ou bajulador, ou se está apenas em perfeito domínio de suas faculdades mentais, ele em geral fala em verso. Uma ressalva a se fazer é que a importância de determinada fala no arco dramático da peça costuma anular todos os critérios esboçados acima. A cena da tempestade, em *Rei Lear*, é o melhor

---

[2] Barbara Heliodora, *Rei Lear*, Rio de Janeiro, Lacerda Editores, 1998; Millôr Fernandes, *Rei Lear*, Porto Alegre, L&PM, 1997; Carlos Alberto Nunes, *Shakespeare, teatro completo: tragédias*, Rio de Janeiro, Agir, 2008; Lawrence Flores, *Rei Lear*, São Paulo, Penguin/Companhia das Letras, 2020.

exemplo disso, pois nela o rei está louco, ou pelo menos delirante, devendo por isso falar em prosa, mas se exprime em verso.

Entender o que há por trás da variação da prosa para o verso, ou vice-versa, é fonte, ainda que incerta, de muita informação sobre os personagens e as situações que vivem. Se não tão útil para o ator, o encenador e o espectador do nosso tempo, mais habituados ao naturalismo interpretativo do que à declamação, para o leitor essa alternância ainda funciona.

Outra oscilação constante à qual fiquei atento é entre o "tu" (*thou*) e o "vós" (*you*). Os motivos destes pronomes de tratamento variarem também são inúmeros. O "tu" é informal, ou carinhoso (como entre Lear e o Bobo), mas de acordo com a situação pode demonstrar também superioridade, desprezo, raiva e insubordinação. O uso do "vós" evidencia uma linguagem formal, a boa educação, o sentimento elevado, ou a subordinação e a humildade. Tais variações também ajudam a compor, e a transmitir, o perfil e o estado de espírito dos personagens. Acatei-as quando pareciam ser significativas. Entre outras, algumas situações em que não obedeci a este critério dizem respeito às diferentes identidades assumidas pelo personagem de Edgar. Nas três primeiras cenas em que encarna o Pobre Tom, optei por usar "você" em vez de "tu", as contrações "pra" e "pro", em vez de "para a" e "para o", e, por exemplo, "o mingau dele", em vez de "o seu mingau".[3] Já no momento do combate com Oswald, quando Edgar assume um sotaque ainda mais distante da norma culta, acompanhei a variação. Também no Ato II, Cena 2, durante a troca de ofensas entre Kent e Oswald, preferi manter o uso do "tu", por ser mais condizente com a ação, pelo menos aos olhos dos leitores de hoje.

---

[3] Há duas justificativas para esta opção. A primeira é que, ao assumir o disfarce de Pobre Tom, Edgar mostra-se seminu, desgrenhado, enlameado e aparentemente louco; faz sentido, portanto, que não se expresse com a mesma correção dos demais personagens. A segunda, porém, é ainda menos subjetiva: quando Pobre Tom recebe roupas de camponês e torna-se o guia do pai, este menciona explicitamente que seu discurso tornou-se mais culto: "[...] e agora falas/ Com fraseado e conteúdo melhores que antes" (IV, 6, 7-8). Alguma diferenciação parece necessária, portanto, embora pouco aparente no texto original.

No que se refere à conversão para o português do pentâmetro iâmbico, o metro empregado por Shakespeare, optei por não utilizar o decassílabo ou qualquer métrica fixa, e sim o verso livre. Ainda que tenha perdido a batida rigorosa, busquei preservar a sensação de ritmo e o potencial para a leitura em voz alta, ao mesmo tempo que usei a liberdade no verso para tentar seguir mais de perto seu conteúdo — apesar da dose inevitável de "traição", por questões de sonoridade, fluência ou ritmo —, e, sob outros ângulos, até mesmo sua forma. Graças a essa liberdade, não foi preciso recorrer a torções sintáticas muitas vezes inexistentes no original, ou a palavras que, se muito preciosas, destoariam da maneira com que determinados personagens se expressam, além de serem estranhas ao leitor, ou ainda a junções de palavras por meio do apóstrofe, inadequadas ao tom geral desta tradução.

O uso do verso livre, sem dúvida, ajudou na busca de rimas para os momentos em que Shakespeare faz uso delas — em geral para marcar o fim da cena, ou para destacar a importância, a solenidade ou a emoção de determinada fala, e, claro, nas canções. Um último ganho importante do verso livre foi ele ter permitido maior adesão ao repertório vocabular que constrói as grandes correntes de significados ao longo da peça.[4] Com a quantidade de sílabas deixando de ser o critério decisivo na escolha das palavras de cada verso, foi possível maior fidelidade neste e em outros aspectos mais relevantes para se identificar os temas sendo desdobrados, para se compreender a psicologia e a forma de expressão dos personagens, bem como para preservar a delicada trama de significados e ecos tecida por Shakespeare.

A numeração das linhas, em verso ou prosa, é a mesma para o original inglês e para a tradução. A ela obedecem todas as remissões, tanto nas (poucas) notas ao texto da peça quanto no posfácio. No caso de versos cujo número de sílabas no original se completa pela soma de duas ou três linhas, seguimos o procedimento usual de contá-los como apenas uma linha, identificando-os com uma defesa de parágrafo maior.

---

[4] Sobre estas correntes, ver a seção "Eu tropecei enquanto enxergava", no posfácio a este volume (pp. 433-43).

Uma instância em que definitivamente tomei liberdades foram as rubricas. Aquelas contidas nos Quartos e no Fólio parecem insuficientes à leitura, e é natural que os editores acrescentem algumas. Todos fazem, cada um do seu jeito, a "direção de cena". No meu caso, procurei fazê-la de modo que a interação entre os personagens ficasse tão nítida para o leitor quanto para o espectador no teatro. Combinei as rubricas das edições-base e acrescentei outras nelas inexistentes: quando um bloco de diálogo se inicia, algumas vezes indiquei o destinatário da primeira fala; quando a mesma fala dirige-se em parte a um personagem e em parte a outro, apontei esse redirecionamento. Acrescentei ainda às rubricas informações que me pareceram úteis para o leitor, de novo por ele não estar diante da cena montada.

Quando as rubricas das duas edições usadas para esta tradução apresentaram discrepâncias — por exemplo, na distribuição de certas falas entre personagens secundários —, optei pela que me pareceu mais coerente com o que está sendo dito. Quando havia alguma diferença relacionada à entrada e saída de personagens em cena, segui a edição que mais atendia ao princípio de criar, no papel, a compreensão imediata da situação. Se algum personagem saía e depois, sem que seu retorno à cena estivesse indicado, falava novamente, ou se não tinha a saída indicada, fiz os pequenos ajustes devidos. A simples comparação com as rubricas do texto em inglês ao lado será suficiente para o leitor saber onde intervim. No que se refere às falas dos personagens, quando uma das edições-base possuía fala ausente na outra, preferi pecar pelo excesso.[5]

As rubricas do texto em inglês aqui reproduzido, por sua vez, seguem a edição de Russell Fraser. São compostas das rubricas existentes no Fólio de 1623, base para seu trabalho de edição, e entre colchetes

---

[5] Exemplos dessas divergências em rubricas e falas ocorrem no Ato IV, Cena 7, na qual certas falas que pertencem ao médico na edição de G. K. Hunter, na edição de Russell Fraser pertencem ao fidalgo, e vice-versa; no Ato V, Cena 3, no que diz respeito à entrada do arauto em cena; e novamente no Ato V, Cena 3, pois a ordem dada por Edmund ao arauto para que soem as trombetas só existe em uma das edições.

as que ele achou por bem acrescentar.[6] Sem o espelhamento perfeito entre as rubricas do texto em português e as do inglês, o leitor interessado ganha, além da minha, duas outras direções de cena possíveis: a de uma edição canônica e outra mais recente, de um ótimo especialista.

Editores, demais tradutores, atores, diretores de teatro ou cinema, forçosamente precisam fazer escolhas ao tratar o texto shakespeariano. Numa peça cujas edições originais possuem tão profundas divergências, cujas circunstâncias de publicação estão cercadas de tamanha incerteza, e sabendo que as companhias teatrais da época podiam muito bem ter mais de uma versão dos itens em seu repertório, eliminando, portanto, a ideia de uma única fonte autêntica, o esforço de ser fiel ao original, embora sempre presente, não deve se sobrepor àquele de transmitir seu tom e teor de maneira eficaz. Uma interferência equilibrada pode ajudar, eliminando inconsistências, corrigindo pequenos, mas óbvios, equívocos, e sem perder de vista, além da letra, o espírito do texto.

Agradeço a José Roberto O'Shea, Fernanda Medeiros e Liana Leão, amigos e profundos conhecedores da obra de Shakespeare, por suas leituras, correções e sugestões.

Rodrigo Lacerda

---

[6] Russell Fraser (org.), *The Tragedy of King Lear*, *op. cit.*, "Textual Note", pp. 182-9.

Esta tradução é dedicada a Barbara Heliodora e André Telles

KING LEAR

REI LEAR

Dramatis personae

LEAR, King of Britain
GONERIL, eldest daughter to Lear
REGAN, second daughter to Lear
CORDELIA, youngest daughter to Lear
Duke of ALBANY, married to Goneril
Duke of CORNWALL, married to Regan
KING OF FRANCE
Duke of BURGUNDY
Earl of GLOUCESTER
EDGAR, elder son to Gloucester
EDMUND, younger bastard son to Gloucester
Earl of KENT
FOOL
OSWALD, steward to Goneril
CURAN, a Courtier
OLD MAN, Tenant to Gloucester
DOCTOR
An Officer employed by Edmund
Gentleman, attendant on Cordelia
A Herald
Servants to Cornwall
Knights attending on the King, Officers, Messengers, Soldiers and Attendants

Scene: Britain

Lista de personagens

LEAR, Rei da Bretanha
GONERIL, filha mais velha de Lear
REGAN, segunda filha de Lear
CORDELIA, filha mais nova de Lear
Duque de ALBANY, marido de Goneril
Duque de CORNWALL, marido de Regan
REI DA FRANÇA
Duque da BORGONHA
Conde de GLOUCESTER
EDGAR, filho mais velho de Gloucester
EDMUND, filho bastardo e mais novo de Gloucester
Conde de KENT
O BOBO
OSWALD, administrador de Goneril
CURAN, um cortesão
Um VELHO, arrendatário de Gloucester
Um MÉDICO
Capitão, a serviço de Edmund
Um Fidalgo, a serviço de Cordelia
Um Arauto
Criados de Cornwall
Cavaleiros do séquito do Rei, Oficiais, Mensageiros, Soldados e Criados

Cena: Bretanha

Act I, Scene 1

[*King Lear's palace.*] *Enter Kent, Gloucester and Edmund.*

KENT
I thought the King had more affected the Duke of Albany than Cornwall.

GLOUCESTER
It did always seem so to us; but now, in the division of the kingdom, it appears not which of the Dukes he values most, for equalities are so weighed that curiosity in neither can make choice of either's moiety.

KENT
Is not this your son, my lord?

GLOUCESTER
His breeding, sir, hath been at my charge. I have so often blushed to acknowledge him that now I am brazed to't.

KENT
I cannot conceive you.

GLOUCESTER
Sir, this young fellow's mother could; whereupon she grew round-wombed, and had indeed, sir, a son for her cradle ere she had a husband for her bed. Do you smell a fault?

Ato I, Cena 1

[*No palácio real; entram Kent, Gloucester e Edmund.*]

KENT
Eu supunha que o rei preferisse o duque de Albany ao de Cornwall.

GLOUCESTER
Foi o que sempre nos pareceu. Porém, agora, na partilha do reino, não está claro a qual deles o rei preza mais. As igualdades foram tão balanceadas que a verificação de um não tem como preferir a parte do outro.

KENT
Este não é vosso filho, milorde?

GLOUCESTER
Sua criação, senhor, ficou a meu encargo. Corei tantas vezes ao admiti-lo que agora estou calejado.

KENT
Não posso conceber o que dizeis.

GLOUCESTER
A mãe do rapaz concebeu, senhor, quando então ficou com a barriga redonda e, na verdade, teve um filho para o berço antes de ter um marido para a cama. Sentis o rastro do erro?

KENT
I cannot wish the fault undone, the issue of it being so proper. 15

GLOUCESTER
But I have a son, sir, by order of law, some year elder than this, who yet is no dearer in my account: though this knave came something saucily to the world before he was sent for, yet was his mother fair; there was good sport at his making, and the whoreson must be acknowledged. Do you know this noble gentleman, Edmund? 20

EDMUND
No, my lord.

GLOUCESTER
My Lord of Kent. Remember him hereafter as my honorable friend.

EDMUND
My services to your lordship.

KENT
I must love you, and sue to know you better. 25

EDMUND
Sir, I shall study deserving.

GLOUCESTER
He hath been out nine years, and away he shall again. The King is coming.

Sound a sennet. Enter one bearing a coronet, then King Lear, then the Dukes of Cornwall and Albany, next Goneril, Regan, Cordelia and Attendants.

KENT
Eu não voltaria atrás em tal erro, se quem dele resultou possui tão boa figura.

GLOUCESTER
Mas tenho um filho, senhor, registrado na lei, cerca de um ano mais velho, que, no entanto, não me é mais querido. Este garoto aqui veio ao mundo com malícia, antes que o mandassem buscar, porém sua mãe era bonita, fazê-lo foi bom divertimento e o bastardo deve ser reconhecido. Sabeis quem é este nobre cavaleiro, Edmund?

EDMUND
Não, meu senhor.

GLOUCESTER
Milorde de Kent. Lembrai dele, daqui por diante; é meu honrado amigo.

EDMUND
Ao vosso dispor, milorde.

KENT
Tendes a minha estima; espero conhecer-vos melhor.

EDMUND
Procurarei merecê-lo, senhor.

GLOUCESTER
Ele morou no estrangeiro por nove anos e partirá de novo. Aí vem o rei.

[*Soam trombetas; entra um criado, carregando uma pequena coroa, depois vêm o rei Lear, Albany, Goneril, Cornwall, Regan, Cordelia e séquito.*]

LEAR
Attend the lords of France and Burgundy, Gloucester.

GLOUCESTER
I shall, my lord.

Exit [with Edmund].

LEAR
Meantime we shall express our darker purpose.
Give me the map there. Know that we have divided
In three our kingdom: and 'tis our fast intent
To shake all cares and business from our age,
Conferring them on younger strengths, while we
Unburthened crawl toward death. Our son of Cornwall,
And you our no less loving son of Albany,
We have this hour a constant will to publish
Our daughters' several dowers, that future strife
May be prevented now. The princes, France and Burgundy,
Great rivals in our youngest daughter's love,
Long in our court have made their amorous sojourn,
And here are to be answered. Tell me, my daughters
— Since now we will divest us both of rule,
Interest of territory, cares of state —,
Which of you shall we say doth love us most,
That we our largest bounty may extend
Where nature doth with merit challenge. Goneril
Our eldest born, speak first.

GONERIL
Sir, I love you more than word can wield the matter;
Dearer than eyesight, space, and liberty;
Beyond what can be valued, rich or rare;
No less than life, with grace, health, beauty, honor;
As much as child e'er loved, or father found;

LEAR
Buscai os lordes da França e da Borgonha, Gloucester.

GLOUCESTER
Sim, meu senhor.

[*Saem Gloucester e Edmund.*]

LEAR
Neste meio-tempo, anunciaremos um mais grave desígnio.
Trazei daí o mapa. Sabei que dividimos
Em três partes o nosso reino; estamos determinados a,
Na velhice, livrarmo-nos das preocupações e dos negócios,
Conferindo-os a forças mais jovens, enquanto nós,
Menos carregados, rastejamos para a morte.
Filho Cornwall, e não menos amoroso filho Albany,
Temos hoje a firme intenção de tornar público
Os dotes de nossas filhas; que lutas futuras
Sejam evitadas agora. Os príncipes da França e da Borgonha,
Grandes rivais pelo amor de nossa filha mais jovem,
Passaram entre nós a longa fase do cortejo,
E aqui devem ser respondidos. Falai, minhas filhas —
Já que vamos nos despojar da autoridade,
Da posse das terras e das preocupações de Estado —,
Qual das três poderemos dizer que mais nos ama,
Para a ela estendermos nosso dote mais amplo,
Que a natureza pleiteia por merecimento?
Goneril, a mais velha, fala primeiro.

GONERIL
Senhor, a matéria do meu amor não é forjada em palavras;
É mais preciosa que a visão, o espaço e a liberdade,
Ultrapassa o que pode ser medido, rico ou raro,
Como o amor que sinto pela vida, com graça, saúde, beleza e honra;
Tanto quanto uma filha jamais amou ou foi amado um pai,

A love that makes breath poor, and speech unable: 55
Beyond all manner of so much I love you.

CORDELIA [*Aside*]
What shall Cordelia speak? Love, and be silent.

LEAR
Of all these bounds, even from this line to this,
With shadowy forests and with champains riched,
With plenteous rivers and wide-skirted meads, 60
We make thee lady. To thine and Albany's issues
Be this perpetual. What says our second daughter,
Our dearest Regan, wife of Cornwall? Speak.

REGAN
Sir, I am made of the self mettle as my sister,
And prize me at her worth. In my true heart 65
I find she names my very deed of love;
Only she comes too short, that I profess
Myself an enemy to all other joys
Which the most precious square of sense possesses,
And find I am alone felicitate 70
In your dear highness' love.

CORDELIA [*Aside*]
                    Then poor Cordelia,
And yet not so; since, I am sure, my love's
More ponderous than my tongue.

LEAR
To thee and thine hereditary ever
Remain this ample third of our fair kingdom; 75
No less in space, validity, and pleasure
Than that conferred on Goneril. Now, our joy,
Although the last and least; to whose young love
The vines of France and milk of Burgundy

É um amor que me tira o fôlego e o dom da oratória,
Pois, além de toda a medida, eu amo a vós.

CORDELIA [*à parte*]
O que dirá Cordelia? Ama, e cala.

LEAR [*para Goneril*]
De tudo aqui, entre estas duas linhas,
Com florestas sombreadas e planícies férteis,
Com rios caudalosos e abertos campos verdejantes,
Fazemos-te senhora. Aos filhos teus e de Albany,
Isto deve se perpetuar. E o que diz nossa segunda filha,
A querida Regan, esposa de Cornwall? Fala.

REGAN
Sou feita do mesmo metal que minha irmã,
Podeis avaliar-me pelo seu valor. Em meu fiel coração,
Sinto que ela recitou a escritura do meu amor;
Mas ainda ficou devendo, pois eu me declaro
Inimiga de todas as outras formas de alegria,
Avalizadas pelo mais precioso bom senso,
E descubro que minha única satisfação
Reside no amor de Vossa Majestade.

CORDELIA [*à parte*]
                              E então, pobre Cordelia!
Mas nem tanto, pois estou certa de que meu amor
Tem mais peso que minha língua.

LEAR [*para Regan*]
A ti e aos teus herdeiros, para sempre,
Cabe este amplo terço de nosso belo reino,
Nada menor em tamanho, valor e prazeres,
Que o dado a Goneril. [*para Cordelia*] E agora, nossa alegria,
Embora a última e a menor; a cujo tenro amor
As vinhas da França e as pastagens da Borgonha

Strive to be interest; what can you say to draw 80
A third more opulent than your sisters? Speak.

CORDELIA
Nothing, my lord.

LEAR
Nothing?

CORDELIA
Nothing.

LEAR
Nothing will come of nothing. Speak again. 85

CORDELIA
Unhappy that I am, I cannot heave
My heart into my mouth. I love your majesty
According to my bond, no more nor less.

LEAR
How, how, Cordelia? Mend your speech a little,
Lest you may mar your fortunes.

CORDELIA
                        Good my lord, 90
You have begot me, bred me, loved me. I
Return those duties back as are right fit,
Obey you, love you, and most honor you.
Why have my sisters husbands if they say
They love you all? Haply, when I shall wed, 95
That lord whose hand must take my plight shall carry
Half my love with him, half my care and duty.
Sure I shall never marry like my sisters,
To love my father all.

Disputam o prêmio de se associar. Que me dizeis para obter
Um terço mais opulento que o de vossas irmãs? Falai.

CORDELIA
Nada, meu senhor.

LEAR
Nada?

CORDELIA
Nada.

LEAR
Nada virá do nada. Falai outra vez.

CORDELIA
Infeliz que sou, não consigo deslocar
Meu coração para minha boca. Amo Vossa Majestade
Na medida do meu dever, nem mais nem menos.

LEAR
Ora, ora, Cordelia, ajeitai um pouco vossa fala,
Ou podereis arruinar vossa fortuna.

CORDELIA
                            Meu bom senhor,
Vós me destes vida, amor e criação.
Retribuo tais cuidados como se deve fazer:
Vos obedecendo, amando e, sobretudo, honrando.
Por que minhas irmãs têm maridos,
Se dizem amar apenas a vós? Quando eu casar, supõe-se,
Aquele cuja mão receber meus votos há de fruir
Metade do meu amor, metade dos meus deveres e cuidados.
Decerto jamais casarei feito minhas irmãs,
Para amar apenas meu pai.

LEAR
But goes thy heart with this?

CORDELIA
                              Ay, my good lord.

LEAR
So young, and so untender?

CORDELIA
So young, my lord, and true.

LEAR
Let it be so, thy truth then be thy dower!
For, by the sacred radiance of the sun,
The mysteries of Hecate and the night,
By all the operation of the orbs,
From whom we do exist and cease to be,
Here I disclaim all my paternal care,
Propinquity and property of blood,
And as a stranger to my heart and me
Hold thee from this for ever. The barbarous Scythian,
Or he that makes his generation messes
To gorge his appetite, shall to my bosom
Be as well neighboured, pitied, and relieved,
As thou my sometime daughter.

KENT
                              Good my liege...

LEAR
Peace, Kent!
Come not between the Dragon and his wrath.
I loved her most, and thought to set my rest
On her kind nursery. Hence and avoid my sight!

LEAR
Estás falando de coração?

CORDELIA
                        Sim, meu bom senhor.

LEAR
Tão jovem e tão indelicada?

CORDELIA
Tão jovem, meu senhor, e verdadeira.

LEAR
Se é assim, que tua verdade seja teu dote!
Pois, pelo brilho sagrado do Sol,
Pelos mistérios de Hécate e da noite,
Pelo completo movimento dos astros,
Graças aos quais vivemos e deixamos de existir,
Aqui renego todo cuidado paterno,
A consanguinidade e a hereditariedade do sangue,
E, como estranha ao meu coração e a mim,
Mantenha-te longe deste reino para sempre. O bárbaro cita,
Ou quem faz dos próprios filhos refeição,
Encontrará em meu peito, ao locupletar seu apetite,
Tanta piedade, alívio e acolhimento
Quanto confiro a ti, antes minha filha.

KENT
                        Mas, meu soberano...!

LEAR
Silêncio, Kent!
Não te coloques entre o dragão e sua ira.
Era a ela que eu mais amava, e imaginava descansar
Sob seus doces carinhos. [*para Cordelia*] Vai-te daqui e some da minha vista!

So be my grave my peace, as here I give
Her father's heart from her! Call France. Who stirs?
Call Burgundy! Cornwall and Albany,
With my two daughters' dowers digest this third;
Let pride, which she calls plainness, marry her.
I do invest you jointly with my power,
Pre-eminence, and all the large effects
That troop with majesty. Ourself, by monthly course,
With reservation of an hundred knights,
By you to be sustained, shall our abode
Make with you by due turn. Only we shall retain
The name, and all th'addition to a king. The sway,
Revenue, execution of the rest,
Belovéd sons, be yours; which to confirm,
This coronet part between you.

KENT
                    Royal Lear,
Whom I have ever honored as my king,
Loved as my father, as my master followed,
As my great patron thought on in my prayers...

LEAR
The bow is bent and drawn; make from the shaft.

KENT
Let it fall rather, though the fork invade
The region of my heart. Be Kent unmannerly
When Lear is mad. What wouldst thou do, old man?
Think'st thou that duty shall have dread to speak,
When power to flattery bows? To plainness honor's bound
When majesty falls to folly. Reverse thy state,
And in thy best consideration check
This hideous rashness. Answer my life my judgment,
Thy youngest daughter does not love thee least,

Para que eu tenha paz na tumba, dela agora
Retomo o coração do pai. Chamem França! Ninguém se mexe?
Chamai Borgonha! [*saem criados*] Cornwall e Albany,
Com os dotes de minhas duas filhas, absorvei o último terço;
Que o orgulho, ao qual ela chama de sinceridade, seja seu marido.
Transfiro aos dois agora o poder,
A soberania e todas as grandes prerrogativas
Que marcham com a majestade. Nós, em meses alternados,
Reservando-nos o direito a cem cavaleiros,
Sustentados por vós, faremos nosso o lar
De um e outro. Apenas manteremos
O nome e todas as honras da realeza. O mando,
As rendas e a execução do que mais for,
São vossos, caros filhos. Para confirmá-lo,
Partilhai esta pequena coroa.

KENT
                    Majestoso Lear,
A quem sempre honrei como soberano,
Amei como pai e segui como mestre,
Que em minhas preces tenho por grande benfeitor...

LEAR
O arco está curvo e retesado, desvia da flecha.

KENT
Ela que me acerte, mesmo a ponta invadindo
Na altura do coração. Kent precisa ser rude
Quando Lear enlouquece. O que estás fazendo, velho?
Julgas que o dever tem medo de dar o alerta
Quando o poder cede à bajulação? A honra se alia à sinceridade,
Quando a realeza cai em desatino. Guarda tua soberania,
E, com melhores reflexões, contém
Essa atroz imprudência. Minha vida por minha sentença:
Tua filha caçula não te ama menos,

Nor are those empty-hearted whose low sounds
Reverb no hollowness.

LEAR
                Kent, on thy life, no more!

KENT
My life I never held but as a pawn 150
To wage against thine enemies; nor fear to lose it,
Thy safety being motive.

LEAR
                Out of my sight!

KENT
See better, Lear; and let me still remain
The true blank of thine eye.

LEAR
Now, by Apollo...

KENT
                Now by Apollo, King, 155
Thou swear'st thy gods in vain.

LEAR
                O vassal! Miscreant!

[*Laying his hand on his sword.*]

ALBANY and CORNWALL
Dear sir, forbear!

KENT
Kill thy physician, and the fee bestow
Upon the foul disease. Revoke thy gift,

Nem são ocos de coração aqueles cujos sons graves
Não ecoam o vazio.

LEAR
      Kent, se queres viver, chega!

KENT
A minha vida foi sempre uma reles ficha
Que apostei contra teus inimigos; não temo perdê-la
Se o motivo é tua segurança.

LEAR
       Some da minha vista!

KENT
Vê bem, Lear, e permite que eu seja sempre
O autêntico alvo dos teus olhos!

LEAR
Ora, por Apolo...

KENT
    Ora, por Apolo, rei,
Tu invocas teus deuses em vão.

LEAR
      Servo! Infiel!

[*Levando a mão à espada.*]

ALBANY e CORNWALL
Meu senhor, contei-vos!

KENT
Mata o médico e dá seus honorários
À doença imunda. Revoga tuas doações, ou,

Or, whilst I can vent clamor from my throat, 160
I'll tell thee thou dost evil.

LEAR
                  Hear me, recreant!
On thine allegiance, hear me!
That thou hast sought to make us break our vows,
Which we durst never yet, and with strained pride
To come betwixt our sentence and our power, 165
Which nor our nature nor our place can bear,
Our potency made good, take thy reward.
Five days we do allot thee for provision
To shield thee from diseases of the world,
And on the sixth to turn thy hated back 170
Upon our kingdom. If, on the tenth day following,
Thy banished trunk be found in our dominions,
The moment is thy death. Away! By Jupiter,
This shall not be revoked.

KENT
Fare thee well, King. Sith thus thou wilt appear, 175
Freedom lives hence, and banishment is here.
[*To Cordelia*]
The gods to their dear shelter take thee, maid,
That justly think'st, and hast most rightly said!
[*To Regan and Goneril*]
And your large speeches may your deeds approve,
That good effects may spring from words of love. 180
Thus Kent, O princes, bids you all adieu;
He'll shape his old course in a country new.

Exit. Flourish. Enter Gloucester, with France and Burgundy; Attendants.

GLOUCESTER
Here's France and Burgundy, my noble lord.

Enquanto houver um clamor em minha garganta,
Eu direi que ages mal.

LEAR
                    Ouve, renegado!
Por tuas juras de obediência, ouve!
Por haveres tentado nos fazer quebrar nossas promessas,
Algo que até hoje nunca ousamos, e por exagerado orgulho
Ter-te colocado entre nosso decreto e nosso poder,
O que nossa natureza e nosso posto não toleram,
Com meu poder reafirmado, toma tua recompensa:
Cinco dias concedemos aos preparativos
Que te defenderão dos males deste mundo;
Mas no sexto deves dar tuas odiadas costas
Ao nosso reino. No décimo dia depois disso,
Se tua carcaça exilada for vista em nossos domínios,
Nesse momento irás morrer. Agora, vai! Por Júpiter,
Tal ordem não será revogada!

KENT
Espero que fiques bem, rei. Se insistes no erro,
Fica longe a liberdade, aqui mora o desterro.
[*para Cordelia*]
Que a ti os deuses guardem, donzela, sob proteção;
Tu pensaste com justiça, e falaste com razão.
[*para Goneril e Regan*]
Que da eloquência vossos atos confirmem o teor,
Com boas ações brotando das palavras de amor.
E assim — oh, príncipes — Kent está de partida;
Levará com ele, para nova terra, a velha vida.

[*Sai Kent; soam trombetas; volta Gloucester, com o rei da França, o duque da Borgonha e séquitos.*]

GLOUCESTER
Aqui estão França e Borgonha, meu nobre senhor.

LEAR
My Lord of Burgundy,
We first address toward you, who with this king 185
Hath rivaled for our daughter. What in the least
Will you require in present dower with her,
Or cease your quest of love?

BURGUNDY
                    Most royal Majesty,
I crave no more than hath your highness offered,
Nor will you tender less.

LEAR
                    Right noble Burgundy, 190
When she was dear to us, we did hold her so;
But now her price is fallen. Sir, there she stands.
If aught within that little-seeming substance,
Or all of it, with our displeasure pieced,
And nothing more, may fitly like your Grace, 195
She's there, and she is yours.

BURGUNDY
                    I know no answer.

LEAR
Will you, with those infirmities she owes,
Unfriended, new adopted to our hate,
Dow'red with our curse, and strangered with our oath,
Take her, or leave her?

BURGUNDY
                    Pardon me, royal sir. 200
Election makes not up in such conditions.

LEAR
Then leave her, sir; for, by the pow'r that made me,

LEAR
Milorde da Borgonha,
Dirigimo-nos primeiro a vós, que com este rei
Disputastes nossa filha. Que mínimo dote,
Neste momento, exigiríeis para tomá-la,
Sem desistir de seu amor?

BORGONHA
                Grande e real majestade,
Anseio receber não mais do que Vossa Alteza oferecestes,
E nem daríeis menos.

LEAR
                Justo e nobre Borgonha,
Enquanto nos foi cara, assim a estimávamos,
Mas agora seu preço caiu. Tem-na aí, senhor;
Se algo nessa aparência de pouco brilho,
Ou seu conjunto, mais o meu desagrado,
E nada além, parecer aceitável a Vossa Graça,
Ela aí está, e ela é vossa.

BORGONHA
                Não sei o que responder.

LEAR
Senhor, com o débito de suas enfermidades,
Malquista, recém-adotada pelo nosso ódio,
Tendo por dote nossa maldição, repudiada por juramento,
Quereis levá-la ou deixá-la?

BORGONHA
                Perdão, real majestade,
Em tais condições não há escolha possível.

LEAR
Então deixai-a, senhor, pois, em nome do poder que encarno,

I tell you all her wealth. [*To France*] For you, great King,

I would not from your love make such a stray
To match you where I hate; therefore beseech you   205
T'avert your liking a more worthier way
Than on a wretch whom nature is ashamed
Almost t'acknowledge hers.

FRANCE
                        This is most strange,
That she, who even but now was your best object,
The argument of your praise, balm of your age,   210
The best, the dearest, should in this trice of time
Commit a thing so monstrous, to dismantle
So many folds of favor. Sure her offense
Must be of such unnatural degree
That monsters it, or your fore-vouched affection   215
Fall into taint; which to believe of her
Must be a faith that reason without miracle
Should never plant in me.

CORDELIA
                        I yet beseech your majesty,
If for I want that glib and oily art
To speak and purpose not, since what I well intend   220
I'll do't before I speak, that you make known
It is no vicious blot, murder, or foulness,
No unchaste action or dishonored step,
That hath deprived me of your grace and favor;
But even for want of that for which I am richer,   225
A still-soliciting eye, and such a tongue
That I am glad I have not, though not to have it
Hath lost me in your liking.

Afirmo ser essa toda a riqueza que ela possui. [*para França*]
    Quanto a vós, grande rei,
De vosso amor nunca eu me desviaria,
Casando-vos com quem odeio; então peço:
Guiai vosso amor para onde houver mais mérito,
E não para uma infeliz cuja simples existência
Envergonha a natureza que a gerou.

FRANÇA
                         Isto é muito estranho;
Aquela até há pouco dona de vossa preferência,
Objeto de vosso louvor, bálsamo da vossa idade,
A melhor, a mais cara, ter num breve instante
Cometido algo tão monstruoso, que desmantelasse
Tantas camadas de afeto. Decerto sua ofensa
Há de ser desnaturada a tal ponto
Que vira monstruosidade, ou vossa afeição antes jurada
Seria posta em dúvida; mas acreditá-la capaz de algo assim
Exige uma fé que a razão, sem milagre,
Em mim jamais fará brotar.

CORDELIA [*para Lear*]
                 Ainda faço uma súplica a Vossa Majestade:
Se careço da rasa e pegajosa arte
De falar o que não acredito, pois minhas intenções
Eu demonstro antes de falar, que vós declareis
Não ter sido mancha de vício, sordidez ou assassinato,
Falta de castidade ou ato desonroso,
Que me privou de vossa estima e favor;
Mas sim a carência daquilo que me torna mais rica,
Um olhar de eterno pedinte e uma tal língua
Que me alegro de não possuir, mesmo que isto
Me tenha feito perder vosso amor.

LEAR
                    Better thou hadst
Not been born than not t'have pleased me better.

FRANCE
Is it but this? A tardiness in nature
Which often leaves the history unspoke
That it intends to do. My lord of Burgundy,
What say you to the lady? Love's not love
When it is mingled with regards that stands
Aloof from th' entire point. Will you have her?
She is herself a dowry.

BURGUNDY
                    Royal King,
Give but that portion which yourself proposed,
And here I take Cordelia by the hand,
Duchess of Burgundy.

LEAR
Nothing. I have sworn. I am firm.

BURGUNDY
I am sorry then you have so lost a father
That you must lose a husband.

CORDELIA
                    Peace be with Burgundy.
Since that respects of fortunes are his love,
I shall not be his wife.

FRANCE
Fairest Cordelia, that art most rich being poor;
Most choice forsaken, and most love despised,
Thee and thy virtues here I seize upon.
Be it lawful I take up what's cast away.

LEAR
                        Melhor seria não teres nascido
Do que me causares tamanho desgosto.

FRANÇA
Mas é só isso? Um recato natural,
Que muitas vezes se abstém de alardear
Aquilo que pretende fazer. Meu caro Borgonha,
O que respondeis à donzela? Amor não é amor,
Quando se mistura a considerações
Alheias ao principal. Quereis tomá-la como esposa?
Ela, em si, é um dote.

BORGONHA [*para Lear*]
                Soberana majestade,
Dai-me não mais do que o terço por vós proposto,
E aqui tomarei Cordelia pela mão,
Duquesa da Borgonha.

LEAR
Nada. Eu jurei. Eu sou firme.

BORGONHA [*para Cordelia*]
Eu então lamento que, após perderdes o pai,
Deveis perder também um marido.

CORDELIA
                        Que a paz esteja com Borgonha.
Se o seu amor consiste em preocupações materiais,
Não serei sua esposa.

FRANÇA
Belíssima Cordelia, que és mais rica sendo pobre;
Mais amada e renegada, mais querida e desprezada,
Aqui reclamo a ti e às tuas virtudes.
Pela força da lei, aposso-me do que foi jogado fora.

Gods, gods! 'Tis strange that from their cold'st neglect
My love should kindle to inflamed respect. 250
Thy dow'rless daughter, King, thrown to my chance,
Is Queen of us, of ours, and our fair France.
Not all the dukes of wat'rish Burgundy
Can buy this unprized precious maid of me.
Bid them farewell, Cordelia, though unkind. 255
Thou losest here, a better where to find.

LEAR
Thou hast her, France; let her be thine, for we
Have no such daughter, nor shall ever see
That face of hers again. Therefore be gone,
Without our grace, our love, our benison. 260
Come, noble Burgundy.

Flourish. Exeunt [Lear, Burgundy, Cornwall, Albany, Gloucester, and Attendants].

FRANCE
Bid farewell to your sisters.

CORDELIA
The jewels of our father, with washed eyes
Cordelia leaves you. I know you what you are,
And, like a sister am most loath to call 265
Your faults as they are named. Love well our father.
To your professed bosoms I commit him:
But yet, alas, stood I within his grace,
I would prefer him to a better place.
So farewell to you both. 270

REGAN
Prescribe not us our duties.

Deuses, deuses! É estranho que, da sua fria indiferença,
Meu amor se ilumine com inflamada crença.
Sua filha, rei, minha por sorte, ainda que sem herança,
É rainha para nós, para os nossos e para a bela França.
Nem todos os duques da Borgonha, aguada e singela,
Comprariam de mim tão preciosa donzela.
Despede-te de todos, Cordelia; apesar da crueldade sem par,
O que perdes aqui, ganharás noutro lugar.

LEAR
Tu a tens, França, que seja tua; em nosso entender
Não temos tal filha, e jamais pretendemos ver
A cara dela outra vez. Sendo assim, ide embora,
Sem nossa bênção, nosso amor e nossa graça agora.
Vem, nobre Borgonha.

[*Soam trombetas; saem todos menos França, Cordelia, Goneril e Regan.*]

FRANÇA
Diz adeus a tuas irmãs.

CORDELIA
Joias de nosso pai, com olhos úmidos
Cordelia se despede. Eu vos conheço e sei o que sois,
E, por ser irmã, reluto em nomear
Com franqueza vossos defeitos. Cuidai bem de nosso pai.
Ao amor que proclamastes eu o entrego.
Porém, oh, se de sua graça eu ainda gozasse,
Em lugar melhor desejaria que ficasse.
Assim, adeus a ambas.

REGAN
Não nos ensineis nossos deveres.

Ato I, Cena 1

GONERIL
                     Let your study
Be to content your lord, who hath received you
At Fortune's alms. You have obedience scanted,
And well are worth the want that you have wanted.

CORDELIA
Time shall unfold what plighted cunning hides,
Who covers faults, at last shame them derides.
Well may you prosper.

FRANCE
                 Come, my fair Cordelia.

Exeunt France and Cordelia.

GONERIL
Sister, it is not little I have to say of what most nearly appertains to us both. I think our father will hence tonight.

REGAN
That's most certain, and with you; next month with us.

GONERIL
You see how full of changes his age is. The observation we have made of it hath not been little. He always loved our sister most; and with what poor judgment he hath now cast her off appears too grossly.

REGAN
'Tis the infirmity of his age; yet he hath ever but slenderly known himself.

GONERIL
The best and soundest of his time hath been but rash; then must we look from his age to receive not alone the imperfections of

GONERIL

                              Dedicai-vos, antes, ao estudo
De como agradar a vosso marido, que vos recebeu
Numa caridade da fortuna. Negastes a obrigação filial,
A carência que vos careceu tem resultado, afinal.

CORDELIA
Nas dobras da astúcia, o tempo dirá o que segue existindo.
Quem esconde seus erros, a vergonha acaba exibindo.
Prosperidade a ambas.

FRANÇA

                    Vem, linda Cordelia.

[*Saem França e Cordelia.*]

GONERIL
Irmã, não é pouco o que tenho a dizer sobre algo que afeta a nós duas. Creio que nosso pai parte hoje daqui.

REGAN
Está definido que sim, e convosco. Mês que vem, conosco.

GONERIL
Reparastes como a velhice dele é imprevisível. Não poucas vezes observamos o problema. Ele sempre amou mais nossa irmã; agora, ao repudiá-la, seu juízo deficiente fica mais que óbvio.

REGAN
É a doença da idade. Ainda que ele sempre tenha se conhecido muito mal.

GONERIL
Os melhores e mais grandiosos atos de sua vida sempre foram impensados. Portanto, temos de esperar de sua velhice não só as imper-

long-ingrafted condition, but therewithal the unruly waywardness that infirm and choleric years bring with them.

REGAN
Such unconstant starts are we like to have from him as this of Kent's banishment. 290

GONERIL
There is further compliment of leave-taking between France and him. Pray you let's hit together; if our father carry authority with such disposition as he bears, this last surrender of his will but offend us. 295

REGAN
We shall further think of it.

GONERIL
We must do something, and i' th' heat.

Exeunt.

feições já enraizadas no temperamento, mas, com elas, os caprichos erráticos que os anos enfermos e coléricos hão de trazer.

REGAN
É provável que tenhamos dele impulsos incoerentes, como o banimento de Kent.

GONERIL
Novas cerimônias de despedida entre ele e França ainda serão realizadas. Por favor, atuemos em bloco. Se nosso pai usar a autoridade da forma que demonstrou hoje, a recente abdicação de seu poder só nos fará mal.

REGAN
Precisamos refletir melhor, mais à frente.

GONERIL
Devemos é agir, enquanto o ferro está quente.

[*Saem Goneril e Regan.*]

Act I, Scene 2

[*The earl of Gloucester's Castle.*] Enter Edmund [*with a letter.*]

EDMUND
Thou, Nature, art my goddess; to thy law
My services are bound. Wherefore should I
Stand in the plague of custom, and permit
The curiosity of nations to deprive me?
For that I am some twelve or fourteen moonshines 5
Lag of a brother? Why bastard? Wherefore base?
When my dimensions are as well compact,
My mind as generous, and my shape as true
As honest madam's issue? Why brand they us
With base? With baseness? Bastardy? Base? Base? 10
Who, in the lusty stealth of nature, take
More composition and fierce quality
Than doth, within a dull, stale, tired bed,
Go to th' creating a whole tribe of fops
Got 'tween asleep and wake? Well then, 15
Legitimate Edgar, I must have your land.
Our father's love is to the bastard Edmund
As to th' legitimate. Fine word, "legitimate".
Well, my legitimate, if this letter speed,
And my invention thrive, Edmund the base 20
Shall top th' legitimate. I grow, I prosper.
Now, gods, stand up for bastards.

Enter Gloucester.

Ato I, Cena 2

[*Um salão no castelo do conde de Gloucester; entra Edmund, segurando uma carta.*]

EDMUND
Tu, Natureza, és minha deusa; à tua lei
Rendo obediência. Por que eu deveria
Me expor à praga das convenções, e permitir
Que a maledicência coletiva me arruíne?
Só por ter nascido doze ou catorze luas
Depois do meu irmão? Por que bastardo? Em que inferior?
Se minhas proporções são tão corretas,
Minha mente tão nobre e meu corpo tão belo
Quanto o filho da madame honesta? Por que nos tacham
De baixos? De baixeza? Bastardia? Baixo? Baixo?
Quem, da luxúria secreta da natureza,
Tira mais presença e a virtude da energia,
Do que existe em leitos insossos, azedos e cansados,
Que vão gerando uma tribo inteira de imbecis,
Concebidos entre o sono e a vigília? Muito bem,
Legítimo Edgar, eu me apossarei das vossas terras.
O amor de nosso pai pelo bastardo Edmund
É igual ao do legítimo. Bela palavra, "legítimo".
Bem, caro legítimo, se esta carta seguir seu caminho,
E a intriga imaginada funcionar, Edmund, o inferior,
Superará o legítimo. Eu ganho força, eu prospero.
E agora, deuses, lutai pelos bastardos!

[*Entra Gloucester.*]

GLOUCESTER
Kent banished thus? and France in choler parted?
And the King gone tonight? prescrib'd his pow'r?
Confined to exhibition? All this done
Upon the gad? Edmund, how now? What news?

EDMUND
So please your lordship, none.

GLOUCESTER
Why so earnestly seek you to put up that letter?

EDMUND
I know no news, my lord.

GLOUCESTER
What paper were you reading?

EDMUND
Nothing, my lord.

GLOUCESTER
No? What needed then that terrible dispatch of it into your pocket? The quality of nothing hath not such need to hide itself. Let's see. Come, if it be nothing, I shall not need spectacles.

EDMUND
I beseech you, sir, pardon me. It is a letter from my brother that I have not all o'er-read; and for so much as I have perused, I find it not fit for your o'er-looking.

GLOUCESTER
Give me the letter, sir.

GLOUCESTER
Kent banido assim? E França indo embora furioso?
E o rei parte esta noite? Com seu poder diminuído?
Dependente de pensão? E tudo isso
De cambulhada? Edmund, e então? Quais as novidades?

EDMUND [*escondendo a carta*]
Com sua licença, Vossa Senhoria, nenhuma.

GLOUCESTER
Por que escondeis com tanto empenho essa carta?

EDMUND
Não sei de novidade alguma, senhor.

GLOUCESTER
Que papel estáveis lendo?

EDMUND
Não era nada, senhor.

GLOUCESTER
Não? Então por que enfiá-lo no bolso com tamanha pressa? O nada não precisa se esconder tanto. Vamos ver, andai! Se não for nada, nem precisarei dos óculos.

EDMUND
Eu vos imploro, senhor, que me perdoeis. É uma carta de meu irmão, que não tive tempo de ler inteira; mas, pelo tanto que já vi, não a considero indicada para vossos olhos.

GLOUCESTER
Dai-me aqui a carta, rapaz.

Ato I, Cena 2

EDMUND
I shall offend, either to detain or give it. The contents, as in part I understand them, are to blame.

GLOUCESTER
Let's see, let's see.

EDMUND
I hope, for my brother's justification, he wrote this but as an essay, or taste of my virtue.

GLOUCESTER [*Reads*]
"This policy and reverence of age makes the world bitter to the best of our times; keeps our fortunes from us till our oldness cannot relish them. I begin to find an idle and fond bondage in the oppression of aged tyranny, who sways, not as it hath power, but as it is suffered. Come to me, that of this I may speak more. If our father would sleep till I waked him, you should enjoy half his revenue for ever, and live the beloved of your brother, Edgar."
Hum! Conspiracy? "Sleep till I wake him, you should enjoy half his revenue." My son Edgar! Had he a hand to write this? A heart and brain to breed it in? When came you to this? Who brought it?

EDMUND
It was not brought me, my lord; there's the cunning of it. I found it thrown in at the casement of my closet.

GLOUCESTER
You know the character to be your brother's?

EDMUND
If the matter were good, my lord, I durst swear it were his; but in respect of that, I would fain think it were not.

EDMUND
Ofenderei-vos se a ocultar e se a entregar. O teor, pelo que entendi até agora, é condenável.

GLOUCESTER
Vamos ver, vamos ver!

EDMUND
Espero, para justificar meu irmão, que ele a tenha escrito só para exercitar ou testar meu caráter.

GLOUCESTER [*lendo*]
"Esta política de reverência à idade torna amargo o mundo nos melhores anos de nossas vidas, afasta-nos de nossas fortunas até que, na velhice, já não possamos gozá-las. Começo a enxergar uma servidão ociosa e tola na opressão da tirania envelhecida, que domina não por ter poder, mas por ser aturada. Vinde até mim, tenho mais a dizer sobre este assunto. Se nosso pai dormisse até eu o acordar, vós gozaríeis metade das suas rendas para sempre, e viveríeis amado por seu irmão. Edgar."
Ah! Conspiração? "Dormisse até eu o acordar, vós gozaríeis de metade das suas rendas." Meu filho Edgar! Teve ele a mão para escrever isso? Coração e cérebro para concebê-lo? Quando topaste com a carta? Quem a trouxe?

EDMUND
Não me foi trazida, senhor. Aí é que está a malícia. Eu a encontrei em meu quarto, jogada por uma janela.

GLOUCESTER
Reconheceis a letra de vosso irmão?

EDMUND
Se o conteúdo fosse digno, meu senhor, eu ousaria jurar que é a dele. Mas, diante do que está escrito, preferiria pensar que não.

GLOUCESTER
It is his.

EDMUND
It is his hand, my lord; but I hope his heart is not in the contents.

GLOUCESTER
Has he never before sounded you in this business?

EDMUND
Never, my lord. But I have heard him oft maintain it to be fit that, sons at perfect age, and fathers declined, the father should be as ward to the son, and the son manage his revenue.

GLOUCESTER
O villain, villain! His very opinion in the letter. Abhorred villain, unnatural, detested, brutish villain; worse than brutish! Go, sirrah, seek him; I'll apprehend him. Abominable villain! Where is he?

EDMUND
I do not well know, my lord. If it shall please you to suspend your indignation against my brother till you can derive from him better testimony of his intent, you should run a certain course; where, if you violently proceed against him, mistaking his purpose, it would make a great gap in your own honor and shake in pieces the heart of his obedience. I dare pawn down my life for him that he hath writ this to feel my affection to your honor, and to no other pretense of danger.

GLOUCESTER
Think you so?

EDMUND
If your honor judge it meet, I will place you where you shall hear

GLOUCESTER
É a dele.

EDMUND
É a caligrafia dele, meu senhor, mas espero que seu coração não esteja no conteúdo.

GLOUCESTER
Ele nunca havia abordado o assunto convosco?

EDMUND
Nunca, meu senhor. Mas por várias vezes ouvi-o dizer que, quando os filhos estão na plenitude e os pais decadentes, é justo o pai ser tutelado pelo filho, e o filho administrar suas rendas.

GLOUCESTER
Ah, bandido, bandido! É exatamente o que pôs na carta! Bandido repugnante, desnaturado, detestável, animalesco bandido; pior que animalesco! Ide, rapaz, buscai-o. Hei de prendê-lo. Bandido abominável! Onde ele está?

EDMUND
Não sei bem, milorde. Se fizerdes o favor de sustar vossa indignação contra meu irmão, até que possais obter dele melhor testemunho de suas intenções, trilharíeis caminho mais seguro; mas, se agirdes violentamente contra Edgar, enganado sobre seus propósitos, cometereis grave falta contra vossa própria honra e deixareis em pedaços o coração da obediência filial. Posso apostar minha vida por ele, como escreveu isto para medir minha afeição pelo senhor, sem qualquer intuito de ameaça.

GLOUCESTER
Achais mesmo?

EDMUND
Se vos parecer conveniente, saberei encontrar um lugar de onde

us confer of this, and by an auricular assurance have your satisfaction, and that without any further delay than this very evening.

GLOUCESTER
He cannot be such a monster...

EDMUND
Nor is not, sure.

GLOUCESTER
To his father, that so tenderly and entirely loves him. Heaven and earth! Edmund, seek him out; wind me into him, I pray you; frame the business after your own wisdom. I would unstate myself to be in a due resolution.

EDMUND
I will seek him, sir, presently; convey the business as I shall find means, and acquaint you withal.

GLOUCESTER
These late eclipses in the sun and moon portend no good to us. Though the wisdom of Nature can reason it thus and thus, yet nature finds itself scourged by the sequent effects. Love cools, friendship falls off, brothers divide. In cities, mutinies; in countries, discord; in palaces, treason; and the bond cracked 'twixt son and father. This villain of mine comes under the prediction, there's son against father; the King falls from bias of nature, there's father against child. We have seen the best of our time. Machinations, hollowness, treachery, and all ruinous disorders follow us disquietly to our graves. Find out this villain, Edmund; it shall lose thee nothing. Do it carefully. And the noble and true-hearted Kent banished! his offense, honesty! 'Tis strange.

Exit.

poderei nos ouvir discutindo tal proposta, e, com a garantia dessa escuta, haveríeis de ficar satisfeito, e sem demora além da noite de hoje.

GLOUCESTER
Ele não pode ser tal monstro...

EDMUND
E não é, com certeza.

GLOUCESTER
Com um pai que o ama tanto, e tão completamente. Céus e terras! Edmund, procurai-o. Fazei-me chegar até ele, eu vos peço. Armai a situação como achardes melhor. Eu abriria mão de meu condado, para a isso ter esclarecido.

EDMUND
Irei procurá-lo, senhor, agora mesmo. Tratarei do assunto como puder e hei de manter-vos informado.

GLOUCESTER
Estes recentes eclipses do Sol e da Lua não nos pressagiam nada de bom. Embora as ciências da natureza possam dar estas ou aquelas causas racionais, mesmo assim a natureza se vê açoitada pelos acontecimentos. O amor esfria, a amizade estraga, irmãos se dividem. Nas cidades, motins; nos campos, discórdias; nos palácios, traições; e os laços entre filho e pai, arrebentados. Esse bandido que eu gerei se enquadra nas previsões, é filho contra pai; o rei se afasta da inclinação natural, é pai contra filha. Já vivemos o melhor dos nossos tempos! Maquinações, deslealdades, traições e toda sorte de desordens ruinosas levam-nos, inquietos, para a cova. Descobri esse bandido, Edmund. Não perdereis nada com isso. Agi com prudência. E o coração nobre e leal de Kent, banido! Sua ofensa, a honestidade! É estranho.

[*Sai Gloucester.*]

EDMUND
This is the excellent foppery of the world, that when we are sick in fortune, often the surfeits of our own behavior, we make guilty of our disasters the sun, the moon, and the stars; as if we were villains on necessity; fools by heavenly compulsion; knaves, thieves, and treachers by spherical predominance; drunkards, liars, and adulterers by an enforced obedience of planetary influence; and all that we are evil in, by a divine thrusting on. An admirable evasion of whoremaster man, to lay his goatish disposition on the charge of a star. My father compounded with my mother under the Dragon's Tail, and my nativity was under Ursa Major, so that it follows I am rough and lecherous. Fut! I should have been that I am, had the maidenliest star in the firmament twinkled on my bastardizing. Edgar... [*Enter Edgar*] and pat he comes, like the catastrophe of the old comedy. My cue is villainous melancholy, with a sigh like Tom o'Bedlam. O, these eclipses do portend these divisions! *Fa, sol, la, mi.*

EDGAR
How now, brother Edmund; what serious contemplation are you in?

EDMUND

Essa é a grande imbecilidade do mundo; que, ao nos maltratar a sorte — muitas vezes pelos excessos de nosso próprio comportamento —, culpemos por tais desastres o Sol, a Lua e as estrelas; como se fôssemos bandidos por necessidade; tolos por compulsão celeste; safados, ladrões e traidores pela predominância das esferas; bêbados, mentirosos e adúlteros por obediência forçada às influências planetárias; e tudo aquilo em que somos maus, por imposição divina. Um admirável subterfúgio para o devasso, culpar as estrelas por sua vocação de sátiro. "Meu pai 'conheceu' a minha mãe sob o rabo do Dragão, e meu nascimento foi sob a Ursa Maior, daí eu ser grosseiro e libidinoso." Bah! Eu deveria ser o que sou, mesmo que a mais pura estrela do universo tivesse brilhado na hora da minha bastardia. Edgar... [*entra Edgar*] e lá vem ele, bem na hora, como o desfecho das velhas comédias. Meu papel é o da vil melancolia, com suspiros dignos de Tom, o louco de Bedlam.[1] [*alto*] Oh, esses eclipses prenunciam divisões: *Fá, sol, lá, si.*[2]

EDGAR

Olá, irmão Edmund! Mas que reflexão tão séria é essa em que estais metido?

---

[1] Bedlam é corruptela de Bethlem, em referência ao Bethlem Royal Hospital, o mais antigo hospital psiquiátrico do mundo, ligado à ordem religiosa da Estrela de Belém. Construído em 1247, para abrigar moradores de rua, desde 1330 é mencionado como hospital e desde 1377 recebe doentes psiquiátricos. "Tom, o louco de Bedlam" não é ninguém em particular, e sim um apelido genérico para os internos do asilo.

[2] Edmund cantarola "Fá, sol, lá, mi", seguindo a escala musical usada na Idade Média e na Renascença. Mas o sentido da escolha dessas notas só fica evidente quando elas são transpostas para a escala musical contemporânea, na qual o "mi" torna-se um "si", formando um trítono, o acorde com intervalo de quarta aumentada, chamado *diabolus in musica*, "o diabo na música", por seu efeito tenso e dissonante. O trítono serve, portanto, como um tema musical para o personagem, ou como uma evocação do mau agouro prenunciado pelos eclipses.

Ato I, Cena 2

EDMUND
I am thinking, brother, of a prediction I read this other day, what should follow these eclipses.

EDGAR
Do you busy yourself with that?

EDMUND
I promise you, the effects he writes of succeed unhappily: as of unnaturalness between the child and the parent, death, dearth, dissolutions of ancient amities, divisions in state, menaces and maledictions against King and nobles, needless diffidences, banishment of friends, dissipation of cohorts, nuptial breaches, and I know not what. 125

EDGAR
How long have you been a sectary astronomical? 130

EDMUND
Come, come, when saw you my father last?

EDGAR
Why, the night gone by.

EDMUND
Spake you with him?

EDGAR
Ay, two hours together.

EDMUND
Parted you in good terms? Found you no displeasure in him, by word nor countenance? 135

EDGAR
None at all.

EDMUND
Estou pensando, irmão, num oráculo que li outro dia, sobre as decorrências dos eclipses.

EDGAR
Interessai-vos por tais coisas?

EDMUND
Eu garanto, as consequências de que ele trata infelizmente se realizam: a negação da natureza entre filhos e pais, morte, fome, dissolução de antigas amizades, divisões no Estado, ameaças e maldições contra reis e nobres, desconfianças inúteis, banimento de amigos, desmobilização de tropas, rupturas nupciais e não sei mais o quê.

EDGAR
Desde quando vos tornastes seguidor da astrologia?

EDMUND
Aliás, dizei-me, quando vistes meu pai pela última vez?

EDGAR
Ora, a noite passada.

EDMUND
Falastes com ele?

EDGAR
Sim, duas horas seguidas.

EDMUND
Despedistes-vos em bons termos? Não reparastes nele qualquer aborrecimento, na fala ou expressão do rosto?

EDGAR
Nenhum, em absoluto.

EDMUND
Bethink yourself wherein you may have offended him; and at my entreaty forbear his presence until some little time hath qualified the heat of his displeasure, which at this instant so rageth in him that with the mischief of your person it would scarcely allay.

EDGAR
Some villain hath done me wrong.

EDMUND
That's my fear, brother. I pray you have a continent forbearance till the speed of his rage goes slower; and, as I say, retire with me to my lodging, from whence I will fitly bring you to hear my lord speak. Pray ye, go; there's my key. If you do stir abroad, go armed.

EDGAR
Armed, brother?

EDMUND
Brother, I advise you to the best. I am no honest man if there be any good meaning toward you. I have told you what I have seen and heard; but faintly, nothing like the image and horror of it. Pray you, away!

EDGAR
Shall I hear from you anon?

EDMUND
I do serve you in this business.
Exit Edgar.
A credulous father, and a brother noble,
Whose nature is so far from doing harms
That he suspects none; on whose foolish honesty
My practices ride easy. I see the business.

EDMUND
Pensai em como podeis tê-lo ofendido, e peço que eviteis sua presença até algum tempo haver atenuado o calor da irritação, pois, neste instante, ela o queima de tal modo que não diminuiria nem se vos desse uma surra.

EDGAR
Algum patife me caluniou.

EDMUND
Receio que sim, irmão. Peço-vos comedimento exemplar, até a força da raiva nele diminuir de intensidade, e sugiro que fiqueis recolhido em meu quarto, de onde irei trazer-vos, da melhor maneira, para ouvirdes o que meu pai tem a dizer. Por favor, ide! Aqui está minha chave. Se tiverdes de sair, ide armado.

EDGAR
Armado, irmão?

EDMUND
Irmão, dou este conselho com as melhores intenções. Ide armado. Não sou homem honesto, se houver alguma boa disposição para convosco. Relatei-vos o que vi e ouvi, porém vagamente, nada comparável à real imagem do horror. Por favor, ide!

EDGAR
Terei logo notícias vossas?

EDMUND
Trabalharei por vós nessa história.
[*Sai Edgar.*]
Um pai crédulo e um irmão nobre,
Cuja natureza é tão incapaz de fazer o mal
Que sequer o pressente; sobre cuja tola honestidade
Meus artifícios andam a galope. Já vejo tudo:

Let me, if not by birth, have lands by wit.
All with me's meet that I can fashion fit. 160

Exit.

Terei as terras, se não por berço, por esperteza,
Tudo me serve e é disfarce, eis minha proeza.

[*Sai Edmund.*]

Act I, Scene 3

[*The Duke of Albany's Palace.*] *Enter Goneril and [Oswald, her] Steward.*

GONERIL
Did my father strike my gentleman for chiding of his Fool?

OSWALD
Ay, madam.

GONERIL
By day and night, he wrongs me. Every hour
He flashes into one gross crime or other
That sets us all at odds. I'll not endure it. 5
His knights grow riotous, and himself upbraids us
On every trifle. When he returns from hunting,
I will not speak with him. Say I am sick.
If you come slack of former services,
You shall do well; the fault of it I'll answer. 10

[*Horns within.*]

OSWALD
He's coming, madam; I hear him.

GONERIL
Put on what weary negligence you please,
You and your fellows. I'd have it come to question,
If he distaste it, let him to my sister,

Ato I, Cena 3

[*Algumas semanas depois, no palácio ducal de Albany; entram Goneril e Oswald, seu administrador.*]

GONERIL
Meu pai bateu em meu fidalgo por repreender o Bobo?

OSWALD
Sim, minha senhora.

GONERIL
Noite e dia ele me afronta. A toda hora,
Desata nesta ou naquela ofensa,
Que resulta em conflito geral. Isso não irei tolerar.
Seus cavaleiros estão cada vez mais turbulentos, e ele próprio
Nos censura por coisas menores. Quando meu pai voltar da caçada,
Não falarei com ele. Dizei que estou doente.
Se vos descuidardes do serviço que lhe prestais,
Estareis agindo bem. Eu responderei pela falta.

[*Soam trombetas.*]

OSWALD
Ele já vem, senhora; posso ouvi-lo.

GONERIL
Afetai tanto descaso e negligência quanto quiserdes,
Vós e vossos subordinados. Desejo que ele venha reclamar.
Se não estiver satisfeito, que vá para minha irmã,

Whose mind and mine I know in that are one, 15
Not to be overruled. Idle old man,
That still would manage those authorities
That he hath given away. Now, by my life,
Old fools are babes again, and must be used
With checks as flatteries, when they are seen abused. 20
Remember what I have said.

OSWALD
                      Well, madam.

GONERIL
And let his knights have colder looks among you.
What grows of it, no matter; advise your fellows so.
I would breed from hence occasions, and I shall,
That I may speak. I'll write straight to my sister 25
To hold my course. Go, prepare for dinner.

Exeunt.

Cuja compreensão e a minha são a mesma, eu sei,
Ao não admitir insolências. Pobre velho tonto,
Que ainda pretende exercer os poderes
Que ele próprio transferiu. Juro pela minha vida,
Velhos tolos são de novo bebês; em vez de agrados,
Precisam de limites quando estes são abusados.
Lembrai do que eu disse.

OSWALD
                     Muito bem, senhora.

GONERIL
E que os cavaleiros dele recebam olhares frios entre vós.
O resultado disso não importa; avisai vossos homens.
Espero assim criar as oportunidades, e o farei,
De lhe falar. Escreverei agora mesmo à minha irmã,
Para que siga meu exemplo. Ide, preparai a ceia.

[*Saem.*]

Act I, Scene 4

[*A hall in the same.*] *Enter Kent* [*disguised*].

KENT
If but as well I other accents borrow,
That can my speech defuse, my good intent
May carry through itself to that full issue
For which I razed my likeness. Now, banish'd Kent,
If thou canst serve where thou dost stand condemn'd, 5
So may it come, thy master whom thou lov'st,
Shall find thee full of labors.

Horns within. Enter Lear, [*Knights*] *and Attendants.*

LEAR
Let me not stay a jot for dinner; go get it ready. [*Exit an Attendant.*] How now, what art thou?

KENT
A man, sir. 10

LEAR
What dost thou profess? What wouldst thou with us?

KENT
I do profess to be no less than I seem, to serve him truly that will put me in trust, to love him that is honest, to converse with him

Ato I, Cena 4

[*Um salão no palácio de Albany e Goneril; entra Kent, disfarçado de Caius, um servo.*]

KENT
Se outros sotaques eu tomar emprestados,
Que me encubram o jeito de falar, minha boa intenção
Talvez se desdobre e alcance o pleno efeito,
Pelo qual escanhoei meu semblante. Agora, banido Kent,
Se puderes servir onde te encontras condenado,
E que assim seja, o senhor a quem amavas
Apreciará teus muitos serviços.

[*Soam trombetas; entram Lear, cavaleiros e pajens.*]

LEAR
Não me deixeis esperar nem um instante pela ceia! Ide, trazei-a já! [*sai o primeiro Pajem*] Olá! O que és tu?

KENT
Um homem, senhor.

LEAR
O que queres conosco? Tens alguma profissão?

KENT
Professo não ser menos do que pareço, servir com lealdade quem confiar em mim, amar quem é honesto, conversar com quem é sábio e

that is wise and says little, to fear judgment, to fight when I cannot choose, and to eat no fish.

15

LEAR
What art thou?

KENT
A very honest-hearted fellow, and as poor as the King.

LEAR
If thou be'st as poor for a subject as he's for a king, thou art poor enough. What wouldst thou?

KENT
Service.

20

LEAR
Who wouldst thou serve?

KENT
You.

LEAR
Dost thou know me, fellow?

KENT
No, sir, but you have that in your countenance which I would fain call master.

25

LEAR
What's that?

KENT
Authority.

fala pouco, temer vereditos superiores, lutar quando não tiver opção e não comer peixe.

LEAR
Mas o que és?

KENT
Um sujeito de muito bom coração e tão pobre quanto o rei.

LEAR
Caso sejas tão pobre como súdito quanto ele é como rei, és pobre mesmo. O que desejas?

KENT
Servir.

LEAR
A quem desejas servir?

KENT
A vós.

LEAR
Tu me conheces, homem?

KENT
Não, mas tendes no semblante aquilo que de bom grado eu chamaria de "senhor".

LEAR
Que é o quê?

KENT
Autoridade.

LEAR
What services canst thou do?

KENT
I can keep honest counsel, ride, run, mar a curious tale in telling it, and deliver a plain message bluntly. That which ordinary men are fit for, I am qualified in, and the best of me is diligence.

LEAR
How old art thou?

KENT
Not so young, sir, to love a woman for singing; nor so old to dote on her for anything: I have years on my back forty-eight.

LEAR
Follow me; thou shalt serve me. If I like thee no worse after dinner, I will not part from thee yet. Dinner, ho, dinner! Where's my knave? my Fool? Go you and call my Fool hither. [*Exit an attendant.*] *Enter Oswald.* You, you, sirrah, where's my daughter?

OSWALD
So please you...

Exit.

LEAR
What says the fellow there? Call the clotpoll back. [*Exit a Knight.*] Where's my Fool? Ho, I think the world's asleep. [*Re-enter Knight.*] How now? Where's that mongrel?

KNIGHT
He says, my lord, your daughter is not well.

LEAR
Que serviços sabes fazer?

KENT
Sei guardar segredos honestos, cavalgar, correr, estragar uma boa história ao contá-la e dar um recado curto e grosso. O que um homem simples sabe fazer, eu também sei, e a diligência é o que tenho de melhor.

LEAR
Que idade tens?

KENT
Não sou tão jovem, senhor, para gostar de uma mulher porque ela canta, nem tão velho para babar por ela sem motivo. Carrego nas costas quarenta e oito anos.

LEAR
Vem comigo; hás de servir-me. Se não gostar menos de ti após a ceia, ainda não desejarei que te vás. A ceia, ei, a ceia! Onde está meu menino, o meu Bobo? Vá tu e chama meu Bobo aqui. [*sai o segundo Pajem; entra Oswald*] Tu aí, rapaz! Onde está minha filha?

OSWALD
Com licença...

[*Sai Oswald.*]

LEAR
O que disse aquele sujeito? Mandai o retardado voltar aqui. [*sai o primeiro Cavaleiro*] Onde está o meu Bobo? Como é, parece que o mundo inteiro está dormindo. [*volta o primeiro Cavaleiro*] Então? Onde está aquele cão sem raça?

PRIMEIRO CAVALEIRO
Ele diz, milorde, que vossa filha não passa bem.

LEAR
Why came not the slave back to me when I called him?

KNIGHT
Sir, he answered me in the roundest manner, he would not.

LEAR
He would not?

KNIGHT
My lord, I know not what the matter is; but to my judgment your Highness is not entertained with that ceremonious affection as you were wont. There's a great abatement of kindness appears as well in the general dependants as in the Duke himself also and your daughter.

LEAR
Ha? Say'st thou so?

KNIGHT
I beseech you pardon me, my lord, if I be mistaken; for my duty cannot be silent when I think your Highness wronged.

LEAR
Thou but rememb'rest me of mine own conception. I have perceived a most faint neglect of late, which I have rather blamed as mine own jealous curiosity than as a very pretence and purpose of unkindness. I will look further into't. But where's my Fool? I have not seen him this two days.

KNIGHT
Since my young lady's going into France, sir, the Fool hath much pined away.

LEAR
No more of that; I have noted it well. Go you and tell my

LEAR
Por que o escravo não voltou quando o chamei?

PRIMEIRO CAVALEIRO
Ele respondeu, senhor, de forma categórica, que não queria voltar.

LEAR
Não queria?

PRIMEIRO CAVALEIRO
Milorde, não sei qual é o problema, porém, até onde posso avaliar, Vossa Alteza não vem recebendo a cerimoniosa afeição que lhe seria devida. Há uma grande diminuição na cortesia, perceptível tanto no conjunto da criadagem quanto no comportamento do próprio duque e de vossa filha.

LEAR
Ah, é? Tu dirias isso?

PRIMEIRO CAVALEIRO
Imploro que me perdoeis, milorde, se me engano. Meu dever não pode se calar quando julgo Vossa Alteza desrespeitada.

LEAR
Tu só me recordas de uma impressão que eu mesmo tinha. Percebi uma vaga negligência de uns tempos para cá; mas atribuíra-a antes ao meu apego excessivo às hierarquias, e não a uma deliberada e proposital indelicadeza. Examinarei isso de perto. Mas onde está o meu Bobo? Faz dois dias que não o vejo.

PRIMEIRO CAVALEIRO
Desde que a minha jovem senhora foi para a França, majestade, o Bobo anda desconsolado.

LEAR
Basta deste assunto; eu o notei muito bem. Vai dizer à minha fi-

daughter I would speak with her. Go you, call hither my Fool. [*Exit an Attendant.*] *Enter Oswald.* O, you, sir, you! Come you hither, sir. Who am I, sir?

OSWALD
My lady's father.

LEAR
"My lady's father"? My lord's knave: you whoreson dog, you slave, you cur!

OSWALD
I am none of these, my lord; I beseech your pardon.

LEAR
Do you bandy looks with me, you rascal?

[*Striking him.*]

OSWALD
I'll not be struck, my lord.

KENT
Nor tripped neither, you base football player.

[*Tripping up his heels.*]

LEAR
I thank thee, fellow. Thou serv'st me, and I'll love thee.

KENT
Come, sir, arise, away. I'll teach you differences. Away, away. If you will measure your lubber's length again, tarry; but away. Go to! Have you wisdom? So. [*Pushes Oswald out.*]

lha que exijo falar com ela. [*sai o primeiro Cavaleiro*] Vai, chama o meu Bobo. [*sai o terceiro Pajem; entra Oswald*] Ei, o senhor aí! Vem cá. Quem sou eu, senhor?

OSWALD
O pai de minha senhora.

LEAR
"O pai de minha senhora?" O lacaio do meu senhor: cão filho da puta, escravo, cachorro sem raça!

OSWALD
Não sou nada disso, milorde; imploro que me perdoeis.

LEAR
Ousas me olhar torto, safado?

[*Bate em Oswald.*]

OSWALD
Não aceito ser agredido, milorde.

KENT
Nem derrubado tampouco, seu boleiro sem-vergonha.

[*Com uma rasteira, Kent derruba Oswald.*]

LEAR
Obrigado, amigo. Prestaste um bom serviço, hei de gostar de ti.

KENT [*para Oswald*]
Vamos, senhor, levanta-te e sai! Eu te ensino teu lugar. Sai, sai! Se quiseres esticar outra vez teu corpo desastrado, fica por perto; mas vai, vai-te embora! Tens algum juízo? [*empurra Oswald para fora do palco*] Pronto.

LEAR
Now, my friendly knave, I thank thee. There's earnest of thy service.

[*Giving Kent money.*] *Enter Fool.*

FOOL
Let me hire him too; here's my coxcomb. [*Offering Kent his cap.*]

LEAR
How now, my pretty knave? How dost thou?

FOOL
Sirrah, you were best take my coxcomb. 85

KENT
Why, Fool?

FOOL
Why? For taking one's part that's out of favor. Nay, an thou canst not smile as the wind sits, thou'lt catch cold shortly. There, take my coxcomb. Why, this fellow has banished two on's daughters, and did the third a blessing against his will. If thou follow him, thou 90 must needs wear my coxcomb. — How now, Nuncle? Would I had two coxcombs and two daughters.

LEAR
Why, my boy?

FOOL
If I gave them all my living, I'd keep my coxcombs myself. There's mine; beg another of thy daughters. 95

LEAR
Take heed, sirrah — the whip.

80 Act I, Scene 4

LEAR
Ora, meu bom rapaz, muito obrigado. Toma lá por teus serviços.

[*Dá dinheiro a Kent; entra o Bobo.*]

BOBO
Eu também quero empregá-lo! [*oferece a Kent seu chapéu*] Toma lá, meu barrete de bobo.

LEAR
Até que enfim, meu menino! Como estás?

BOBO [*para Kent*]
Rapaz, seria melhor aceitares o meu barrete.

KENT
Por quê, bobo?

BOBO
Por quê? Por tomar o partido de quem caiu em desgraça. Não, se não podes sorrir na direção do vento, logo pegarás um resfriado. Vamos, pega o meu chapéu. Ora, este sujeito baniu duas filhas e, sem querer, à terceira concedeu uma bênção. Se o acompanhares, deves usar o meu barrete... [*para Lear*] Que tal, Vovô? Quisera eu ter dois barretes e duas filhas.

LEAR
Por quê, menino?

BOBO
Se eu desse a elas todos os meus bens, ainda ficava com os barretes. Este é o meu; implora por outro às tuas filhas.

LEAR
Olha lá, moleque... o chicote.

FOOL
Truth's a dog must to kennel; he must be whipped out, when Lady the Brach may stand by t'fire and stink.

LEAR
A pestilent gall to me!

FOOL
Sirrah, I'll teach thee a speech.

LEAR
Do.

FOOL
Mark it, Nuncle:
> *Have more than thou showest,*
> *Speak less than thou knowest,*
> *Lend less than thou owest,*
> *Ride more than thou goest,*
> *Learn more than thou trowest,*
> *Set less than thou throwest;*
> *Leave thy drink and thy whore,*
> *And keep in-a-door,*
> *And thou shalt have more*
> *Than two tens to a score.*

KENT
This is nothing, fool.

FOOL
Then 'tis like the breath of an unfee'd lawyer... You gave me nothing for't. Can you make no use of nothing, Nuncle?

LEAR
Why, no, boy. Nothing can be made out of nothing.

BOBO
A verdade é um cão que se prende no canil. Ele precisa ser expulso a chicotadas, enquanto a Madame Cadela pode feder junto à lareira.

LEAR
Para mim, é um fel pestilento!

BOBO
Senhorzinho, vou ensinar-te um discurso.

LEAR
Ensina.

BOBO
Presta atenção, Vovô:
> *Possui mais que o mostrado,*
> *Fala pouco do testemunhado,*
> *Empresta menos que o ganhado,*
> *Cavalga mais que o andado,*
> *Aprende mais que o estudado,*
> *Aposta menos que o guardado.*
> *Larga a bebida e tua rameira,*
> *Fica em casa a vida inteira,*
> *E terás mais, no dia seguinte,*
> *Do que dez mais dez igual a vinte.*

KENT
Isso não vale nada, Bobo.

BOBO
Então é como a fala de um advogado que tomou calote... Não me destes nada em troca. [*para Lear*] Podeis fazer uso de nada, Vovô?

LEAR
Claro que não, rapaz. Nada pode ser feito de nada.

Ato I, Cena 4

FOOL [*To Kent*]
Prithee tell him, so much the rent of his land comes to; he will not believe a fool.

LEAR
A bitter fool.

FOOL
Dost thou know the difference, my boy, between a bitter Fool and a sweet one?

LEAR
No, lad; teach me.

FOOL
That lord that counseled thee
To give away thy land,
Come place him here by me,
Do thou for him stand.
The sweet and bitter fool
Will presently appear;
The one in motley here,
The other found out there.

LEAR
Dost thou call me fool, boy?

FOOL
All thy other titles thou hast given away; that thou wast born with.

KENT
This is not altogether fool, my lord.

FOOL
No, faith; lords and great men will not let me; if I had a monopoly out, they would have part on't. And ladies too, they will

BOBO [*para Kent*]
Por favor, diz a ele; esta é soma da renda de suas terras. Ele não acreditará num bobo!

LEAR
Um bobo amargo!

BOBO
Tu sabes a diferença, meu garoto, entre um bobo amargo e um bobo doce?

LEAR
Não, rapaz; ensina-me.

BOBO
Quem mal te aconselhou
A tuas posses entregar,
Traze-o pra onde estou,
Fica tu em seu lugar.
O bobo doce e o amargo
Logo irão se revelar:
O de guizos aqui a tilintar,
O outro aí e sem um lar.

LEAR
Estás a me chamar de bobo, menino?

BOBO
Todos os outros títulos tu já entregaste; com esse, tu nasceste.

KENT
Isto não é uma bobagem completa, milorde.

BOBO
Claro que não; os nobres e os grandes homens não permitiriam isso. Se eu tivesse um monopólio, eles iam querer uma parte. E as da-

not let me have all the fool to myself; they'll be snatching. Nuncle, give me an egg, and I'll give thee two crowns.

LEAR
What two crowns shall they be?

FOOL
Why, after I have cut the egg i' th' middle and eat up the meat, the two crowns of the egg. When thou clovest thy crown i' th' middle and gav'st away both parts, thou bor'st thine ass on thy back o'er the dirt. Thou hadst little wit in thy bald crown when thou gav'st thy golden one away. If I speak like myself in this, let him be whipped that first finds it so.
[*Singing*]
> Fools had ne'er less grace in a year;
> For *wise men are grown foppish,*
> *And know not how their wits to wear,*
> *Their manners are so apish.*

LEAR
When were you wont to be so full of songs, sirrah?

FOOL
I have used it, Nuncle, e'er since thou mad'st thy daughters thy mothers; for when thou gav'st them the rod, and put'st down thine own breeches,
[*Singing*]
> *Then they for sudden joy did weep,*
> *And I for sorrow sung,*
> *That such a king should play bo-peep,*
> *And go the fools among.*

Prithee, Nuncle, keep a schoolmaster that can teach thy fool to lie. I would fain learn to lie.

LEAR
And you lie, sirrah, we'll have you whipped.

mas também, elas não me deixariam ter toda a bobagem sozinho; estarão sempre filando. Vovô, se me deres um ovo eu te dou duas coroas.

LEAR
Mas que coroas são essas?

BOBO
Ora, depois que eu abrir o ovo ao meio e comer o miolo, as duas coroas do ovo. Quando tu partiste tua coroa ao meio, e deste as duas partes, carregaste o teu burro nas costas. Tiveste pouco juízo em tua coroa careca quando cedeste a outra, dourada. Se, ao dizer isso, faço papel de mim mesmo, que o primeiro a enxergar a mesma coisa seja açoitado.
[*cantando*]
>   *Bobos decaem por aí afora,*
>   *Pois todo sábio é palermão;*
>   *O antigo esperto agora chora,*
>   *Vil macaco de imitação.*

LEAR
Quando aprendeste tantas canções, moleque?

BOBO
Tenho praticado bastante, Vovô, desde que fizeste de tuas filhas tuas mães; pois quando lhes entregaste o cetro, e abaixaste as próprias calças...
[*cantando*]
>   *Elas choraram de alegria,*
>   *Eu de tristeza cantei,*
>   *Por falar só tonteria*
>   *E andar com bobos o rei.*

Por favor, Vovô, arranja um mestre-escola que ensine teu Bobo a mentir. Eu quero muito aprender a mentir.

LEAR
Se mentires, moleque, mandaremos açoitar-te!

FOOL

I marvel what kin thou and thy daughters are. They'll have me whipped for speaking true; thou'lt have me whipped for lying; and sometimes I am whipped for holding my peace. I had rather be any kind o'thing than a Fool, and yet I would not be thee, Nuncle: thou hast pared thy wit o' both sides, and left nothing i' th' middle: here comes one o' the parings.

Enter Goneril.

LEAR

How now, daughter? What makes that frontlet on? Methinks you are too much of late i' th' frown.

FOOL

Thou wast a pretty fellow when thou hadst no need to care for her frowning. Now thou art an O without a figure. I am better than thou art now: I am a Fool, thou art nothing. [*To Goneril*] Yes, forsooth, I will hold my tongue. So your face bids me, though you say nothing.
> *Mum, mum,*
> *He that keeps nor crust nor crum,*
> *Weary of all, shall want some.*

[*Pointing to Lear*]
That's a shealed peascod.

GONERIL

Not only, sir, this your all-licensed Fool,
But other of your insolent retinue
Do hourly carp and quarrel, breaking forth
In rank and not-to-be-endured riots. Sir,
I had thought by making this well known unto you
To have found a safe redress, but now grow fearful,
By what yourself too late have spoke and done,
That you protect this course, and put it on
By your allowance; which if you should, the fault

BOBO
É um espanto como tu e tuas filhas são parecidos. Elas mandam me açoitar por dizer a verdade; tu me farás açoitar se eu mentir; e às vezes sou açoitado por ficar de boca fechada. Eu preferiria ser qualquer coisa que não um bobo, mas não queria ser quem és, Vovô. Tu descascaste teu juízo de ambos os lados e não deixaste nada no meio. Lá vem uma das cascas.

[*Entra Goneril.*]

LEAR
O que há, filha! Por que essa cara fechada? Tens andado muito carrancuda ultimamente.

BOBO
Tu eras mais bonito quando não precisavas ocupar-te com as carrancas dela. Agora és um zero sem recheio. Eu me tornei melhor do que tu; sou um bobo, tu não és nada. [*para Goneril*] Sim, já sei; vou calar a boca. O vosso rosto está mandando, mesmo que não diga nada.
Fecha a boca, olha o rolo,
Quem não tem casca nem miolo,
Um dia cansa e quer o bolo.
[*apontando para Lear*]
Eis uma fava sem ervilha.

GONERIL
Não apenas esse bobo sem limites, senhor,
Como outros de vossa comitiva insolente,
A toda hora reclamam e batem boca,
Puxando brigas intoleráveis e indignas.
Senhor, ao chamar vossa atenção para o problema,
Eu esperava reparação, mas cresce em mim o temor,
Pelo que vós mesmo fazeis e falais ultimamente,
De que protegeis tal comportamento, e a ele
Conferis vossa chancela; o que, mesmo assim, tal erro

Would not scape censure, nor the redresses sleep,
Which, in the tender of a wholesome weal,
Might in their working do you that offense
Which else were shame, that then necessity
Will call discreet proceeding. 190

FOOL
For you know, Nuncle,
>   *The hedge-sparrow fed the cuckoo so long*
>   *That it's had it head bit off by it young.*
So out went the candle, and we were left darkling.

LEAR
Are you our daughter? 195

GONERIL
Come, sir,
I would you would make use of that good wisdom
Whereof I know you are fraught; and put away
These dispositions which of late transport you
From what you rightly are. 200

FOOL
May not an ass know when the cart draws the horse? Whoop, Jug, I love thee!

LEAR
Doth any here know me? This is not Lear.
Does Lear walk thus? Speak thus? Where are his eyes?
Either his notion weakens or his discernings 205
Are lethargied... Ha! Waking? 'Tis not so.
Who is it that can tell me who I am?

FOOL
Lear's shadow.

Não escaparia da censura, nem a correção se omitiria.
E ela, no curso do trabalho pela saúde do reino,
Ao produzir seus efeitos poderia causar-vos ofensa,
Que em outra situação seria percebida como imprópria,
Mas que a necessidade chamaria de justa providência.

BOBO
Agora já sabes, Vovô:
> *Um pardal ao cuco alimentou,*
> *Ele deu cria e depois o matou.*
Assim a vela se extinguiu, e nós ficamos no escuro.

LEAR
Vós sois nossa filha?

GONERIL
Ora, senhor,
Eu gostaria de ver-vos fazer uso do bom senso,
O qual eu sei que possuís, e abandonar
Essas alterações de humor que vêm afastando-vos
Do que realmente sois.

BOBO
Será que um burro não adivinha quando a carroça está puxando o cavalo? Upa, upa, cavalinho!

LEAR
Quem aqui sabe quem eu sou? Não sou Lear.
Lear não anda assim? Não fala assim? Onde estão seus olhos?
Ou sua razão fraqueja ou seu discernimento
Entrou em letargia... Ha! Acordei agora? Não creio.
Quem pode me dizer quem sou?

BOBO
A sombra de Lear.

LEAR
I would learn that; for, by the marks of sovereignty, knowledge and reason, I should be false persuaded I had daughters. 210

FOOL
Which they will make an obedient father.

LEAR
Your name, fair gentlewoman?

GONERIL
This admiration, sir, is much o' th' savor
Of other your new pranks. I do beseech you
To understand my purposes aright. 215
As you are old and reverend, you should be wise.
Here do you keep a hundred knights and squires,
Men so disordered, so deboshed and bold,
That this our court, infected with their manners,
Shows like a riotous inn. Epicurism and lust 220
Makes it more like a tavern or a brothel
Than a grac'd palace. The shame itself doth speak
For instant remedy. Be, then desired
By her, that else will take the thing she begs,
A little to disquantity your train, 225
And the remainders that shall still depend,
To be such men as may besort your age,
Which know themselves, and you.

LEAR
                    Darkness and devils!
Saddle my horses; call my train together.
Degenerate bastard! I'll not trouble thee: 230
Yet have I left a daughter.

LEAR
Eu gostaria de saber; pois, pelas insígnias da realeza, do conhecimento e da razão, talvez me enganasse ao pensar que tinha filhas.

BOBO
Que farão de ti um pai obediente.

LEAR
Qual é vosso nome, bela senhora?

GONERIL
Tal reação afetada, senhor, tem o sabor
De mais uma de vossas pirraças. Eu vos imploro,
Entendei corretamente meus propósitos.
Como sois idoso e venerando, deveríeis ser sábio.
Sustentais aqui cem cavaleiros e pajens,
Homens tão desordeiros, vulgares e atrevidos,
Que nossa corte, infectada por seus maus modos,
Parece uma estalagem sediciosa. Epicurismo e luxúria
Fazem-na mais uma taverna ou um prostíbulo
Que um palácio respeitável. A própria vergonha clama
Por um remédio instantâneo. É o desejo
Daquela que pode executar o que implora:
Diminuí um pouco vossa comitiva,
Que os remanescentes sob vosso serviço,
Sejam homens apropriados à vossa idade,
E conheçam o lugar deles e o vosso.

LEAR
                             Trevas e demônios!
Selai meus cavalos, reuni minha tropa!
Bastarda sem coração; não te perturbarei mais:
Ainda me resta uma filha.

GONERIL
You strike my people, and your disordered rabble
Make servants of their betters.

Enter Albany.

LEAR
Woe that too late repents. O, sir, are you come?
Is it your will? Speak, sir.   235
Prepare my horses.

Ingratitude! thou marble-hearted fiend,
More hideous when thou show'st thee in a child
Than the sea-monster!

ALBANY
                    Pray, sir, be patient.

LEAR
Detested kite, thou liest.   240
My train are men of choice and rarest parts,
That all particulars of duty know,
And in the most exact regard support
The worships of their name. O most small fault,
How ugly didst thou in Cordelia show!   245
Which, like an engine, wrench'd my frame of nature
From the fixed place, drew from my heart all love,
And added to the gall. O Lear, Lear, Lear!
Beat at this gate that let thy folly in
[*Striking his head.*]
And thy dear judgment out. Go, go, my people.   250

GONERIL
Vós atacais meu pessoal, e vossa ralé desordeira
Faz empregados dos que lhes são superiores.

[*Entra Albany.*]

LEAR
Ai de quem muito tarde se arrepende! Ah, chegastes, senhor?
Isto é por vossa ordem? Falai.
[*para seus cavaleiros*] Preparai os cavalos.
[*sai o segundo Cavaleiro; para Goneril*]
Ingratidão! És um diabo com coração de mármore,
Mais horrível quando toma a aparência de filha
Do que a de um monstro marinho.

ALBANY
                    Senhor, eu peço, tende paciência.

LEAR [*para Goneril*]
Águia odiosa, estás mentindo!
Meu séquito tem homens de elite e qualidade,
Muito cientes dos seus deveres,
Que nos menores detalhes reforçam
O culto a seus nomes. Oh, mínima falha,
Quão grave me pareceste em Cordelia!
Feito uma engrenagem, arrancaste minha natureza
De sua base; roubaste todo o amor do meu coração,
E o encheste de fel. Oh, Lear, Lear, Lear!
[*batendo na cabeça*]
Bate no portão que deixou tua loucura entrar
E teu querido juízo sair. Os que estão comigo, para fora!

[*Saem Kent, cavaleiros e pajens.*]

Ato I, Cena 4

ALBANY
My lord, I am guiltless, as I am ignorant
Of what hath moved you.

LEAR
                    It may be so, my lord.
Hear, nature, hear; dear Goddess, hear:
Suspend thy purpose, if thou didst intend
To make this creature fruitful. 255

Into her womb convey sterility,
Dry up in her the organs of increase,
And from her derogate body never spring
A babe to honor her. If she must teem,
Create her child of spleen, that it may live 260
And be a thwart disnatured torment to her.
Let it stamp wrinkles in her brow of youth,
With cadent tears fret channels in her cheeks,
Turn all her mother's pains and benefits
To laughter and contempt, that she may feel 265
How sharper than a serpent's tooth it is
To have a thankless child! Away, away!

Exit.

ALBANY
Now, gods that we adore, whereof comes this?

GONERIL
Never afflict yourself to know the cause,
But let his disposition have that scope 270
As dotage gives it.

Enter Lear.

ALBANY
Senhor, sou tão inocente quanto ignorante
Do que o deixou alterado.

LEAR
                    Talvez o sejais, milorde.
Ouve, Natureza, ouve; deusa querida, ouve:
Não leves adiante o plano, se pretendias
Tornar fértil essa criatura.
[*aponta para Goneril*]
Impregna a esterilidade em seu ventre,
Resseca seus órgãos reprodutivos,
E que jamais brote de seu corpo degradado
Um filho para honrá-la. Se ela tiver que dar à luz,
Que a criança a faça sofrer, que viva e seja,
Para a mãe, tormento desnaturado e invencível.
Deixa-a estampar rugas na sua jovem fronte,
Escavar suas bochechas com lágrimas incandescentes,
Responder a todas as dores e cuidados da mãe
Com gargalhadas e desprezo; que ela sinta
Como é mais doloroso do que picada de cobra
A ingratidão de uma filha. Vamos, vamos!

[*Saem Lear e o Bobo.*]

ALBANY
Mas, deuses que amamos, como isso pôde acontecer?

GONERIL
Não vos preocupeis em entender o que houve,
Basta deixardes a malcriação dele ter o alcance
Que vem com a senilidade.

[*Voltam Lear e o Bobo.*]

LEAR
What, fifty of my followers at a clap?
Within a fortnight?

ALBANY
              What's the matter, sir?

LEAR
I'll tell thee. [*To Goneril*] Life and death, I am ashamed
That thou hast power to shake my manhood thus! 275
That these hot tears, which break from me perforce,
Should make thee worth them. Blasts and fogs upon thee!
Th'untented woundings of a father's curse
Pierce every sense about thee! Old fond eyes,
Beweep this cause again, I'll pluck ye out 280
And cast you with the waters that you loose,
To temper clay. Yea, is it come to this?
Ha! Let it be so. I have another daughter,
Who, I am sure, is kind and comfortable.
When she shall hear this of thee, with her nails 285
She'll flay thy wolvish visage. Thou shalt find
That I'll resume the shape which thou dost think
I have cast off for ever.

Exeunt [*Lear with Kent and Attendants*].

GONERIL
              Do you mark that?

ALBANY
I cannot be so partial, Goneril,
To the great love I bear you... 290

GONERIL
Pray you, content. What, Oswald, ho!

LEAR
O quê? Cinquenta seguidores meus de uma vez?
Em apenas quinze dias?

ALBANY
                    Qual o problema, senhor?

LEAR
Vou te dizer... [*para Goneril*] Pela vida e pela morte!
Vergonha de abalares assim a minha condição de homem!
Que estas lágrimas escaldantes, choradas a contragosto,
Façam-te digna delas. Raios e trovões caiam sobre ti!
As chagas expostas da maldição de um pai
Rasguem cada sentido em teu corpo! Velhos olhos iludidos,
Se de novo chorardes pela mesma causa, irei arrancar-vos,
E descartar-vos na água que deixais escorrer,
Para que vos mistureis ao barro. Então é assim?
Ha! Pois que seja. Tenho outra filha,
Que, decerto, é gentil e hospitaleira.
Quando ouvir o que fizeste, com as unhas
Arrancará tua máscara de loba. Tu verás;
Garanto retomar a grandeza que julgas
Por mim perdida para sempre.

[*Sai Lear.*]

GONERIL
                    Ouvistes isso?

ALBANY
Não posso ser tão parcial, Goneril,
Apesar do grande amor que vos dedico...

GONERIL
Por favor, aceitai apenas. Oswald, olá!

Ato I, Cena 4

[*To the Fool*]
You, sir, more knave than fool, after your master!

FOOL
Nuncle Lear, Nuncle Lear, tarry. Take the Fool with thee.
> *A fox, when one has caught her,*
> *And such a daughter,*
> *Should sure to the slaughter,*
> *If my cap would buy a halter.*
> *So the Fool follows after.*

Exit.

GONERIL
This man hath had good counsel. A hundred knights!
'Tis politic and safe to let him keep
At point a hundred knights: yes, that on every dream,
Each buzz, each fancy, each complaint, dislike,
He may enguard his dotage with their powers,
And hold our lives in mercy. Oswald, I say!

ALBANY
Well, you may fear too far.

GONERIL
      Safer than trust too far:
Let me still take away the harms I fear,
Not fear still to be taken. I know his heart.
What he hath utter'd I have writ my sister:
If she sustain him and his hundred knights,
When I have showed th'unfitness...
Enter Oswald.
      How now, Oswald?
What, have you writ that letter to my sister?

[*para o Bobo*]
Tu, senhor, mais safado que bobo, corre atrás do teu amo!

BOBO
Vovô Lear, Vovô Lear! Leva o Bobo contigo!
Na raposa caçada,
E na filha culpada,
A morte é matada.
Se meu barrete é coleira amarrada,
O Bobo então bate em retirada.

[*Sai o Bobo.*]

GONERIL
Bons conselhos teve este homem! Cem cavaleiros!
É má política e perigoso deixá-lo assim,
Com cem cavaleiros armados; os quais, a cada sonho,
A cada murmúrio, ideia, queixa ou desprazer,
Defendem sua caduquice pela força,
E mantêm nossas vidas em cheque. Oswald, aparece!

ALBANY
Ora, talvez temeis um pouco demais.

GONERIL
 É melhor do que confiar demais.
Prefiro abater os males que temo
A temer que me abatam. Eu o conheço bem.
O que ele disse escrevi à minha irmã.
Se ela o apoiar e a seus cem cavaleiros,
Depois de eu já ter mostrado o erro...
[*entra Oswald*]
 E então, Oswald,
Já escreveste a carta à minha irmã?

OSWALD
Ay, madam.

GONERIL
Take you some company, and away to horse.
Inform her full of my particular fear,
And thereto add such reasons of your own
As may compact it more. Get you gone,
And hasten your return. [*Exit Oswald.*] No, no, my lord,
This milky gentleness and course of yours,
Though I condemn not, yet under pardon,
You are much more attasked for want of wisdom
Than praised for harmful mildness.

ALBANY
How far your eyes may pierce I cannot tell;
Striving to better, oft we mar what's well.

GONERIL
Nay then...

ALBANY
Well, well, th' event.

Exeunt.

OSWALD
Sim, senhora.

GONERIL
Reuni alguns homens e tomai um cavalo.
Informai-a do receio que tenho em mim,
Ao qual podeis acrescentar motivos próprios,
Que reforcem o argumento. Agora ide,
E voltai logo. [*sai Oswald; para Albany*] Não, não, milorde;
Vossa bondade e atitude, puras qual o leite,
Não as condeno; porém, se me perdoais,
Hoje sois mais criticado por ingenuidade,
Que louvado por tão danoso comedimento.

ALBANY
O quão longe estais enxergando, eu não saberia dizer;
Mas, tentando o melhor, periga o bom corromper.

GONERIL
Ora, e daí...

ALBANY
Bem, bem, o tempo dirá!

[*Saem Albany e Goneril.*]

Act I, Scene 5

[*Court before the same.*] *Enter Lear, Kent and Fool.*

LEAR
Go you before to Cornwall with these letters. Acquaint my daughter no further with anything you know than comes from her demand out of the letter. If your diligence be not speedy, I shall be there afore you.

KENT
I will not sleep, my lord, till I have delivered your letter. 5

Exit.

FOOL
If a man's brains were in's heels, were't not in danger of kibes?

LEAR
Ay, boy.

FOOL
Then I prithee be merry. Thy wit shall not go slipshod.

LEAR
Ha, ha, ha. 10

Ato I, Cena 5

[*Pátio defronte ao palácio de Albany e Goneril; entram Lear, Kent, disfarçado como Caius, e o Bobo.*]

LEAR [*para Kent*]
Vai na frente com estas cartas para Cornwall. Não digas nada à minha filha do que sabes, limita-te a esclarecer quaisquer dúvidas dela em relação à carta. Se não fores diligente e rápido, chegarei lá antes de ti.

KENT
Não dormirei, senhor, enquanto não entregar vossa carta.

[*Sai Kent.*]

BOBO
Se o cérebro do homem ficasse nos calcanhares, não correria o perigo de apanhar frieiras?

LEAR
Sim, menino.

BOBO
Então, peço que te alegres. Teu juízo não andará de chinelos.

LEAR
Ha, ha, ha!

FOOL
Shalt see thy other daughter will use thee kindly; for though she's as like this as a crab's like an apple, yet I can tell what I can tell.

LEAR
Why, what canst thou tell, my boy?

FOOL
She will taste as like this as a crab does to a crab. Thou canst tell why one's nose stands i'the middle on's face?

LEAR
No.

FOOL
Why, to keep one's eyes of either side's nose, that what a man cannot smell out, he may spy into.

LEAR
I did her wrong.

FOOL
Canst tell how an oyster makes his shell?

LEAR
No.

FOOL
Nor I neither; but I can tell why a snail has a house.

BOBO
Verás como a tua outra filha irá te tratar bem; pois embora ela seja tão parecida com esta quanto uma maçã se parece com outra, mesmo assim eu sei o que eu sei.³

LEAR
E o que tu sabes, menino?

BOBO
Ela terá sabor idêntico, como o de uma maçã é igual ao da outra. Tu sabes por que o nariz da gente fica no meio da cara?

LEAR
Não.

BOBO
Ora, para ter um olho de cada lado do nariz; assim, o que um homem não fareja, ele pode espiar.

LEAR
Fui injusto com ela.

BOBO
Sabes como uma ostra faz sua concha?

LEAR
Não.

BOBO
Nem eu, tampouco. Mas sei por que o caracol tem uma casa.

---

³ No original, "for though she's as like this as a crab's like an apple" e "She will taste like this as a crab does to a crab": a brincadeira verbal aqui é de difícil tradução. *Crab apple* é uma maçã silvestre, contraposta à maçã cultivada. Mas *crab* é também caranguejo, criando um jogo de semelhanças e diferenças simultâneas.

LEAR
Why?

FOOL
Why, to put's head in; not to give it away to his daughters, and leave his horns without a case.

LEAR
I will forget my nature. So kind a father! Be my horses ready?

FOOL
Thy asses are gone about 'em. The reason why the seven stars are no more than seven is a pretty reason.

LEAR
Because they are not eight.

FOOL
Yes indeed. Thou wouldst make a good fool.

LEAR
To tak't again perforce! Monster ingratitude!

FOOL
If thou wert my Fool, Nuncle, I'ld have thee beaten for being old before thy time.

LEAR
How's that?

FOOL
Thou shouldst not have been old till thou hadst been wise.

LEAR
O, let me not be mad, not mad, sweet heaven!

LEAR
Por quê?

BOBO
Ora, para proteger a cabeça; não para dá-la às suas filhas e ficar com as antenas sem uma casca.

LEAR
Vou renegar minha natureza. Um pai tão bondoso! Meus cavalos estão prontos?

BOBO
Seus asnos já foram providenciá-los. A razão pela qual as sete estrelas não são mais de sete é muito acertadinha.

LEAR
Porque não são oito.

BOBO
Isso mesmo. Tu darias um ótimo bobo.

LEAR
Ter que retomar tudo à força! Ingratidão monstruosa!

BOBO
Se fosses meu bobo, Vovô, eu te daria uma surra por teres ficado velho antes do tempo.

LEAR
Como assim?

BOBO
Não deverias ter ficado velho antes de ficares sábio.

LEAR
Oh, céus, que eu não fique louco; louco não!

Keep me in temper; I would not be mad!
[*Enter Gentleman.*]
How now? Are the horses ready? 40

GENTLEMAN
Ready, my lord.

LEAR
Come, boy.

FOOL
She that's a maid now, and laughs at my departure,
Shall not be a maid long, unless things be cut shorter.

Exeunt.

Preservai minha sanidade; não quero ficar louco!
[*entra um Fidalgo*]
Como é? Os cavalos estão prontos?

FIDALGO
Prontos, milorde.

LEAR [*para o Bobo*]
Vem, menino.

BOBO [*à parte*]
A virgem que ri porque vou embora,
Só fica virgem se não levar uma tora.

[*Saem Lear, o Bobo e o Fidalgo.*]

Act II, Scene 1

[*The Earl of Gloucester's castle.*] *Enter Edmund and Curan, severally.*

EDMUND
Save thee, Curan.

CURAN
And you, sir. I have been with your father, and given him notice that the Duke of Cornwall and Regan his Duchess will be here with him this night.

EDMUND
How comes that? 5

CURAN
Nay, I know not. You have heard of the news abroad? I mean the whispered ones, for they are yet but ear-kissing arguments.

EDMUND
Not I. Pray you, what are they?

CURAN
Have you heard of no likely wars toward, 'twixt the two dukes of Cornwall and Albany? 10

EDMUND
Not a word.

Ato II, Cena 1

[*No castelo do conde de Gloucester; entram Edmund e Curan, por lados diferentes do palco.*]

EDMUND
Deus te proteja, Curan.

CURAN
E ao senhor também. Estive com vosso pai e dei-lhe notícia de que o duque de Cornwall e Regan, sua duquesa, passarão a noite aqui com ele.

EDMUND
E por quê?

CURAN
Eu não sei. Já ouvistes as notícias de fora? Quero dizer, as sussurradas, pois ainda não passam de frases beijadas nos ouvidos.

EDMUND
Eu não. Por obséquio, quais são elas?

CURAN
Não ouvistes falar em uma possível e iminente guerra entre os duques de Cornwall e Albany?

EDMUND
Nem uma palavra.

CURAN
You may do, then, in time. Fare you well,
sir.

Exit.

EDMUND
The Duke be here tonight? The better! best!
This weaves itself perforce into my business. 15
My father hath set guard to take my brother;
And I have one thing, of a queasy question
Which I must act. Briefness and fortune, work!

Brother, a word; descend, Brother, I say!
Enter Edgar.
My father watches. O sir, fly this place. 20
Intelligence is given where you are hid.
You have now the good advantage of the night.
Have you not spoken 'gainst the Duke of Cornwall?
He's coming hither, now, i' th' night, i' th' haste,
And Regan with him. Have you nothing said 25
Upon his party 'gainst the Duke of Albany?
Advise yourself.

EDGAR
                I am sure on't, not a word.

EDMUND
I hear my father coming. Pardon me:
In cunning I must draw my sword upon you.
Draw; seem to defend yourself; now quit you well. 30
Yield! Come before my father. Light ho, here!
Fly, brother. Torches, torches! So farewell.
Exit Edgar.
Some blood drawn on me would beget opinion
[*Wounds his arm*]

CURAN
Pois então é possível que ouçais, no devido tempo. Passai bem, senhor.

[*Sai Curan.*]

EDMUND
O duque, aqui, hoje à noite? Melhor! Perfeito!
Isto bem serve à trama dos meus propósitos.
Meu pai enviou guardas para deter meu irmão,
E tenho uma questão um tanto indigesta,
Em relação à qual devo atuar. Presteza e sorte, trabalhai!
[*para Edgar, fora de cena*]
Irmão, preciso falar-vos; descei, irmão, eu peço!
[*entra Edgar*]
Meu pai vigia. Oh, senhor, fugi daqui!
Vosso esconderijo foi descoberto.
Tendes agora a vantajosa proteção da noite.
Por acaso andastes criticando o duque de Cornwall?
Ele vem para cá: agora à noite, com pressa.
E Regan o acompanha. Não o censurastes em nada,
Sobre a querela contra o duque de Albany?
Pensai bem.

EDGAR
        Tenho certeza, nem uma palavra.

EDMUND
Ouço meu pai chegar. Perdão,
Preciso fingir ameaçar-vos com a espada.
Desembainhai, parecei defender-vos; agora parti.
Rendei-vos! Apresentai-vos perante meu pai! Luzes, aqui!
Fugi, irmão. Tochas! Tochas! Cuidai-vos bem.
[*sai Edgar*]
Umas gotas de sangue darão a prova
[*Edmund fere o próprio braço*]

Ato II, Cena 1   115

Of my more fierce endeavor. I have seen drunkards
Do more than this in sport. Father, father! 35
Stop, stop! No help?

Enter Gloucester and Servants with torches.

GLOUCESTER
Now, Edmund, where's the villain?

EDMUND
Here stood he in the dark, his sharp sword out,
Mumbling of wicked charms, conjuring the moon
To stand auspicious mistress.

GLOUCESTER
                      But where is he? 40

EDMUND
Look, sir, I bleed.

GLOUCESTER
                Where is the villain, Edmund?

EDMUND
Fled this way, sir. When by no means he could...

GLOUCESTER
Pursue him, ho! Go after.
[*Exeunt some Servants.*]
By no means what?

EDMUND
Persuade me to the murder of your lordship; 45
But that I told him the revenging gods
'Gainst parricides did all their thunders bend;

Do meu mais firme empenho. Já vi bêbados
Fazerem pior que isso por farra. Pai, pai!
Parai, parai! Nenhuma ajuda?

[*Entram Gloucester e criados, com tochas.*]

GLOUCESTER
Fala, Edmund, onde está o bandido?

EDMUND
Estava aqui no escuro, brandindo o fio da espada,
Murmurando feitiços maléficos, conjurando a Lua
Para servir-lhe de amante auspiciosa.

GLOUCESTER
                        Mas onde está ele?

EDMUND
Veja, senhor, eu sangro.

GLOUCESTER
                    Onde está o bandido, Edmund?

EDMUND
Fugiu por aqui, senhor, quando de todo fracassou em...

GLOUCESTER
Persegui-o, ide! Atrás dele.
[*saem alguns criados*]
Fracassou em quê?

EDMUND
Persuadir-me ao assassinato de Vossa Senhoria.
Mas respondi-lhe que deuses vingadores
Lançam trovões contra os parricidas;

Spoke with how manifold and strong a bond
The child was bound to th' father. Sir, in fine,
Seeing how loathly opposite I stood
To his unnatural purpose, in fell motion
With his prepared sword, he charges home
My unprovided body, latched mine arm;
But when he saw my best alarumed spirits
Bold in the quarrel's right, roused to th'encounter,
Or whether gasted by the noise I made,
Full suddenly he fled.

GLOUCESTER
               Let him fly far.
Not in this land shall he remain uncaught;
And found — dispatch. The noble Duke my master,
My worthy arch and patron, comes tonight.
By his authority I will proclaim it,
That he which finds him shall deserve our thanks,
Bringing the murderous coward to the stake.
He that conceals him, death.

EDMUND
When I dissuaded him from his intent,
And found him pight to do it, with curst speech
I threaten'd to discover him. He replied,
"Thou unpossessing bastard, dost thou think,
If I would stand against thee, would the reposal
Of any trust, virtue, or worth in thee
Make thy words faithed? No. What I should deny —
As this I would, ay, though thou didst produce
My very character — I'd turn it all
To thy suggestion, plot, and damned practice.
And thou must make a dullard of the world,
If they not thought the profits of my death
Were very pregnant and potential spurs
To make thee seek it".

E falei sobre os laços múltiplos e fortes
Que unem o filho ao pai. Enfim, senhor,
Diante da força de minha altiva oposição
Aos seus objetivos desnaturados, em ataque mortal,
Com lâmina afiada, ele tentou abater
Meu corpo indefeso, rasgando-me o braço.
Mas ao ver meus ímpetos convocados,
À altura do desafio, audaciosos combatentes da justiça,
Ou então assustando-se com o barulho que fiz,
Ele de repente fugiu.

GLOUCESTER
                Pois que fuja para longe.
Neste território não deixará de ser preso;
Uma vez encontrado — execução. O duque, meu amo,
Meu nobre líder e patrono, chega esta noite.
Com sua autoridade proclamarei:
Quem o encontrar merecerá nossa gratidão,
Ao tronco arrastando o covarde assassino.
A quem o esconder, morte.

EDMUND
Quando tentei dissuadi-lo de seu plano,
Ao vê-lo determinado, com ríspido discurso
Ameacei denunciá-lo. Ele respondeu:
"Bastardo despossuído, pensas que,
Se eu a ti contestasse, qualquer abono
De confiança, virtude ou respeito
Daria credibilidade às tuas palavras? Não. O que eu negaria —
E isto eu negaria sem dúvida, ainda que exibisses
Prova escrita por mim — eu atribuiria por inteiro
À tua intriga, ardil e atuação maldita.
E deves achar o mundo muito estúpido,
Para ele não concluir que os lucros de minha morte
Atuariam como fortes e sonoros motivos
Para que tu a desejasses".

GLOUCESTER
                O strange and fastened villain!
Would he deny his letter, said he? I never got him.
Tucket within.
Hark, the Duke's trumpets. I know not why he comes.   80
All ports I'll bar; the villain shall not scape;
The Duke must grant me that. Besides, his picture
I will send far and near, that all the kingdom
May have due note of him; and of my land,
Loyal and natural boy, I'll work the means   85
To make thee capable.

Enter Cornwall, Regan and Attendants.

CORNWALL
How now, my noble friend! since I came hither,
Which I can call but now, I have heard strange news.

REGAN
If it be true, all vengeance comes too short
Which can pursue th'offender. How dost, my lord?   90

GLOUCESTER
O madam, my old heart is cracked, it's cracked.

REGAN
What, did my father's godson seek your life?
He whom my father named, your Edgar?

GLOUCESTER
O lady, lady, shame would have it hid.

REGAN
Was he not companion with the riotous knights   95
That tended upon my father?

GLOUCESTER
                    Oh, anormal e inveterado bandido!
Quis negar a autoria da carta, então? Não pode ser filho meu.
[*fora do palco soam trombetas*]
Ouve, o toque ducal. Não sei por que ele veio.
Fecharei todos os portos; o bandido não escapará;
O duque há de me conceder isto. Ademais, seu retrato
Espalharei por céus e terras, para que todo o reino
Tenha conhecimento do caso; e de meus domínios,
Rapaz leal e por natureza amoroso, acharei um jeito
De fazer-te o herdeiro.

[*Entram Cornwall, Regan e séquito.*]

CORNWALL
Olá, meu nobre amigo! Desde que cheguei,
E foi logo agora, devo dizer, ouvi estranhas notícias.

REGAN
Que, se forem verdade, toda vingança é pouca
Em punição ao agressor. Estais bem, milorde?

GLOUCESTER
Oh, senhora, meu velho coração está partido, partido em dois.

REGAN
Então o afilhado de meu pai tentou matar-vos?
Ele a quem meu pai deu nome, vosso Edgar?

GLOUCESTER
Oh, senhora, senhora, a vergonha preferiria esconder este fato!

REGAN
Não andava ele com os turbulentos cavaleiros
Que serviam a meu pai?

GLOUCESTER
I know not, madam. 'Tis too bad, too bad.

EDMUND
Yes, madam, he was of that consort.

REGAN
No marvel then, though he were ill affected.
'Tis they have put him on the old man's death, 100
To have th' expense and waste of his revenues.
I have this present evening from my sister
Been well informed of them; and with such cautions
That if they come to sojourn at my house,
I'll not be there.

CORNWALL
    Nor I, assure thee, Regan. 105
Edmund, I hear that you have shown your father
A childlike office.

EDMUND
It was my duty, sir.

GLOUCESTER
He did bewray his practice, and received
This hurt you see, striving to apprehend him. 110

CORNWALL
Is he pursued?

GLOUCESTER
    Ay, my good lord.

CORNWALL
If he be taken, he shall never more
Be fear'd of doing harm. Make your own purpose,

Act II, Scene 1

GLOUCESTER
Não sei, minha senhora. É triste, muito triste.

EDMUND
Sim, senhora, ele fazia parte da escolta.

REGAN
Não espantam, assim, suas más inclinações.
Foram eles que o instigaram à morte do pai,
Para gastar e esbanjar vossos rendimentos.
Por minha irmã, esta noite mesmo,
Fui bem informada sobre eles, e com tantos alertas
Que, se vierem pousar em minha casa,
Não estarei lá.

CORNWALL
                Nem eu, asseguro-te, Regan.
Edmund, ouvi que prestastes a vosso pai
Serviços dignos de um filho.

EDMUND
Era o meu dever, senhor.

GLOUCESTER [*para Cornwall*]
De fato, ele denunciou a trama e recebeu,
Ao tentar detê-lo, a ferida que podeis ver.

CORNWALL
Estão em seu encalço?

GLOUCESTER
                Sim, meu bom senhor.

CORNWALL
Se for capturado, nunca mais sua maldade
Deverá ser temida. Agi como quiserdes,

How in my strength you please. For you, Edmund,
Whose virtue and obedience doth this instant 115
So much commend itself, you shall be ours.
Natures of such deep trust we shall much need;
You we first seize on.

EDMUND
          I shall serve you, sir,
Truly, however else.

GLOUCESTER
          For him I thank your Grace.

CORNWALL
You know not why we came to visit you? 120

REGAN
Thus out of season, threading dark-eyed night.
Occasions, noble Gloucester, of some prize,
Wherein we must have use of your advice.
Our father he hath writ, so hath our sister,
Of differences, which I best thought it fit 125
To answer from our home. The several messengers
From hence attend dispatch. Our good old friend,
Lay comforts to your bosom, and bestow
Your needful counsel to our businesses,
Which craves the instant use.

GLOUCESTER
          I serve you, madam. 130
Your Graces are right welcome.

Exeunt. Flourish.

Dispondes do meu poder. Vós, Edmund,
Cuja virtuosa obediência, nesse momento,
Tanto o recomenda, ficareis conosco.
Naturezas assim confiáveis ajudarão muito;
De vós tomamos posse primeiro.

EDMUND
                          Serei vosso servo, milorde;
Fielmente, e de toda maneira.

GLOUCESTER
                       Em nome dele, eu vos agradeço, senhor.

CORNWALL
Não imaginai por que viemos ter convosco?

REGAN
Tão fora de hora, sob o olho negro da noite?
Situações, nobre Gloucester, não pouco graves,
A nós tornam úteis vossos conselhos.
Nosso pai nos escreveu, bem como nossa irmã,
Sobre atritos que julguei melhor responder
Estando fora de casa. Os respectivos mensageiros
Aguardam a ordem de partir. Bom e velho amigo,
Consolai vosso peito, e emprestai
Relevante conselho sobre nossos negócios,
Que bradam por ação urgente.

GLOUCESTER
                           Estou às ordens, senhora.
Vossas Graças sejais bem-vindas.

[*Saem Edmund, Gloucester, Cornwall e Regan, sob o toque de trombetas.*]

Act II, Scene 2

[*Before Gloucester's Castle.*] *Enter Kent and Oswald, severally.*

OSWALD
Good dawning to thee, friend. Art of this house?

KENT
Ay.

OSWALD
Where may we set our horses?

KENT
I' th' mire.

OSWALD
Prithee, if thou lov'st me, tell me.   5

KENT
I love thee not.

OSWALD
Why then, I care not for thee.

KENT
If I had thee in Lipsbury pinfold, I would make thee care for me.

Ato II, Cena 2

[*Diante do castelo de Gloucester; entram Kent, disfarçado, e Oswald, por lados opostos.*]

OSWALD
Bom dia, amigo. És desta casa?

KENT
Sou.

OSWALD
Onde podemos deixar nossos cavalos?

KENT
No lamaçal.

OSWALD
Por favor, se me queres bem, diz-me...

KENT
Eu não te quero bem.

OSWALD
Ora, então contigo pouco me importo.

KENT
Se eu te metesse num chiqueiro, eu faria importar-te comigo.

OSWALD
Why dost thou use me thus? I know thee not.

KENT
Fellow, I know thee.

OSWALD
What dost thou know me for?

KENT
A knave, a rascal, an eater of broken meats; a base, proud, shallow, beggarly, three-suited, hundred-pound, filthy worsted-stocking knave; a lily-livered, action-taking, whoreson, glass-gazing, superserviceable, finical rogue; one trunk-inheriting slave; one that wouldst be a bawd in way of good service, and art nothing but the composition of a knave, beggar, coward, pander, and the son and heir of a mongrel bitch; one whom I will beat into clamorous whining if thou deniest the least syllable of thy addition.

OSWALD
Why, what a monstrous fellow art thou, thus to rail on one that's neither known of thee nor knows thee!

KENT
What a brazen-faced varlet art thou to deny thou knowest me! Is it two days ago since I tripped up thy heels and beat thee before the King? [*Drawing his sword*] Draw, you rogue, for though it be night, yet the moon shines. I'll make a sop o' th' moonshine of you. You whoreson cullionly barbermonger, draw!

OSWALD
Away! I have nothing to do with thee.

KENT
Draw, you rascal. You come with letters against the King, and take

OSWALD
Por que me tratas assim? Não te conheço.

KENT
Pois eu te conheço, sujeito.

OSWALD
Me conheces como?

KENT
Como um patife, calhorda e comedor de carniça; um criado safado e vil, fútil, rasteiro, indigente, metido a sebo, interesseiro, fedorento e de meia furada; um tratante covarde que foge da briga, filho da puta, vaidoso, pilantra afetado, capacho por vocação; um safado herdeiro de um baú de trapos, que julga a cafetinagem serviço honesto e que não passa de uma mistura de patife, mendigo, medroso e alcoviteiro, filho e herdeiro de uma cadela vira-lata; a quem eu surrarei até ganir bem alto se negares uma única sílaba desses teus títulos.

OSWALD
Mas que sujeito monstruoso és tu, para ofenderes deste modo alguém que não conheces e nem te conhece!

KENT
Que vagabundo descarado és tu, que negas conhecer-me! Faz dois dias que te passei a perna e dei-te uma surra na frente do rei? [*desembainha a espada*] Saca tua espada, calhorda! Embora ainda seja noite, a lua está brilhando. Farei de ti um mingau ao luar, pelintra metido a besta. Saca!

OSWALD
Vai-te embora! Não quero nada contigo.

KENT
Saca, tratante! Vens com cartas contra o rei; és o fantoche da Vai-

Vanity the puppet's part against the royalty of her father. Draw, you rogue, or I'll so carbonado your shanks. Draw, you rascal. Come your ways! 30

    OSWALD
    Help, ho! Murder! Help!

    KENT
    Strike, you slave! Stand, rogue! Stand; you neat slave!
Strike!

    [*Beating him*]

    OSWALD
    Help, ho! Murder, murder!

Enter Edmund, with his rapier drawn, Cornwall, Regan, Gloucester, Servants.

    EDMUND
    How now? What's the matter? Part! 35

    KENT
    With you, goodman boy, if you please! Come, I'll flesh ye, come on, young master.

    GLOUCESTER
    Weapons? Arms? What's the matter here?

    CORNWALL
    Keep peace, upon your lives.
    He dies that strikes again. What is the matter? 40

dade[4] contra a realeza do pai dela. Saca, crápula, ou corto o teu pernil em fatias. Saca, desgraçado! Em guarda!

OSWALD
Socorro! Assassino! Socorro!

KENT
Luta, escravo! Fica firme, calhorda! Firme, seu escravo empoado! Luta!

[*Kent ataca Oswald.*]

OSWALD
Socorro! Assassino! Assassino!

[*Entram Edmund, de espada na mão, Cornwall, Regan, Gloucester e criados.*]

EDMUND
O que é isso? O que houve aqui? Separai-vos!

KENT [*para Oswald*]
É contigo, projeto de fidalgo, pode começar! Vem, que te arranco o couro; vamos, filhote de patrão.

GLOUCESTER
Armas? Espadas? Qual o motivo desta briga?

CORNWALL
Parai já, ou perdereis a vida!
Morre quem der mais um golpe. Qual o problema?

---

[4] Uma referência ao teatro medieval inglês, no qual personagens podiam encarnar vícios ou virtudes, como a Ganância, a Bondade etc. Oswald seria o fantoche de Goneril e ela, a encarnação da Vaidade.

REGAN
The messengers from our sister and the King.

CORNWALL
What is your difference? Speak.

OSWALD
I am scarce in breath, my lord.

KENT
No marvel, you have so bestirred your valor. You cowardly rascal, nature disclaims in thee. A tailor made thee.

CORNWALL
Thou art a strange fellow. A tailor make a man?

KENT
A tailor, sir. A stonecutter or a painter could not have made him so ill, though they had been but two years o' th' trade.

CORNWALL
Speak yet, how grew your quarrel?

OSWALD
This ancient ruffian, sir, whose life I have spared at suit of his gray beard...

KENT
Thou whoreson zed, thou unnecessary letter! My lord, if you will give me leave, I will tread this unbolted villain into mortar and daub the walls of a jakes with him. Spare my gray beard, you wagtail!

CORNWALL
Peace, sirrah!
You beastly knave, know you no reverence?

REGAN
São os mensageiros de minha irmã e do rei.

CORNWALL
Qual a causa da discórdia? Falai!

OSWALD
Estou quase sem fôlego, milorde.

KENT
Não é de espantar, exigiste muito da tua coragem. Safado covarde, renegado pela natureza. Quem te fez era um alfaiate desastrado.

CORNWALL
Tu és um sujeito estranho. Um alfaiate, fazer um homem?

KENT
Um alfaiate, senhor. Nem o escultor nem o pintor poderiam tê-lo feito tão mal, mesmo com apenas dois anos de ofício.

CORNWALL [*para Oswald*]
Diz-me, como começou a briga?

OSWALD
Esse velho arruaceiro, senhor, cuja vida poupei em deferência à sua barba grisalha...

KENT
Filho da mãe, última letra do alfabeto, mensageiro inútil! [*para Cornwall*] Milorde, se me permitis, eu misturo esse vilão rematado com argamassa e uso-o para rebocar a parede de um cagatório. [*para Oswald*] Poupaste minha barba grisalha, seu balançador de rabo!

CORNWALL
Silêncio, homem!
Patife selvagem, não tens respeito?

KENT
Yes, sir, but anger hath a privilege.

CORNWALL
Why art thou angry?

KENT
That such a slave as this should wear a sword, 60
Who wears no honesty. Such smiling rogues as these,
Like rats, oft bite the holy cords atwain
Which are too intrince t'unloose; smooth every passion
That in the natures of their lords rebel,
Bring oil to fire, snow to their colder moods; 65
Renege, affirm, and turn their halcyon beaks
With every gale and vary of their masters,
Knowing naught, like dogs, but following.
A plague upon your epileptic visage!
Smile you my speeches, as I were a fool? 70
Goose, if I had you upon Sarum Plain,
I'd drive ye cackling home to Camelot.

CORNWALL
What, art thou mad, old fellow?

KENT
Tenho, senhor, mas a a raiva tem suas prerrogativas.

CORNWALL
E por que estás com raiva?

KENT
Por tal escravo portar uma espada
Que não se porta com decência. Tais lacaios sorridentes,
Como ratos, roem e partem os laços mais sagrados,
Tão fortes que ninguém desata; adulam os arroubos
Que as naturezas de seus patrões alojam amotinados.
São óleo para o fogo, neve para quando esfriam;
Negam, afirmam e giram seus cata-ventos
A cada brisa e inconstância dos poderosos.
A tudo ignoram, feito cachorros, mas obedecem.
[*para Oswald*] Maldita seja tua cara epilética!
Ris das minhas palavras, eu lá sou bobo da corte?
Frangote, se eu te pegasse na planície de Sarum,
A ti despacharia cacarejando até Camelot.[5]

CORNWALL
Ora, estás maluco, ancião?

---

[5] Talvez uma expressão de época cujo sentido se perdeu. "Sarum", na linha 71, é corruptela de Salisbury, planície conhecida pelas construções neolíticas de Stonehenge. Tradicionalmente (embora novas evidências científicas questionem tal hipótese), acredita-se que tenham sido erguidas pelos druidas, sacerdotes do povo celta, para entre seus imensos blocos de pedra realizarem rituais funerários. Esta é uma das passagens que sugerem a Idade do Bronze como o momento histórico no qual se passa a ação da peça. Logo em seguida, porém, a referência a Camelot, cidade lendária do ciclo de histórias do rei Arthur, sugere outro período, mais próximo da Idade Média. Sobre este e outros aspectos temporais, ver posfácio, p. 392.

GLOUCESTER
How fell you out? Say that.

KENT
No contraries hold more antipathy
Than I and such a knave.

CORNWALL
Why dost thou call him knave? What is his fault?

KENT
His countenance likes me not.

CORNWALL
No more perchance does mine, nor his, nor hers.

KENT
Sir, 'tis my occupation to be plain:
I have seen better faces in my time
Than stands on any shoulder that I see
Before me at this instant.

CORNWALL
                This is some fellow
Who, having been praised for bluntness, doth affect
A saucy roughness, and constrains the garb
Quite from his nature. He cannot flatter, he;
An honest mind and plain, he must speak truth.
And they will take it, so; if not, he's plain.
These kind of knaves I know, which in this plainness
Harbor more craft and more corrupter ends
Than twenty silly-ducking observants
That stretch their duties nicely.

KENT
Sir, in good faith, in sincere verity,

GLOUCESTER
Por que começastes a brigar? Dizei.

KENT
Não há opostos que se antipatizem
Tanto quanto eu e este safado.

CORNWALL
Por que o chamas de safado? Que mal ele fez?

KENT
Tem uma cara que não me agrada.

CORNWALL
Não mais talvez do que a minha, ou a dele, a dela.

KENT
Senhor, a franqueza é meu ofício;
No meu tempo já vi rostos melhores
Dos que vejo montados nos ombros
Agora diante de mim.

CORNWALL [*para Gloucester*]
                    Este é o tipo de sujeito
Que, uma vez elogiado por ser rude,
Afeta grossura e constrange a elegância
Da sua própria natureza. Ele nunca bajula;
Mente honesta e simplória, só fala a verdade.
Todos devem acatá-lo, ou ele solta o verbo.
Tais biltres eu conheço, cuja franqueza
Abriga mais engenho, fins mais corruptos,
Do que vinte patetas submissos,
Cuja eficiência tem bons modos.

KENT
Senhor, com pureza d'alma e com lhaneza,

Under th'allowance of your great aspect,
Whose influence, like the wreath of radiant fire 95
On flick'ring Phoebus' front —

CORNWALL
What mean'st by this?

KENT
To go out of my dialect, which you discommend so much. I know, sir, I am no flatterer. He that beguiled you in a plain accent was a plain knave, which, for my part, I will not be, though I should win your displeasure to entreat me to't. 100

CORNWALL
What was the offense you gave him?

OSWALD
I never gave him any:
It pleas'd the King his master very late
To strike at me, upon his misconstruction;
When he, compact, and flattering his displeasure, 105
Tripp'd me behind; being down, insulted, railed
And put upon him such a deal of man
That worthied him, got praises of the King
For him attempting who was self-subdued;
And, in the fleshment of this dread exploit, 110
Drew on me here again.

KENT
None of these rogues and cowards
But Ajax is their fool.

CORNWALL
Fetch forth the stocks!

Na aquiescência de Vossa Excelsa figura,
Cujo sidéreo influxo, qual chamejante coroa
Na fronte resplendente de Febo...

CORNWALL
                              Por que estás falando assim?!

KENT
Para não usar meu dialeto, que tanto vos desgostou. Eu sei, milorde, não sou bajulador. Aquele que vos seduziu com uma fala pura foi um puro canalha; o que, de minha parte, eu jamais serei, mesmo que precisasse desagradar-vos se me pedísseis que o fosse.

CORNWALL [*para Oswald*]
Que ofensa fizeste a ele?

OSWALD
Nunca lhe fiz nenhuma.
Recentemente deleitou-se o rei, seu amo,
Atacando-me por um mal-entendido;
E este aí, mancomunado, incensando-lhe o desprazer,
Passou-me uma rasteira. Eu já caído, insultado, afrontado,
Ele botou tamanha banca de macheza,
Para se valorizar, e ganhou loas do rei
Por haver atacado um homem indefeso;
Agora, afoito pelo primeiro sucesso belicoso,
Puxou a espada contra mim novamente.

KENT
                          Biltres covardes, como uns e outros,
Fazem de Ájax seu bobo.

CORNWALL
                Trazei o cepo!

[*sai um criado*]

You stubborn ancient knave, you reverent braggart,
We'll teach you.

KENT
             Sir, I am too old to learn.
Call not your stocks for me, I serve the King, 115
On whose employment I was sent to you.
You shall do small respect, show too bold malice
Against the grace and person of my master,
Stocking his messenger.

CORNWALL
Fetch forth the stocks! 120
As I have life and honor, there shall he sit till noon.

REGAN
Till noon? Till night, my lord, and all night too.

KENT
Why, madam, if I were your father's dog,
You should not use me so.

REGAN
               Sir, being his knave, I will.

CORNWALL
This is a fellow of the selfsame color 125
Our sister speaks of. Come, bring away the stocks!

Stocks brought out.

GLOUCESTER
Let me beseech your grace not to do so.
His fault is much, and the good King his master
Will check him for't. Your purposed low correction
Is such as basest and contemned'st wretches 130

Ancião teimoso e sem modos, vetusto fanfarrão!
Haveremos de ensinar-te.

KENT
                    Senhor, sou muito velho para aprender.
Não ordeneis que me ponham no cepo, eu sirvo ao rei,
Por cujas ordens fui enviado até aqui.
Vós demonstrareis pouco respeito, e muito desacato
Contra a graça e a pessoa de meu senhor,
Pondo no cepo seu mensageiro.

CORNWALL
Trazei o cepo! [*sai outro criado*]
Por minha vida e honra, lá ele deve ficar até o meio-dia.

REGAN
Até o meio-dia? Até a noite, e a noite toda também.

KENT
Mas, minha senhora, nem se eu fosse o cão de vosso pai,
Deveríeis tratar-me assim...

REGAN
                    Mas, como és seu criado, eu o farei.

CORNWALL
Esse sujeito é da têmpera
De que fala nossa irmã. Vamos, trazei o cepo!

[*Os dois criados voltam trazendo o cepo.*]

GLOUCESTER
Se Vossa Graça me permitirdes, eu imploro que não o façais.
A falta dele é grave e o bom rei, seu amo,
Saberá repreendê-lo. A vil penalidade que propondes,
É aquela com que plebeus e gente de última laia,

For pilf'rings and most common trespasses
Are punished with.
The King needs must take it ill
That he, so slightly valued in his messenger,
Should have him thus restrained.

CORNWALL
        I'll answer that. 135

REGAN
My sister may receive it much more worse,
To have her gentleman abused, assaulted,
For following her affairs. Put in his legs.
[*Kent is put in the stocks.*]
Come, my good lord, away!

[*Exeunt all but Gloucester and Kent.*]

GLOUCESTER
I am sorry for thee, friend. 'Tis the Duke's pleasure, 140
Whose disposition, all the world well knows
Will not be rubbed nor stopped. I'll entreat for thee.

KENT
Pray do not, sir. I have watched, and traveled hard;
Some time I shall sleep out, the rest I'll whistle.
A good man's fortune may grow out at heels. 145
Give you good morrow.

GLOUCESTER
The Duke's to blame in this.
'Twill be ill taken.

Exit.

Por roubo ou contravenções as mais simplórias,
Terminam punidos.
O rei decerto tomará como ofensa
Ver-se tão rebaixado na pessoa de seu mensageiro,
Ao sabê-lo preso desta forma.

CORNWALL
                               Eu respondo por isso.

REGAN
Minha irmã há de se ofender muito mais,
Por ter um cavaleiro insultado, atacado,
Enquanto cumpria ordens suas. Prendei as pernas dele.
[*Kent é preso no cepo*]
Pronto, milorde, vamos.

[*Saem todos menos Gloucester e Kent.*]

GLOUCESTER
Lamento por ti, amigo. Mas assim o duque ordena,
E seu mau gênio, que todos conhecem muito bem,
Não admite ser refutado ou detido. Mas pedirei por ti.

KENT
Por favor não, senhor. Careço de sono e viajei muito.
Parte do tempo irei dormir, na outra ficarei assobiando.
A felicidade de um homem honesto às vezes brota do infortúnio.
Deus vos dê um bom amanhecer.

GLOUCESTER
O duque tem culpa:
Isto será recebido como ofensa.

[*Sai Gloucester.*]

KENT
Good King, that must approve the common saw,
Thou out of heaven's benediction com'st
To the warm sun. 150
Approach, thou beacon to this under globe,
That by thy comfortable beams I may
Peruse this letter. Nothing almost sees miracles
But misery. I know 'tis from Cordelia,
Who hath most fortunately been informed 155
Of my obscured course. And shall find time
From this enormous state, seeking to give
Losses their remedies. All weary and o'erwatched,
Take vantage, heavy eyes, not to behold
This shameful lodging. Fortune, good night; 160
Smile once more, turn thy wheel.

Sleeps.

KENT
Bom rei, isto prova o famoso ditado:
"Depois de céus abençoados, ficarás exposto
Ao sol quente."
Aproxima-te, farol deste globo inferior,
Para que no conforto dos teus raios eu seja
Capaz de ler esta carta. Não há nada como a desventura
Para propiciar milagres. Sei que é de Cordelia,
A qual, por bendita sorte, está informada
De meu disfarce, [*lê a carta*] "e aguardando o momento,
Longe deste reino inquieto, na esperança
De remediar tais perdas". Exaustos e insones,
Aproveitai, olhos pesados, para não testemunhardes
Meu reles dormitório. Fortuna, boa noite;
Sorri uma vez mais, gira tua roda.

[*Kent adormece.*]

Act II, Scene 3

[*A wood.*] *Enter Edgar.*

EDGAR
I heard myself proclaimed,
And by the happy hollow of a tree
Escaped the hunt. No port is free, no place
That guard and most unusual vigilance
Does not attend my taking. Whiles I may 'scape   5
I will preserve myself; and am bethought
To take the basest and most poorest shape
That ever penury, in contempt of man,
Brought near to beast; my face I'll grime with filth,
Blanket my loins, elf all my hair in knots,   10
And with presented nakedness outface
The winds and persecutions of the sky.
The country gives me proof and precedent
Of Bedlam beggars, who, with roaring voices,
Strike in their numbed and mortified bare arms   15
Pins, wooden pricks, nails, sprigs of rosemary;
And with this horrible object, from low farms,
Poor pelting villages, sheepcotes, and mills,

Ato II, Cena 3

[*Um bosque; entra Edgar.*]

EDGAR
Ouvi gritarem meu nome,
E, graças ao oco duma árvore,
Escapei à caçada. Nenhum porto seguro, nenhum lugar
Onde guardas e a mais forte segurança
Não almejem me prender. Enquanto durar minha fuga,
Estarei a salvo; com firmeza decidi assumir
Dentre todas a mais baixa e despossuída figura
Que alguma vez a penúria, desprezando a humanidade,
Aproximou dos animais. Esfregarei lama no rosto,
Retalhos me cobrirão as partes, qual um elfo darei nós no cabelo,
E com a nudez exposta enfrentarei
Os ventos e as perseguições dos céus.
Temos no reino o exemplo e o precedente
Dos mendigos de Bedlam, os quais, em meio a rugidos,
Furam seus braços amortecidos e mortificados,
Com alfinetes, espetos de carne, pregos, picos de alecrim.[6]
Encenando horrível espetáculo, de fazendas humildes,
Vilarejos carentes, redis de ovelhas e moinhos,

---

[6] Ver nota 1, p. 59 (Ato I, Cena 2). A passagem dá a entender que a automutilação era característica dos internos do Royal Hospital of Bethlem. Sabe-se, também, que seus pacientes psiquiátricos eram acorrentados às paredes, ou ao chão, e postos em jaulas, onde ficavam em exibição ao público, a quem era permitido provocá-los, cutucando-os com varas longas, e divertir-se observando seus acessos de fúria, suas relações sexuais e supostos comportamentos cômicos.

Sometime with lunatic bans, sometime with prayers,
Enforce their charity. Poor Turlygod! Poor Tom, 20
That's something yet: Edgar I nothing am.

Exit.

Às vezes com imprecações lunáticas, outras com rezas,
Arrancarei a esmola. Algum valor ao Pobre Tom eu dou,
E ao Pobre Turlygod.[7] Pois, como Edgar, nada é o que sou.

[*Sai Edgar.*]

---
[7] "Pobre Turlygod" e "Pobre Tom" são outros apelidos genéricos dos pacientes em Bethlem. Ver nota 1, p. 59 (Ato I, Cena 2).

Act II, Scene 4

[*Before Gloucester's castle; Kent in the stocks.*] *Enter Lear, Fool and Gentleman.*

LEAR
'Tis strange that they should so depart from home,
And not send back my messenger.

GENTLEMAN
                              As I learned,
The night before there was no purpose in them
Of this remove.

KENT
          Hail to thee, noble master.

LEAR
Ha!
Mak'st thou this shame thy pastime?

KENT
                    No, my lord.   5

FOOL
Ha, ha! he wears cruel garters. Horses are tied by the heads, dogs and bears by th'neck, monkeys by the loins, and men by th'legs. When a man's overlusty at legs, then he wears wooden netherstocks.

Ato II, Cena 4

[*Em frente ao castelo de Gloucester; Kent dorme preso ao cepo; entram Lear, o Bobo e um Fidalgo.*]

LEAR
É estranho que assim tenham partido de casa,
Sem mandar-me de volta o mensageiro.

FIDALGO
                                      Segundo ouvi,
Até a véspera eles não tinham nenhuma intenção
De tal deslocamento.

KENT [*acordando*]
                       Louvado sejas, nobre amo!

LEAR
O quê?!
Fazes da humilhação teu passatempo?

KENT
                              Não, senhor.

BOBO
Ha, ha, ha! Estas ligas que ele usa são de matar. Os cavalos são amarrados pela cabeça, os cachorros e os ursos pelo pescoço, os macacos pela cintura e os homens pelas pernas. Quando as pernas de um homem ficam excitadas demais, ele usa meias de madeira.

LEAR
What's he that hath so much thy place mistook
To set thee here?

KENT
            It is both he and she,
Your son and daughter.

LEAR
No.

KENT
Yes.

LEAR
No, I say.

KENT
I say yea.

LEAR
No, no, they would not.

KENT
Yes, they have.

LEAR
By Jupiter, I swear no!

KENT
By Juno, I swear ay!

LEAR
            They durst not do't;
They could not, would not do't. 'Tis worse than murder
To do upon respect such violent outrage.

LEAR [*para Kent*]
Que tipo de criatura subestimou tanto quem és
Para deixar-te aí?

KENT
             Um tipo que é homem e mulher;
Vosso filho e vossa filha.

LEAR
Não.

KENT
Sim.

LEAR
Digo que não.

KENT
E eu digo que sim.

LEAR
Não, eles não fariam isso.

KENT
Sim, eles fizeram.

LEAR
Por Júpiter, juro que não!

KENT
Por Juno, juro que sim!

LEAR
             Eles não ousariam fazê-lo;
Não poderiam, não o fariam. É pior que assassinato,
Fazer tamanho ultraje à noção de respeito.

Resolve me with all modest haste which way
Thou mightst deserve or they impose this usage,
Coming from us.

KENT
     My lord, when at their home
I did commend your Highness' letters to them,
Ere I was risen from the place that showed
My duty kneeling, came there a reeking post,
Stewed in his haste, half breathless, panting forth
From Goneril his mistress salutations,
Delivered letters, spite of intermission,
Which presently they read; on whose contents
They summoned up their meiny, straight took horse,
Commanded me to follow and attend
The leisure of their answer, gave me cold looks,
And meeting here the other messenger,
Whose welcome I perceived had poisoned mine,
Being the very fellow which of late
Displayed so saucily against your Highness,
Having more man than wit about me, drew;
He raised the house with loud and coward cries.
Your son and daughter found this trespass worth
The shame which here it suffers.

FOOL
Winter's not gone yet, if the wild geese fly that way.
  Fathers that wear rags
  Do make their children blind,
  But fathers that bear bags
  Shall see their children kind.
  Fortune, that arrant whore,
  Ne'er turns the key to th' poor.
But for all this, thou shalt have as many dolors for thy daughters as thou canst tell in a year.

Conta-me em detalhes de que maneira
Pudeste merecer, ou deles receber, tal tratamento,
Embora sejas meu enviado.

KENT
                            Meu senhor, quando em casa deles
Entreguei as cartas de Vossa Alteza,
Antes que me levantasse da posição ajoelhada,
Marca do meu respeito, lá chegou um portador fedorento,
Cuja pressa o cozinhava e fazia suar, ofegante,
Esbaforindo as saudações da patroa, Goneril.
Ele entregou cartas, embora me interrompesse,
Que os dois não esperaram para ler. Seu conteúdo
Fê-los convocar o séquito e montar logo nos cavalos.
Comandaram a mim que os seguisse e esperasse,
Ao sabor de sua vontade em responder; olharam-me feio,
E, encontrando aqui o outro mensageiro,
Cuja boa acolhida eu deduzo ter estragado a minha,
Sendo ele o mesmo sujeito que, recentemente,
Ostentava a maior insolência para com Vossa Alteza,
A virilidade em mim superou o juízo e saquei a espada.
Ele acordou os da casa, com gritos altos e covardes.
Vosso genro e vossa filha julgaram meu excesso
Merecedor da vergonha que aqui ele sofre.

BOBO
O inverno ainda não acabou, se os gansos selvagens voam nessa direção...
    Pai que anda rasgado,
    Causa nos filhos cegueira;
    Pai de ouro carregado,
    Ganha amor a vida inteira;
    A Fortuna é puta que não desentorta,
    Aos pobres nunca abre a porta.
Por causa disso, terás com tuas filhas mais ganhos, ou perdas, do que poderás somar em um ano.

LEAR
O, how this mother swells up toward my heart!
Hysterica passio, down, thou climbing sorrow,
Thy element's below. Where is this daughter?

KENT
With the Earl, sir, here within.

LEAR
Follow me not; stay here.

Exit.

GENTLEMAN
Made you no more offense but what you speak of?

KENT
None.
How chance the King comes with so small a number?

FOOL
And thou hadst been set i' th' stocks for that question, thou'dst well deserved it.

KENT
Why, Fool?

LEAR
Ah, como a histeria sobe ao meu peito!
Hysterica passio, desce, tristeza montante,
Teu lugar é lá embaixo.[8] Onde está essa filha?

KENT
Com o conde, senhor, lá dentro.

LEAR
Não me sigais. Ficai aqui.

[*Sai Lear.*]

FIDALGO
Não fizestes mesmo outra ofensa além da já relatada?

KENT
Nenhuma.
Por que o rei chega com menos seguidores?

BOBO
Se a ti houvessem metido no cepo por essa pergunta, seria bem merecido.

KENT
Por quê, Bobo?

---

[8] Nos versos 53-5, Lear evoca a histeria, vista na Inglaterra do século XVII como uma doença feminina (*hystera*, em grego, significa útero). Chamada também de "sufocamento pelo ventre materno", ou *suffocation of the mother*, supunha-se que a doença subia do ventre e comprimia o coração: "O, how this mother swells up toward my heart!". Shakespeare pode ter emprestado a ideia de um entre dois livros: *A declaração das egrégias imposturas papistas*, de Samuel Harsnett, no qual um dos demônios citados sofre desta doença, ou *Um curto discurso sobre a doença chamada mãe*, de Edward Jorden, ambos de 1603. Ao dizer que "Teu lugar é lá embaixo" (v. 55), o rei parece denunciar também uma ruptura hierárquica.

FOOL
We'll set thee to school to an ant, to teach thee there's no laboring i' th' winter. All that follow their noses are led by their eyes but blind men, and there's not a nose among twenty but can smell him that's stinking. Let go thy hold when a great wheel runs down a hill, lest it break thy neck with following. But the great one that goes upward, let him draw thee after. When a wise man gives thee better counsel, give me mine again. I would have none but knaves follow it, since a Fool gives it.

> *That sir, which serves and seeks for gain,*
> *And follows but for form,*
> *Will pack, when it begins to rain,*
> *And leave thee in the storm.*
> *But I will tarry; the Fool will stay,*
> *And let the wise man fly.*
> *The knave turns Fool that runs away;*
> *The fool no knave, perdy.*

KENT
Where learned you this, Fool?

FOOL
Not i' the stocks, fool.

Enter Lear and Gloucester.

LEAR
Deny to speak with me? They are sick, they are weary,
They have traveled all the night? Mere fetches,
The images of revolt and flying off!
Fetch me a better answer.

GLOUCESTER
     My dear lord,
You know the fiery quality of the Duke,

BOBO

Vamos mandar-te estudar com a formiga, para aprenderes que não se trabalha no inverno. Os que seguem o nariz são guiados pelos olhos, menos os cegos; e nenhum nariz entre vinte deixa de saber quem cheira mal. Larga a grande roda quando ela desce a colina, ou quebrarás o pescoço ao segui-la. Mas, quando sobe um poderoso, deixa-o te erguer. Quando um sábio a ti der melhor conselho, podes me devolver este. Espero que apenas os desqualificados o sigam; afinal, ele vem de um bobo.

Quem serve mas explora,
E segue só para constar,
Se vê chuva pula fora,
Pra na tormenta te largar.
Em silêncio o Bobo fica,
O sábio foge sem pudor;
Bobo é o pulha que se pica,
O bobo não é pulha, não senhor.

KENT

Onde aprendestes isso, Bobo?

BOBO

Não foi no cepo, bobo.

[*Entram Lear e Gloucester.*]

LEAR

Negam-se a falar comigo? Estão doentes, estão cansados,
Viajaram a noite toda? Meras evasivas,
Esboços de revolta e deserção!
Trazei resposta melhor.

GLOUCESTER
                    Meu querido soberano,
O duque, vós sabeis, têm gênio inflamado;

Ato II, Cena 4

How unremovable and fixed he is
In his own course.

LEAR

                  Vengeance, plague, death, confusion!
Fiery? What quality? Why, Gloucester, Gloucester,
I'd speak with the Duke of Cornwall and his wife.

GLOUCESTER
Well, my good lord, I have informed them so.

LEAR
Informed them! Dost thou understand me, man?

GLOUCESTER
Ay, my good lord.

LEAR
The King would speak with Cornwall. The dear father
Would with his daughter speak, commands — tends — service.
Are they informed of this? My breath and blood!
Fiery? The fiery Duke, tell the hot Duke that...
No, but not yet. May be he is not well.
Infirmity doth still neglect all office
Whereto our health is bound. We are not ourselves
When nature, being oppressed, commands the mind
To suffer with the body. I'll forbear;
And am fallen out with my more headier will
To take the indisposed and sickly fit
For the sound man. [*Looking on Kent*] Death on my state!
    Wherefore
Should he sit here? This act persuades me
That this remotion of the Duke and her
Is practice only. Give me my servant forth.
Go tell the Duke and's wife I'd speak with them!
Now, presently! Bid them come forth and hear me,

É muito firme e irredutível
Em seus propósitos.

LEAR

      Vingança, peste, morte e caos!
Inflamado? O gênio dele? Ora, Gloucester, Gloucester,
Quero falar com o duque de Cornwall e sua esposa.

GLOUCESTER
Meu bom senhor, já os informei disso.

LEAR
Informou-os? Não estás me entendendo, homem?

GLOUCESTER
Estou, meu bom senhor.

LEAR
O rei quer falar com Cornwall. O pai amado,
Que à sua filha deseja falar, ordena — espera — obediência.
Eles foram informados disso? Pelo ar que respiro, pelo meu sangue!
Inflamado? O duque inflamado; pois diga ao fogoso duque...
Não, ainda não. Talvez ele não esteja mesmo bem.
Qualquer doença negligencia o protocolo
A que a saúde nos conduz. Não somos os mesmos,
Quando a natureza, oprimida, ordena que a mente
Junte-se ao corpo na dor. Relevarei;
E à minha voluntariosa intransigência repreendo,
Por julgar o indisposto e enfermo
Como se apto estivesse. [*olhando para Kent no cepo*] Ultraje à
 minha realeza! Por que razão
Ele foi posto ali? Tal ato me convence
Que a ausência dela e de seu duque
Se apoia num pretexto. Tirai meu servo dali.
Ide anunciar ao duque e sua esposa que exijo ter com eles!
Agora, imediatamente! Pedi-lhes que apareçam e me ouçam,

Or at their chamber door I'll beat the drum 110
Till it cry sleep to death.

GLOUCESTER
I would have all well betwixt you.

Exit.

LEAR
O me, my heart, my rising heart! But down!

FOOL
Cry to it, Nuncle, as the cockney did to the eels when she put'em i' the paste alive. She knapped'em o' th'coxcombs with a 115
stick and cried "Down, wantons, down!" 'Twas her brother that, in pure kindness to his horse, buttered his hay.

Enter Cornwall, Regan, Gloucester, Servants.

LEAR
Good morrow to you both.

CORNWALL
                    Hail to your grace!

Kent here set at liberty.

REGAN
I am glad to see your Highness.

LEAR
Regan, I think you are. I know what reason 120
I have to think so. If thou shouldst not be glad,
I would divorce me from thy mother's tomb,
Sepulchring an adultress. [*To Kent*] O, are you free?
Some other time for that. Beloved Regan,

Ou baterei tambor diante de seus aposentos,
Até que o sono morra dentro deles.

GLOUCESTER
Quem me dera houvesse paz entre vós.

[*Sai Gloucester.*]

LEAR
Ai de mim, meu coração, meu coração na boca! Desce!

BOBO
Grita com ele, Vovô, como a grosseirona com as enguias, quando as botava ainda vivas na torta. E batia na cabeça delas com um pau, gritando: "Para baixo, assanhadas, para baixo!". Foi o irmão dela que, para agradar a seu cavalo, passou manteiga na forragem.

[*Entram Cornwall, Regan, Gloucester e criados.*]

LEAR
Bom dia a ambos.

CORNWALL
    Louvado sejas, Vossa Graça.

[*Kent é libertado.*]

REGAN
Estou contente por encontrar Vossa Alteza.

LEAR
Regan, acredito que estejais. E tenho boa razão
Para assim pensar. Se tu não estivesses,
Eu me divorciava do túmulo de tua mãe,
Sepultando uma adúltera. [*para Kent*] Ah, estás livre?
Outra hora trataremos disso. Amada Regan,

Thy sister's naught. O Regan, she hath tied 125
Sharp-toothed unkindness, like a vulture, here.
[*Points to his heart.*]
I can scarce speak to thee. Thou'lt not believe
With how depraved a quality... O Regan!

REGAN
I pray you, sir, take patience. I have hope
You less know how to value her desert 130
Than she to scant her duty.

LEAR
                Say? how is that?

REGAN
I cannot think my sister in the least
Would fail her obligation. If, sir, perchance
She have restrained the riots of your followers,
'Tis on such ground, and to such wholesome end, 135
As clears her from all blame.

LEAR
My curses on her!

REGAN
             O, sir, you are old,
Nature in you stands on the very verge
Of her confine. You should be ruled, and led
By some discretion that discerns your state 140
Better than you yourself. Therefore I pray you,
That to our sister you do make return,
Say you have wronged her.

LEAR
              Ask her forgiveness?
Do you but mark how this becomes the house:

A tua irmã não vale nada. Oh, Regan, ela cravou aqui,
[*põe a mão no coração*]
Qual abutre, os dentes pontudos da ingratidão.
Mal consigo te contar. Não acreditarias
Com que descaramento... Oh, Regan!

REGAN
Peço, meu senhor, que tenhais paciência. Acredito
Que sabeis menos apreciar-lhe o valor,
Do que ela cumprir seus deveres.

LEAR
                     O quê? Como assim?

REGAN
Não acredito que minha irmã, de forma alguma,
Faltasse com suas obrigações. Se acaso, senhor,
Ela tolheu as arruaças de vossos seguidores,
Foi em tal base, visando tão nobres resultados,
Que está livre de toda culpa.

LEAR
Maldita seja ela!

REGAN
          Ora, meu senhor, estais velho;
A natureza, em vós, encontra-se a um passo
Do próprio limite. Precisais das ordens e orientações
De alguma sensatez, que entenda vossa condição
Melhor do que vós mesmo. Peço, portanto,
Que para minha irmã retorneis,
Dizendo-lhe que estáveis errado.

LEAR
                 Pedir perdão a ela?
Tendes noção do quão impróprio isto é para nossa linhagem:

"Dear daughter, I confess that I am old. 145
[*Kneeling*]
Age is unnecessary. On my knees I beg
That you'll vouchsafe me raiment, bed, and food."

REGAN
Good sir, no more. These are unsightly tricks.
Return you to my sister.

LEAR [*Rising*]
      Never, Regan.
She hath abated me of half my train, 150
Look'd black upon me, struck me with her tongue,
Most serpentlike, upon the very heart.
All the stored vengeances of heaven fall
On her ingrateful top! Strike her young bones,
You taking airs, with lameness!

CORNWALL
      Fie, sir, fie! 155

LEAR
You nimble lightnings, dart your blinding flames
Into her scornful eyes! Infect her beauty,
You fen-sucked fogs, drawn by the pow'rful sun,
To fall and blister her pride.

REGAN
      O the blest gods!
So will you wish on me when the rash mood is on. 160

LEAR
No, Regan, thou shalt never have my curse.
Thy tender-hefted nature shall not give
Thee o'er to harshness. Her eyes are fierce; but thine
Do comfort, and not burn. 'Tis not in thee

"Querida filha, confesso estar velho.
[*ajoelhando-se*]
A velhice não tem serventia. De joelhos eu vos peço
Que me concedais roupa, cama e comida."

REGAN
Bom senhor, basta. São indignas tais brincadeiras.
Voltai para minha irmã.

LEAR [*levantando-se*]
                        Nunca, Regan.
Ela me cortou o séquito pela metade,
Seus olhos me fitaram com negrume, sua língua me atacou,
Feito uma serpente, bem no coração.
Vinganças guardadas nos céus, recaí
Sobre a ingrata cabeça! Impregnai seus ossos jovens,
Ares pestilentos, com deformidades.

CORNWALL
                        Credo, senhor, credo!

LEAR
Raios velozes, lançai chamas para cegar
A arrogância nos olhos dela! Infectai sua beleza,
Miasmas dos pântanos, evaporados pelo sol,
Para tostar e encher de pústulas seu orgulho.

REGAN
                        Oh, deuses abençoados!
O mesmo desejareis para mim, com tal índole belicosa.

LEAR
Não, Regan, nunca terás as minhas pragas.
Tua natureza, impregnada pelo afeto, não te perderá
Para a insolência. Os olhos dela são ferozes; os teus
Confortam, não queimam. Não está em ti

To grudge my pleasures, to cut off my train,
To bandy hasty words, to scant my sizes,
And, in conclusion, to oppose the bolt
Against my coming in. Thou better know'st
The offices of nature, bond of childhood,
Effects of courtesy, dues of gratitude.
Thy half o' the kingdom hast thou not forgot,
Wherein I thee endowed.

REGAN
                Good sir, to the purpose.

Tucket within.

LEAR
Who put my man i' th' stocks?

CORNWALL
                    What trumpet's that?

REGAN
I know't — my sister's. This approves her letter,
That she would soon be here.
Enter Oswald.
                Is your lady come?

LEAR
This is a slave, whose easy borrowed pride
Dwells in the fickle grace of her he follows.
Out, varlet, from my sight!

CORNWALL
              What means your Grace?

LEAR
Who stocked my servant? Regan, I have good hope

Negar meus prazeres, reduzir meu séquito,
Lançar palavras impensadas, cortar minha renda,
E, para culminar, passar o ferrolho na porta,
Impedindo minha entrada. Tu entendes melhor
Os deveres da natureza, a ligação filial,
As demonstrações de cortesia, as dívidas de gratidão.
Não esqueceste a tua metade do reino,
Que é um legado meu.

REGAN
                    Senhor, ao que interessa.

[*Ouvem-se trombetas.*]

LEAR
Quem pôs meu homem no cepo?

CORNWALL
                        De quem são esses arautos?

REGAN
Eu sei — de minha irmã. Isto confirma sua carta,
De que estava para chegar.
[*entra Oswald; Regan dirige-se a ele*]
                        Vossa ama está aqui?

LEAR
Isso é um escravo, cujo orgulho emprestado
Reside nas graças volúveis daquela a quem serve.
Some da minha vista, lacaio!

CORNWALL
                    Por que falas assim, Vossa Graça?

LEAR
Quem pôs meu criado no cepo? Espero sinceramente, Regan,

Ato II, Cena 4

Thou didst not know on't.
Enter Goneril.
                        Who comes here? O heavens!   180
If you do love old men, if your sweet sway
Allow obedience, if you yourselves are old,
Make it your cause. Send down, and take my part.
[*To Goneril*]
Art not ashamed to look upon this beard?
O Regan, wilt thou take her by the hand?   185

GONERIL
Why not by th' hand, sir? How have I offended?
All's not offense that indiscretion finds
And dotage terms so.

LEAR
                    O sides, you are too tough!
Will you yet hold? How came my man i' th' stocks?

CORNWALL
I set him there, sir: but his own disorders   190
Deserved much less advancement.

LEAR
                    You? Did you?

REGAN
I pray you, father, being weak, seem so.
If till the expiration of your month,
You will return and sojourn with my sister,
Dismissing half your train, come then to me.   195
I am now from home, and out of that provision
Which shall be needful for your entertainment.

LEAR
Return to her, and fifty men dismissed?

Que desconheças o fato.
[*entra Goneril*]
                Mas quem vem lá? Oh, céus!
Se amais os velhos e vossa doce disposição
Aprova a obediência, se também sois velhos,
Abraçai minha causa. Descei e tomai meu partido.
[*para Goneril*]
Não tens vergonha de olhar para estas barbas?
Oh, Regan, estás tomando-a pela mão?

GONERIL
E por que não, senhor? Como eu vos ofendi?
Nem tudo é ofensa, quando a irreflexão assim acusa
E a velhice de tal modo o qualifica.

LEAR
                Oh, meu peito, sois muito resistente!
Ainda aguentais? Por que meu homem foi para o cepo?

CORNWALL
Eu o pus lá, senhor; porém seus desacatos
Mereciam ainda menos consideração.

LEAR
                O senhor? Foi mesmo?

REGAN
Meu pai, eu vos peço: estando fraco, agi como tal.
Se até o mês corrente se encerrar
Voltardes para a casa de minha irmã,
Dispensando meio séquito, venhais então para mim.
Agora estou longe de casa, desprovida do necessário
Para bem receber Vossa Majestade.

LEAR
Voltar para ela, tendo cinquenta homens dispensados?

No, rather I abjure all roofs, and choose
To wage against the enmity o' th' air, 200
To be a comrade with the wolf and owl,
Necessity's sharp pinch. Return with her?
Why, the hot-blooded France, that dowerless took
Our youngest born, I could as well be brought
To knee his throne, and, squirelike, pension beg 205
To keep base life afoot. Return with her?
Persuade me rather to be slave and sumpter
To this detested groom.

[*Pointing to Oswald.*]

GONERIL
                At your choice, sir.

LEAR
I prithee, daughter, do not make me mad.
I will not trouble thee, my child; farewell. 210
We'll no more meet, no more see one another.
But yet thou art my flesh, my blood, my daughter,
Or rather a disease that's in my flesh,
Which I must needs call mine. Thou art a boil,
A plague-sore, or embossed carbuncle 215
In my corrupted blood. But I'll not chide thee.
Let shame come when it will, I do not call it.
I do not bid the Thunder-bearer shoot,
Nor tell tales of thee to high-judging Jove.
Mend when thou canst, be better at thy leisure, 220
I can be patient, I can stay with Regan,
I and my hundred knights.

REGAN
                    Not altogether so,
I looked not for you yet, nor am provided
For your fit welcome. Give ear, sir, to my sister,

Não, prefiro abjurar todos os tetos,
Antes bater-me contra o ar hostil,
Fazer amizade com o lobo e a coruja,
Sentir o ferrão da necessidade! Voltar para ela?
Ora, perante o rei da França, o passional que sem dote
Tomou nossa caçula, eu poderia ser levado
A ajoelhar e, como escudeiro, pedir um soldo,
Para viver com o mínimo. Voltar para ela?
Convence-me antes a ser escravo ou burro de carga
Para este servo detestado.

[*Aponta para Oswald.*]

GONERIL
                A escolha é vossa.

LEAR
Eu peço, filha, não me enlouqueças.
Não hei de importunar-te, minha criança; adeus.
Não mais nos encontraremos, não mais veremos um ao outro.
Ainda que sejas minha carne, meu sangue, minha filha,
És antes uma doença que tenho na carne,
E que sou forçado a chamar de minha. És uma queimadura,
Uma pústula lazarenta, um furúnculo estufado
Em meu sangue corrompido. Mas a ti não irei censurar.
Que teu remorso venha quando vier, não o solicito.
Não peço o castigo de Júpiter, senhor dos raios,
Nem conto ao juiz supremo o que sei de ti.
Emenda-te quando puderes, purifica-te se quiseres,
Posso ser paciente, posso ficar com Regan,
Eu e meus cem cavaleiros.

REGAN
                Não exatamente;
Não vos esperava ainda, nem me encontro abastecida
Para vos receber a contento. Escutai, senhor, à minha irmã,

For those that mingle reason with your passion 225
Must be content to think you old, and so...
But she knows what she does.

LEAR
       Is this well spoken?

REGAN
I dare avouch it, sir. What, fifty followers?
Is it not well? What should you need of more?
Yea, or so many, sith that both charge and danger 230
Speak 'gainst so great a number? How in one house
Should many people, under two commands,
Hold amity? 'Tis hard; almost impossible.

GONERIL
Why might not you, my lord, receive attendance
From those that she calls servants, or from mine? 235

REGAN
Why not, my lord? If then they chanced to slack ye,
We could control them. If you will come to me
(For now I spy a danger) I entreat you
To bring but five-and-twenty. To no more
Will I give place or notice. 240

LEAR
I gave you all.

REGAN
   And in good time you gave it.

LEAR
Made you my guardians, my depositaries,
But kept a reservation to be followed

Pois os que tomam por razão os vossos ímpetos
Devem se conformar que estais velho, e portanto...
Mas ela sabe o que faz.

LEAR
                    Tens noção do que estás dizendo?

REGAN
Ouso afirmá-lo, senhor. Ora, cinquenta homens?
Já não está bom? Por que precisais de outros?
Sim, ou mesmo tantos, se o custo e o perigo
Falam contra número tão grande? Como, em uma casa,
Tantas pessoas, sob dois comandos,
Mantêm relações cordiais? É difícil, quase impossível.

GONERIL
Por que não podeis, senhor, receber as atenções
Dos que ela chama de empregados, ou dos meus?

REGAN
Por que não, meu senhor? Se vos negligenciassem,
Poderíamos puni-los. Se vierdes para minha casa
(Pois agora vejo tal perigo) eu vos peço,
Nada além de vinte e cinco. Para não mais
Darei abrigo e reconhecimento.

LEAR
Eu vos dei tudo...

REGAN
            E destes em boa hora.

LEAR
Fiz de vós minhas guardiãs, minhas depositárias,
Minha única ressalva era a comitiva

With such a number. What, must I come to you
With five-and-twenty, Regan, said you so?

REGAN
And speak't again my lord. No more with me.

LEAR
Those wicked creatures yet do look well-favored
When others are more wicked; not being the worst
Stands in some rank of praise. [*To Goneril*] I'll go with thee.
Thy fifty yet doth double five-and-twenty,
And thou art twice her love.

GONERIL
      Hear me, my lord:
What need you five-and-twenty? ten? or five?
To follow in a house where twice so many
Have a command to tend you?

REGAN
      What need one?

LEAR
O reason not the need! Our basest beggars
Are in the poorest thing superfluous.
Allow not nature more than nature needs,
Man's life is cheap as beast's. Thou art a lady:
If only to go warm were gorgeous,
Why, nature needs not what thou gorgeous wear'st,
Which scarcely keeps thee warm. But, for true need...
You heavens, give me that patience, patience I need.
You see me here, you gods, a poor old man,
As full of grief as age, wretched in both.
If it be you that stirs these daughters' hearts
Against their father, fool me not so much
To bear it tamely; touch me with noble anger,

De tamanho especificado. Agora devo ir convosco
E ter só vinte e cinco? Regan, dissestes mesmo isto?

REGAN
E digo de novo, milorde. Nem um a mais comigo.

LEAR
As criaturas horríveis ainda têm boa aparência,
Quando outras são mais horríveis. Não ser a pior,
Já é algum merecimento. [*para Goneril*] Irei contigo.
Teus cinquenta são o dobro de vinte e cinco,
E teu amor é duas vezes o dela.

GONERIL
                    Meu senhor, escutai:
Quem precisa de vinte e cinco, dez, ou cinco,
Atrás de si numa casa onde o dobro
Tem ordens para servir-vos?

REGAN
                    Quem precisa de um?

LEAR
Oh, não é questão de precisar! Até os mendigos mais reles
Possuem em sua miséria algo de supérfluo.
Proíba a natureza de ter mais do que a natureza necessita,
E a vida do homem vale tanto quanto a das feras. És uma dama:
Se para aquecer-te careces de tanta pompa,
Ora, a natureza não precisa do belo vestido que usas,
E que mal consegue aquecer-te. Mas, quanto a realmente precisar...
Oh, céus, dai-me paciência, de muita paciência eu preciso.
Vedes-me aqui, oh deuses, um pobre velho,
Com tanta tristeza quanto idade, desgraçado em ambas.
Se sois vós incitando os corações destas filhas
Contra o pai delas, não me façais de bobo
A ponto de aceitá-lo sem reagir. Tocai-me com nobre fúria,

And let not women's weapons, water drops,
Stain my man's cheeks. No, you unnatural hags!
I will have such revenges on you both 270
That all the world shall... I will do such things...
What they are yet, I know not; but they shall be
The terrors of the earth. You think I'll weep.
No, I'll not weep.
Storm and tempest.
I have full cause of weeping, but this heart 275
Shall break into a hundred thousand flaws
Or ere I'll weep. O fool, I shall go mad!

Exeunt Lear, Gloucester, Kent and Fool.

CORNWALL
Let us withdraw, 'twill be a storm.

REGAN
This house is little; the old man and his people
Cannot be well bestowed. 280

GONERIL
'Tis his own blame; hath put himself from rest
And must needs taste his folly.

REGAN
For his particular, I'll receive him gladly,
But not one follower.

GONERIL
        So am I purposed.
Where is my Lord of Gloucester? 285

CORNWALL
Followed the old man forth. *Enter Gloucester.* He is returned.

Não deixeis que armas femininas, gotas de água,
Manchem meu rosto viril. Não, não, bruxas desnaturadas!
Terei tantas vinganças, de ambas,
Que o mundo inteiro... Farei tais coisas...
O quê, contudo, ainda não sei; mas hão de ser
Os horrores da terra! Pensais que irei chorar.
Não, não irei chorar.
[*ouve-se a tempestade ao longe*]
Tenho todos os motivos para chorar, mas este coração
Irá partir em cem mil pedaços
Antes que eu chore. Ai, Bobo, vou enlouquecer!

[*Saem Lear, Gloucester, Kent, o Bobo e o Fidalgo.*]

CORNWALL
Vamos entrar; uma tempestade se aproxima.

REGAN
Esta casa é pequena; o velho e o séquito
Não ficariam bem acomodados.

GONERIL
A culpa é dele. Destemperou-se,
Agora deve sentir o gosto de sua loucura.

REGAN
A ele sozinho eu receberia de bom grado;
Mas nem um único seguidor.

GONERIL
                        Também a isso estou determinada.
Onde está milorde Gloucester?

CORNWALL
Saiu atrás do velho. [*entra Gloucester*] E agora retorna.

GLOUCESTER
The King is in high rage.

CORNWALL
                    Whither is he going?

GLOUCESTER
He calls to horse, but will I know not whither.

CORNWALL
'Tis best to give him way, he leads himself.

GONERIL
My lord, entreat him by no means to stay.   290

GLOUCESTER
Alack, the night comes on, and the high winds
Do sorely ruffle. For many miles about
There's scarce a bush.

REGAN
                    O, sir, to wilful men
The injuries that they themselves procure
Must be their schoolmasters. Shut up your doors.   295
He is attended with a desperate train,
And what they may incense him to, being apt
To have his ear abused, wisdom bids fear.

CORNWALL
Shut up your doors, my lord; 'tis a wild night.
My Regan counsels well. Come out o' th' storm.   300

Exeunt.

GLOUCESTER
O rei está furioso.

CORNWALL
             Para onde ele vai?

GLOUCESTER
Mandou trazerem os cavalos, mas não sei que rumo tomará.

CORNWALL
O melhor é deixá-lo ir, ele só obedece a si mesmo.

GONERIL [*para Gloucester*]
Milorde, de forma alguma sugira que ele permaneça aqui.

GLOUCESTER
Piedade! A noite já chega, e ventos fortes
Sopram furiosos. Por muitas milhas em volta
Não há sequer um arbusto.

REGAN
                       Senhor, aos homens teimosos
Os sofrimentos que granjeiam contra si mesmos
Devem servir de professores. Trancai vossos portões.
Rodeia-o um séquito exasperado,
E o que serão capazes de incitá-lo a fazer, assim,
Apto a ouvir manipulações, a sabedoria manda recear.

CORNWALL
Trancai vossos portões, meu senhor; a noite é selvagem.
Minha Regan aconselha bem. Saiamos da tormenta.

[*Saem todos.*]

Act III, Scene 1

[*A heath.*] *Storm still. Enter Kent and a Gentleman, severally.*

KENT
Who's there besides foul weather?

GENTLEMAN
One minded like the weather most unquietly.

KENT
I know you. Where's the King?

GENTLEMAN
Contending with the fretful elements;
Bids the wind blow the earth into the sea, 5
Or swell the curled waters 'bove the main,
That things might change or cease; tears his white hair,
Which the impetuous blasts, with eyeless rage,
Catch in their fury and make nothing of;
Strives in his little world of man to outscorn 10
The to-and-fro-conflicting wind and rain.
This night, wherein the cub-drawn bear would couch,
The lion and the belly-pinched wolf
Keep their fur dry, unbonneted he runs,
And bids what will take all.

KENT
                    But who is with him? 15

Ato III, Cena 1

[*Uma charneca; a tempestade continua; por lados opostos, entram Kent e um Fidalgo.*]

KENT
Quem está aí, além do mau tempo?

FIDALGO
Alguém como o tempo, muito inquieto.

KENT
Eu vos conheço. Onde está o rei?

FIDALGO
Batendo-se contra os elementos agitados;
Pede que o vento sopre a terra mar adentro,
Ou faça as águas, encrespadas, inundarem o continente,
E que tudo se altere ou deixe de existir; puxa o cabelo branco,
Que as rajadas impetuosas, com raiva cega,
Agarram em fúria e depois transformam em nada.
No pequeno mundo dos homens, ele se debate e quer superar
O vento e a chuva, que colidem conflituosos.
Em tal noite, quando até a ursa, sugada pelos filhotes,
Vai para a toca; quando o leão e o lobo, de barriga vazia,
Mantêm a pelagem seca, ele corre descoberto,
E arrisca tudo num único lance.

KENT
      E quem está com ele?

GENTLEMAN
None but the Fool, who labors to outjest
His heart-struck injuries.

KENT
     Sir, I do know you,
And dare upon the warrant of my note
Commend a dear thing to you. There is division,
Although as yet the face of it be covered
With mutual cunning, 'twixt Albany and Cornwall;
Who have — as who have not, that their great stars
Throned and set high? — servants, who seem no less,
Which are to France the spies and speculations
Intelligent of our state. What hath been seen,
Either in snuffs and packings of the Dukes,
Or the hard rein which both of them have borne
Against the old kind King, or something deeper,
Whereof, perchance, these are but furnishings...
But, true it is, from France there comes a power
Into this scattered kingdom, who already,
Wise in our negligence, have secret feet
In some of our best ports, and are at point
To show their open banner. Now to you:
If on my credit you dare build so far
To make your speed to Dover, you shall find
Some that will thank, you making just report
Of how unnatural and bemadding sorrow
The King hath cause to plain.
I am a gentleman of blood and breeding,
And from some knowledge and assurance offer
This office to you.

GENTLEMAN
I will talk further with you.

FIDALGO
Apenas o Bobo, cujo humor tenta vencer
As feridas em seu coração.

KENT
                    Senhor, eu vos conheço,
E ouso, avalizado em meu juízo de caráter,
Confiar-vos algo importante. Há discórdia,
Embora seu rosto ainda esteja encoberto
Por mútua sagacidade, entre Albany e Cornwall.
Os dois possuem — e quem não possui, se erguido e coroado
Pela força dos astros? — servos de aparência comum,
Que são para a França espiões e observadores,
A decifrarem nosso reino. Algo já se percebe entre os duques;
Seja nas suas hostilidades e maquinações,
Ou na rédea curta que ambos empregaram
Contra o velho rei, ou em coisa mais profunda,
Da qual o resto, talvez, seja apenas acessório...
Mas, é fato, em nosso reino despedaçado,
Da França chega um exército, e este,
Aproveitando nossos descuidos, já pisa
Alguns de nossos maiores portos, e está pronto
A exibir sua bandeira. Agora no tocante a vós:
Se puderdes me conceder tamanho crédito,
A ponto de apressar-vos rumo a Dover, encontrareis
Quem vos agradeça; para isso basta o relato preciso
De quão desnaturada e enlouquecedora tristeza
O rei tem motivos para lamentar.
Sou um nobre por sangue e criação,
E, com boas informações e garantias,
A vós delego esta incumbência.

FIDALGO
Aprofundarei o assunto convosco.

Ato III, Cena 1

KENT
                    No, do not.
For confirmation that I am much more
Than my out-wall, open this purse and take
What it contains. If you shall see Cordelia,
As fear not but you shall, show her this ring,
And she will tell you who your fellow is
That yet you do not know. Fie on this storm!
I will go seek the King.

GENTLEMAN
Give me your hand. Have you no more to say?

KENT
Few words, but, to effect, more than all yet:
That, when we have found the King — in which your pain
That way, I'll this — he that first lights on him
Holla the other.

Exeunt [severally].

KENT

                      Não; não o façais.
Para confirmardes que sou bem mais
Do que sugere o meu aspecto, abri esta bolsa,
Tomai o que ela contém. Se encontrardes Cordelia,
Pois decerto a encontrareis, mostrai este anel,
E ela vos revelará a identidade do sujeito
Cujo nome desconheceis. Maldita borrasca!
Vou procurar o rei.

FIDALGO
Dai-me vossa mão. Não tendes mais nada a dizer?

KENT
Algumas palavras ainda, mas, com efeito, valem todo o resto:
Que, ao encontrarmos o rei — tentai vós por ali,
Eu por aqui —, o primeiro a fazê-lo
Chame o outro.

[*Saem Kent e o Fidalgo por lados opostos.*]

Act III, Scene 2

[*Another part of the heath.*] *Storm still. Enter Lear and Fool.*

LEAR
Blow, winds, and crack your cheeks. Rage, blow!
You cataracts and hurricanoes, spout
Till you have drench'd our steeples, drowned the cocks.
You sulph'rous and thought-executing fires,
Vaunt-couriers of oak-cleaving thunderbolts, 5
Singe my white head. And thou, all-shaking thunder,
Strike flat the thick rotundity o' th' world,
Crack Nature's molds, all germains spill at once,
That make ingrateful man.

FOOL
O Nuncle, court holy-water in a dry house is better than this 10
rain water out o' door. Good Nuncle, in; ask thy daughters blessing.
Here's a night pities neither wise men nor fools.

LEAR
Rumble thy bellyful. Spit, fire; spout, rain!
Nor rain, wind, thunder, fire are my daughters.
I tax not you, you elements, with unkindness. 15
I never gave you kingdom, called you children,
You owe me no subscription. Then let fall
Your horrible pleasure. Here I stand your slave,
A poor, infirm, weak, and despised old man.
But yet I call you servile ministers, 20

Ato III, Cena 2

[*Outra parte da charneca; a tempestade continua; entram Lear e o Bobo.*]

LEAR
Soprai, ventos, e que vossas faces explodam!
Fúria, soprai! Cataratas e furacões, jorrai
Até inundardes nossas torres, afogardes os pináculos.
Vós, labaredas sulfurosas, velozes como o pensamento,
Guarda avançada de raios que derrubam carvalhos,
Queimai minha cabeça branca! E tu, trovão que a tudo abala,
Achata num golpe o globo fértil e redondo!
Quebra os moldes da Natureza e destrói todas as sementes
Que geram o homem ingrato.

BOBO
Ai, Vovô, água benta da corte em casa seca é melhor que água da chuva ao relento. Vovô bonzinho, entra; pede a bênção a tuas filhas. Eis uma noite que não tem pena nem de sábios nem de bobos.

LEAR
Ronca tua barriga cheia! Cospe, fogo; jorra, chuva!
Nem a chuva, o vento, o trovão ou o fogo são minhas filhas.
Não vos culpo, elementos do mundo, por desamor,
Nunca vos dei um reino ou vos tratei como pai,
Não me deveis lealdade. Então despejai sobre mim
Vosso mórbido prazer. Aqui estou eu, vosso escravo,
Um velho pobre, enfermo, fraco e desprezado.
Mas ainda posso acusá-los, obedientes mensageiros,

That will with two pernicious daughters join
Your high-engendered battles 'gainst a head
So old and white as this. O, ho! 'tis foul!

FOOL
He that has a house to put's head in has a good headpiece.
> *The codpiece that will house* 25
> *Before the head has any,*
> *The head and he shall louse:*
> *So beggars marry many.*
> *The man that makes his toe*
> *What he his heart should make* 30
> *Shall of a corn cry woe,*
> *And turn his sleep to wake.*

For there was never yet fair woman but she made mouths in a glass.

Enter Kent.

LEAR
No, I will be the pattern of all patience, 35
I will say nothing.

KENT
Who's there?

FOOL
Marry, here's grace and a codpiece, that's a wise man and a fool.

KENT
Alas, sir, are you here? Things that love night 40
Love not such nights as these. The wrathful skies
Gallow the very wanderers of the dark
And make them keep their caves. Since I was man,
Such sheets of fire, such bursts of horrid thunder,

Que a duas filhas perversas desejam se juntar,
Em batalhas formadas nas alturas, contra cabeça
Tão velha e branca quanto esta. Assim não! É covardia!

BOBO
Quem tem um lar para cobrir a cabeça tem boa carapuça.
    Se a ceroula um dono abrigar,
    Antes que uma casa a cabeça possua,
    A cabeça e ele hão de chorar;
    Só mendigos casam na rua.
    Se do pé o dedo maior,
    Com o coração é trocado,
    Seu calo termina pior
    E o sono acaba estragado.
Pois nunca existiu mulher bonita que não fizesse poses para o espelho.

[*Entra Kent.*]

LEAR
Não; eu serei um modelo de paciência.
Não direi nada.

KENT
Quem está aí?

BOBO
Ora viva; aqui estão a graça e a ceroula, ou seja, um sábio e um bobo.

KENT [*para Lear*]
Ai, senhor, estais aqui? Os bichos que amam a noite,
Não amam noites como esta. Os céus irados
Espantam as criaturas errantes do breu,
Para dentro de suas cavernas. Desde que me tornei gente,
Tais malhas de fogo, tais estouros de horríveis trovões,

Such groans of roaring wind and rain, I never
Remember to have heard. Man's nature cannot carry
Th'affliction nor the fear.

LEAR
                Let the great gods
That keep this dreadful pudder o'er our heads
Find out their enemies now. Tremble, thou wretch,
That hast within thee undivulged crimes
Unwhipped of justice. Hide thee, thou bloody hand,
Thou perjurd, and thou simular of virtue
That art incestuous. Caitiff, to pieces shake,
That under covert and convenient seeming
Hast practiced on man's life. Close pent-up guilts,
Rive your concealing continents and cry
These dreadful summoners grace. I am a man
More sinned against than sinning.

KENT
                Alack, bareheaded?
Gracious my lord, hard by here is a hovel;
Some friendship will it lend you 'gainst the tempest.
Repose you there, while I to this hard house
(More harder than the stones whereof 'tis raised,
Which even but now, demanding after you,
Denied me to come in) return, and force
Their scanted courtesy.

LEAR
              My wits begin to turn.

Come on, my boy. How dost, my boy? Art cold?
I am cold myself. Where is this straw, my fellow?
The art of our necessities is strange,
That can make vile things precious. Come, your hovel.

Tais uivos e roncos do vento e da chuva, nunca
Lembro de ter ouvido. A natureza do homem não suporta
Igual medo e aflição.

LEAR
                    Que os deuses poderosos,
Donos dessa lúgubre fervura sobre nossas cabeças,
Encontrem agora seus inimigos. Treme, infeliz,
Que carregas em ti crimes sonegados
Ao chicote da justiça. Esconde-te, mão sanguinária,
Tu que cometeste perjúrio, que fingiste virtude,
Que és incestuoso. Miserável, treme e arrebenta,
Tu que, sob aparência e cobertura respeitáveis,
Atentaste contra a vida alheia. Culpas trancadas,
Rompei vossas paredes e implorai perdão
Aos mais terríveis juízes... Eu sou um homem;
Pequei menos do que pecaram contra mim.

KENT
                    Ai, não! Com a cabeça descoberta?
Meu gracioso senhor, aqui perto há uma choupana;
Decerto vos será amistosa contra a tempestade.
Descansai por lá, enquanto eu, àquele duro castelo
(Mais duro do que as pedras que o sustentam,
E que, faz pouco tempo, quando perguntei pelo senhor,
Fechou-se à minha entrada) retorno e dele obtenho
Forçada cortesia.

LEAR
           Minha cabeça está girando.
[*para o Bobo*]
Vem, menino. Como estás? Tens frio?
Eu tenho frio. [*para Kent*] Onde fica a tal choça, homem?
É estranha a alquimia de nossas necessidades,
Faz coisas desprezíveis virarem preciosas. Anda, à vossa choupana.

Poor Fool and knave, I have one part in my heart   70
That's sorry yet for thee.

FOOL [*Singing*]
>   *He that has and a little tiny wit,*
>   *With heigh-ho, the wind and the rain,*
>   *Must make content with his fortunes fit,*
>   *Though the rain it raineth every day.*   75

LEAR
True, my good boy. Come, bring us to this hovel.

Exit [with Kent].

FOOL
This is a brave night to cool a courtesan. I'll speak a prophecy ere I go:
>   *When priests are more in word than matter;*   80
>   *When brewers mar their malt with water;*
>   *When nobles are their tailors' tutors;*
>   *No heretics burned, but wenches' suitors;*
>   *When every case in law is right,*
>   *No squire in debt, nor no poor knight;*   85
>   *When slanders do not live in tongues;*
>   *Nor cut-purses come not to throngs;*
>   *When usurers tell their gold i' th' field,*
>   *And bawds and whores do churches build,*
>   *Then shall the realm of Albion*   90
>   *Come to great confusion.*
>   *Then comes the time, who lives to see't,*
>   *That going shall be used with feet.*

This prophecy Merlin shall make, for I live before his time.   95

Exit.

Pobre Bobo e servo; uma parte do meu coração
Ainda lamenta por ti.

BOBO [*cantando*]
Quando é pequena a inteligência,
Upa-lá-lá, com mil raios e trovões,
Ter sorte da Fortuna é indulgência,
Pois a chuva nunca para de chover.

LEAR
Verdade, meu menino! [*para Kent*] Vamos, guiai-nos até a choupana.

[*Saem Lear e Kent.*]

BOBO
Eis uma noite boa para esfriar a cortesã. Direi uma profecia antes de sair:
Quando padres o bem não praticarem,
E cervejeiros desleais o malte aguarem;
Quando nobres obedecerem ao costureiro,
Viverão os hereges, arderá o pau do putanheiro.
Quando a lei der razão a tudo que é pleito,
Ficará feliz o patrão, e o servo, satisfeito;
Quando as línguas do veneno abrirem mão,
Bandidos sem ofício e ganhos ficarão.
Quando usurários derem de bandeja,
Putas e fregueses erguerão as igrejas;
E assim o reino bretão
Cairá na maior confusão.
Quem viver verá, na hora de constatar,
Que os pés servem para andar.
Esta profecia o mago Merlin ainda fará, pois eu vivo antes do seu tempo.

[*Sai o Bobo.*]

Act III, Scene 3

[*Gloucester's Castle.*] *Enter Gloucester and Edmund.*

GLOUCESTER
Alack, alack, Edmund, I like not this unnatural dealing. When I desired their leave that I might pity him, they took from me the use of mine own house, charged me on pain of perpetual displeasure neither to speak of him, entreat for him, or any way sustain him.

EDMUND
Most savage and unnatural.

GLOUCESTER
Go to; say you nothing. There is division between the Dukes, and a worse matter than that. I have received a letter this night — 'tis dangerous to be spoken — I have locked the letter in my closet. These injuries the King now bears will be revenged home; there is part of a power already footed; we must incline to the King. I will look him and privily relieve him. Go you and maintain talk with the Duke, that my charity be not of him perceived. If he ask for me, I am ill and gone to bed. If I die for it, as no less is threatened me, the King my old master must be relieved. There is some strange thing toward, Edmund; pray you be careful.

Exit.

Ato III, Cena 3

[No *castelo de Gloucester; entram Gloucester e Edmund, com tochas.*]

GLOUCESTER
É triste, Edmund, muito triste! Não gosto desse comportamento desnaturado. Quando lhes pedi permissão para apiedar-me dele, tiraram-me o mando sobre minha própria casa; ordenaram, sob pena de seu perpétuo desfavor, que nem falasse dele, nem pedisse por ele ou oferecesse a ele qualquer tipo de ajuda.

EDMUND
Muito selvagem e desnaturado!

GLOUCESTER
Juízo; ficai de boca fechada. Há discórdia entre os duques, e algo ainda mais sério. Recebi uma carta esta noite — só falar dela já é perigoso — e tranquei-a em meu quarto. As injúrias que o rei agora recebe serão todas vingadas. Parte de um exército já desembarcou; devemos nos colocar ao lado do rei. Irei procurá-lo e, em segredo, ajudá-lo. Ide, ficai a conversar com o duque, para que ele não repare na minha caridade. Se perguntar por mim, dizei que estou doente e fui dormir. Mesmo que eu morra por isso, e de não menos fui ameaçado, o rei, meu antigo senhor, tem de ser protegido. Coisas estranhas virão pela frente, Edmund; peço que tenhais cuidado.

[*Sai Gloucester.*]

EDMUND
This courtesy, forbid thee, shall the Duke
Instantly know, and of that letter too.
This seems a fair deserving, and must draw me
That which my father loses — no less than all. 20
The younger rises when the old doth fall.

Exit.

EDMUND
Da gentileza a ti proibida, o duque
Logo saberá, bem como da carta.
A merecida paga que ele há de me dar
— nada menos que tudo — é aquilo que perde meu pai.
Pois o jovem sobe, quando o velho cai.

[*Sai Edmund.*]

Act III, Scene 4

[*The heath. Before a hovel.*] *Enter Lear, Kent and Fool.*

KENT
Here is the place, my lord. Good my lord, enter.
The tyranny of the open night's too rough
For nature to endure.

Storm still.

LEAR
      Let me alone.

KENT
Good my lord, enter here.

LEAR
        Wilt break my heart?

KENT
I had rather break mine own. Good my lord, enter. 5

LEAR
Thou think'st 'tis much that this contentious storm
Invades us to the skin: so 'tis to thee;
But where the greater malady is fixed,
The lesser is scarce felt. Thou'dst shun a bear;
But if thy flight lay toward the roaring sea, 10

Ato III, Cena 4

[A *charneca, diante de uma choupana; entram Lear, Kent, disfarçado, e o Bobo.*]

KENT
Eis o lugar, meu rei. Entrai, bom senhor.
A tirania da noite está forte demais,
Para a natureza aguentar.

[*A tempestade continua.*]

LEAR
                    Deixa-me em paz.

KENT
Bom senhor, entrai aqui.

LEAR
                    Queres partir meu coração?

KENT
Antes partiria o meu. Entrai, bom senhor.

LEAR
Tu crês ser grande coisa a tempestade severa
Encharcar-nos até a pele, e assim é para ti;
Mas onde a doença maior se instala
A menor mal é sentida. Evitas confrontar um urso,
Mas se o mar rugindo cortar tua fuga,

Thou'dst meet the bear i' th' mouth. When the mind's free,
The body's delicate. The tempest in my mind
Doth from my senses take all feeling else,
Save what beats there. Filial ingratitude,
Is it not as this mouth should tear this hand   15
For lifting food to't? But I will punish home.
No, I will weep no more. In such a night
To shut me out! Pour on, I will endure.
In such a night as this! O Regan, Goneril,
Your old kind father, whose frank heart gave all...   20
O, that way madness lies; let me shun that.
No more of that.

KENT
               Good my lord, enter here.

LEAR
Prithee go in thyself; seek thine own ease.
This tempest will not give me leave to ponder
On things would hurt me more, but I'll go in.   25
[*To the Fool*]
In, boy; go first. You houseless poverty...
Nay, get thee in. I'll pray, and then I'll sleep.
Exit [*Fool*].
Poor naked wretches, wheresoe'er you are,
That bide the pelting of this pitiless storm,
How shall your houseless heads and unfed sides,   30
Your looped and windowed raggedness, defend you
From seasons such as these? O, I have ta'en
Too little care of this! Take physic, pomp;
Expose thyself to feel what wretches feel,
That thou mayst shake the superflux to them,   35
And show the heavens more just.

EDGAR [*Within*]
Fathom and half, fathom and half! Poor Tom!

Bem que encaras tais mandíbulas. Se a mente está em paz,
O corpo é mais sensível. A borrasca em minha mente
Tira de meus sentidos toda percepção,
Além da que bate aqui. Ingratidão filial!
Não é como se esta boca mordesse
A mão que a alimenta? Mas meu castigo será completo.
Não, não chorarei mais. Em tal noite me trancar
Do lado de fora! Cai chuva, eu aguentarei.
Em uma noite como esta! Oh, Regan, Goneril,
Vosso doce e velho pai, cujo bom coração vos deu tudo...
Oh, este é o caminho da loucura, preciso evitá-lo.
Não quero mais pensar.

KENT
                Bom senhor, entrai aqui.

LEAR
Eu que te peço, entra; busca teu conforto.
A tempestade evita que eu pense
Em coisas mais dolorosas; logo entrarei.
[*para o Bobo*]
Para dentro, menino, vai primeiro. Indigentes sem teto...
Não, entra tu. Eu rezarei, depois dormirei.
[*o Bobo entra na choupana*]
Míseros mendigos esfarrapados, onde quer que estejais,
Sofrendo os ataques da tempestade cruel,
Como vossas cabeças sem casa e costelas aparentes,
Seus andrajos rotos e puídos, irão proteger-vos
De um tempo como este? Oh, disso eu cuidei
Muito mal! Cura teus males, tu que és poderoso;
Expõe-te a sentir o que os esfarrapados sentem,
Derrama sobre eles o que te é supérfluo,
E mostra serem os céus um pouco mais justos.

EDGAR [*de dentro da choupana*]
Braça e meia, braça e meia de profundidade! Pobre Tom!

Enter Fool.

FOOL
Come not in here, Nuncle, here's a spirit.
Help me, help me!

KENT
Give me thy hand. Who's there?

FOOL
A spirit, a spirit. He says his name's Poor Tom.

KENT
What art thou that dost grumble there i' th' straw?
Come forth.

Enter Edgar [disguised as a madman].

EDGAR
Away! the foul fiend follows me! Through the sharp hawthorn blows the cold wind. Humh! go to thy cold bed, and warm thee.

LEAR
Didst thou give all to thy two daughters? And art thou come to this?

EDGAR
Who gives anything to poor Tom? Whom the foul fiend hath led through fire and through flame, through ford and whirlpool, o'er bog and quagmire; that hath laid knives under his pillow and halters in his pew, set ratsbane by his porridge, made him proud of heart, to ride on a bay trotting horse over four-inched bridges, to course his own shadow for a traitor. Bless thy five wits, Tom's a-cold. O, do, de, do, de, do, de. Bless thee from whirlwinds, star-blasting, and taking. Do Poor Tom some charity, whom the foul fiend

[*O Bobo sai correndo da choupana.*]

BOBO
Não entres aí, Vovô, há um espírito lá dentro.
Socorro! Socorro!

KENT
Dá-me tua mão. Quem está lá?

BOBO
Um espírito, um espírito. Diz que seu nome é Tom, o pobre.

KENT [*para dentro da choupana*]
O que és tu, que roncas aí na palha?
Aparece.

[*Entra Edgar, disfarçado como o louco Pobre Tom.*]

EDGAR
Fuja daqui! O Coisa-Ruim está me seguindo! Por entre espinhos corre o vento gelado. Hummm! Vai pra sua cama fria, e se esquenta.

LEAR
Entregaste tudo a tuas filhas? E, no final, a isto acabaste reduzido?

EDGAR
Quem dá alguma coisa pro Pobre Tom? Aquele que o Coisa-Ruim arrastou na brasa e na chama, no raso e no redemoinho, no lamaçal e na areia movediça; e botou facas debaixo do travesseiro dele e cordas de enforcado no seu nicho da igreja; jogou veneno de rato no mingau dele, enfiou o orgulho no seu coração, a ponto dele montar num cavalo baio e trotar por uma ponte estreita, de correr atrás da própria sombra e julgar ela traidora. Abençoados seus cinco sentidos! Tom está com friiiio! [*batendo os dentes*] Brrrrrr! Deuses o livrem do vento que sobe girando, das estrelas que explodem e causam o mal! Faça uma

vexes. There could I have him now... and there... and there again... and there.

Storm still.

LEAR
What, has his daughters brought him to this pass?

Couldst thou save nothing? Wouldst thou give 'em all?

FOOL
Nay, he reserved a blanket, else we had been all shamed.

LEAR
Now all the plagues that in the pendulous air
Hang fated o'er men's faults light on thy daughters!

KENT
He hath no daughters, sir.

LEAR
Death, traitor; nothing could have subdued nature
To such a lowness but his unkind daughters.
Is it the fashion that discarded fathers
Should have thus little mercy on their flesh?
Judicious punishment — 'twas this flesh begot
Those pelican daughters.

caridade pro Pobre Tom, que o Coisa-Ruim atormenta. Ali eu podia pegar ele agora, e ali... e ali também, e ali.

[*A tempestade continua.*]

LEAR
Ora, será que as filhas o deixaram nesse estado?
[*para Pobre Tom*]
Não pudeste salvar nada? Quiseste mesmo dar tudo para elas?

BOBO
Não, ele guardou uma coberta, senão estaríamos todos com vergonha.

LEAR [*para Edgar*]
Que todas as pragas suspensas no firmamento,
Apontadas contra os erros humanos, ardam sobre tuas filhas!

KENT
Ele não tem filhas, senhor.

LEAR
Morre, traidor; nada senão filhas insensíveis
Rebaixaria a tal ponto a natureza.
É a nova moda, que pais jogados fora
Tenham os corpos tão maltratados?
A punição é justa — seus próprios corpos
Conceberam as filhas que os devoram.[9]

---

[9] O verso 70 diz "Those pelican daughters" — porque os filhotes de pelicano comem os peixes que lhes são trazidos dentro do papo de seus pais, acreditava-se que estes os alimentavam com sua própria carne. Isso explica também que o pelicano e seus filhotes tenham se tornado um símbolo cristão, representativo do sacrifício de Jesus em prol da humanidade.

EDGAR
Pillicock sat on Pillicock hill,
Alow, alow, loo loo!

FOOL
This cold night will turn us all to fools and madmen.

EDGAR
Take heed o' th' foul fiend; obey thy parents; keep thy word justice; swear not; commit not with man's sworn spouse; set not thy sweet heart on proud array. Tom's a-cold.

LEAR
What hast thou been?

EDGAR
A servingman, proud in heart and mind, that curled my hair, wore gloves in my cap; served the lust of my mistress' heart, and did the act of darkness with her; swore as many oaths as I spake words, and broke them in the sweet face of heaven. One that slept in the contriving of lust, and waked to do it. Wine loved I deeply, dice dearly; and in woman out-paramoured the Turk. False of heart, light of ear, bloody of hand; hog in sloth, fox in stealth, wolf in greediness, dog in madness, lion in prey. Let not the creaking of shoes nor the rustling of silks betray thy poor heart to woman. Keep thy foot out of brothels, thy hand out of plackets, thy pen from lenders' books, and defy the foul fiend. Still through the hawthorn blows the cold wind; says suum, mun, nonny. Dolphin my boy, boy, sessa! let him trot by.

Storm still.

EDGAR
Pingulim entrou na grutinha dos Pingulins:
É mais embaixo, é mais embaixo! Paga pra ver! Paga pra ver!

BOBO
A noite fria nos transformará a todos em bobos e loucos.

EDGAR
Cuidado com o Coisa-Ruim: obedece aos seus pais, ponha justiça no que diz, não pragueja, não trai com a esposa do outro, não cobre seu doce coração com roupa de luxo. Tom está com friiiio.

LEAR
O que tu eras antes?

EDGAR
Um lacaio, com orgulho no coração e na mente; que cacheava os cabelos e guardava as luvas da namorada no chapéu; que atendia a luxúria da amante quando ela queria e cometia com ela o ato das trevas; que fazia juramentos a cada frase que dizia, e quebrava todos eles com a maior cara de santo. Eu era alguém que dormia pensando em depravação e acordava pra botar ela em prática. O vinho eu amava muito, o jogo de dados, mais ainda; e em matéria de concubinas eu ganhava do sultão. Era falso de alma, fútil de ouvido e tinha as mãos sujas de sangue. Era porco na preguiça, raposa na esperteza, lobo na cobiça, cachorro na loucura, leão na caça. Não deixa o ranger dos sapatos e o farfalhar das sedas entregarem seu pobre coração pra uma mulher. Não bota os pés no prostíbulo, nem a mão debaixo das saias, nem o nome no livro dos agiotas, e desafia o Coisa-Ruim. O vento frio ainda corre entre os espinhos, ele faz zuummmm, vuummmm e lá-lá-lá. Delfim, meu menino, diabinho, eia! Deixa ele trotar.

[*A tempestade continua.*]

LEAR
Thou wert better in a grave than to answer with thy uncovered body this extremity of the skies. Is man no more than this? Consider him well. Thou owest the worm no silk, the beast no hide, the sheep no wool, the cat no perfume. Ha! here's three on's are sophisticated. Thou art the thing itself: unaccommodated man is no more but such a poor, bare, forked animal as thou art. Off, off, you lendings! Come, unbutton here.

[*Tearing off his clothes.*]

FOOL
Prithee, Nuncle, be contented, 'tis a naughty night to swim in. Now a little fire in a wild field were like an old lecher's heart — a small spark, all the rest on's body, cold. Look, here comes a walking fire.

Enter Gloucester, with a torch.

EDGAR
This is the foul fiend Flibbertigibbet. He begins at curfew, and walks till the first cock. He gives the web and the pin, squints the eye, and makes the harelip; mildews the white wheat, and hurts the poor creature of earth.
> *Swithold footed thrice the old;*
> *He met the nightmare, and her nine fold;*
> *Bid her alight*
> *And her troth plight,*
> *And aroint thee, witch, aroint thee!*

LEAR
Estarias melhor numa tumba do que enfrentando de peito aberto as exorbitâncias dos céus. [*para Kent e o Bobo*] Então o homem não é mais que isso? Olhai bem para ele. [*para Edgar*] Tu não deves a seda ao bicho que a produz, nem ao carneiro a lã, nem ao gato-almiscarado o perfume. Há! Eis aqui três sofisticados. Tu és a coisa em si. O homem sem luxos não é mais que este animal pobre, nu e bípede como tu. Fora, fora, roupas emprestadas! Vinde, desabotoai-me.

[*Ele rasga as próprias roupas.*]

BOBO
Por favor, Vovô, acalma-te; a noite está muito ruim para nadar. Um pouco de fogo nesse território selvagem seria como o coração de um velho devasso — uma pequena faísca, e o resto do corpo todo gelado. Olha, aí vem um fogo que anda.

[*Entra Gloucester, com uma tocha.*]

EDGAR
É Belzebu, o Coisa-Ruim língua de trapo. Ele sai no toque de recolher e passeia até o primeiro galo cantar; dá catarata e grumo na vista, causa vesguice e lábio de lebre; apodrece o trigo quase maduro e atormenta as pobres criaturas da terra.
*São Vitoldo três vezes andou,
O demo a cavalo encontrou;
Deu ordem pra desmontar
E a santa doutrina aceitar;*[10]
"*Fora daqui, bruxo, fora daqui!*"

---

[10] No original, "Swithold footed thrice the old,/ He met the nightmare and her nine fold,/ Bid her alight/ and her tropth plight": o anglo-saxão Swithold, ou Swithin, morto em 862 d.C. e cujo nome está aportuguesado para Vitoldo, foi um bispo de Winchester conhecido por três marcas hagiológicas pertinentes aqui: viajava apenas a pé, era associado às tempestades e realizava exorcismos. "Nightmare" é o nome do

KENT
How fares your Grace?

LEAR
What's he?

KENT
Who's there? What is't you seek? 115

GLOUCESTER
What are you there? Your names?

EDGAR
Poor Tom; that eats the swimming frog, the toad, the todpole, the wall-newt and the water; that in the fury of his heart, when the foul fiend rages, eats cow-dung for sallets, swallows the old rat and the ditch-dog, drinks the green mantle of the standing pool; who is 120 whipped from tithing to tithing, and stocked, punished, and imprisoned; who hath had three suits to his back, six shirts to his body,
    Horse to ride, and weapon to wear.
    But mice and rats and such small deer,
    Have been Tom's food for seven long year. 125
Beware my follower! Peace, Smulkin, peace, thou fiend!

GLOUCESTER
What, hath your Grace no better company?

KENT [*para Lear*]
Vossa Graça está melhor?

LEAR
O que vem lá?

KENT [*para Gloucester*]
Quem está aí? O que procurais?

GLOUCESTER
Quem sois vós? Vossos nomes?

EDGAR
O Pobre Tom, que come a rã nadadora, o sapo, o girino, a lagartixa e a salamandra; que, na fúria do coração, quando o Coisa-Ruim vem com força, come salada de estrume, engole rato velho e cachorro morto; bebe a gosma verde das águas paradas; que é espancado de vilarejo em vilarejo, posto no cepo, açoitado e preso; que tinha três casacas para as costas e seis camisas para o corpo.
Montado e armado, sou o caçador perfeito,
Mas só pego rato e camundongo, sem caça de respeito;
Como isso há sete anos e ainda vivo desse jeito.
Para quem me seguir, cuidado! Fica quieto, Asmodeu, fica quieto, demônio!

GLOUCESTER [*para Lear*]
O quê? Vossa Graça não dispõe de melhor companhia?

---

demônio associado aos pesadelos, mas a junção das palavras *night* e *mare* é literalmente "égua da noite", sentido também utilizado por Shakespeare. Dizia-se que o demônio "cavalgava" suas vítimas enquanto os sonhos maus aconteciam. Ordenar ao demônio que "desmonte", portanto, significa ordenar que saia do corpo dos possuídos e liberte-os dos pesadelos. Isto explica, algumas linhas acima, os versos: "Delfim, meu menino, diabinho, eia! Deixa ele trotar". O delfim, o príncipe da monarquia francesa, era associado ao demônio na Inglaterra dos séculos XVI e XVII.

Ato III, Cena 4

EDGAR
The prince of Darkness is a gentleman.
Modo he's called, and Mahu.

GLOUCESTER
Our flesh and blood, my Lord, is grown so vile
That it doth hate what gets it.

EDGAR
Poor Tom's a-cold.

GLOUCESTER
Go in with me. My duty cannot suffer
T'obey in all your daughters' hard commands.
Though their injunction be to bar my doors
And let this tyrannous night take hold upon you,
Yet have I ventured to come seek you out
And bring you where both fire and food is ready.

LEAR
First let me talk with this philosopher.
What is the cause of thunder?

KENT
Good my lord, take his offer; go into th' house.

LEAR
I'll talk a word with this same learned Theban.
What is your study?

EDGAR
How to prevent the fiend and to kill vermin.

LEAR
Let me ask you one word in private.

EDGAR
O Príncipe das Trevas é um fidalgo.
Seu nome é Lúcifer, ou Satanás.

GLOUCESTER
De tão rebaixados, meu senhor,
Nossa carne e sangue odeiam quem os concebe.

EDGAR
Pobre Tom está com friiiiio.

GLOUCESTER [*para Lear*]
Entrai comigo. O dever não me permite
Total obediência às duras ordens de vossas filhas.
Embora comandem o trancar de meus portões,
Deixando que a tirania da noite vos capture,
Ainda assim me arrisquei a procurar-vos,
Para levar até onde vos esperam a lareira e a comida.

LEAR
Primeiro deixa eu falar a este filósofo.
[*para Edgar*] O que provoca o trovão?

KENT
Meu bom Senhor, aceitai a oferta; ide para uma casa.

LEAR
Quero falar com o sábio tebano.
[*para Edgar*] Qual é vossa área de estudo?

EDGAR
Como evitar o diabo e matar os vermes.

LEAR
Permiti que eu vos peça uma palavra em particular.

KENT
Importune him once more to go, my lord.
His wits begin t'unsettle.

GLOUCESTER
                    Canst thou blame him?
Storm still.
His daughters seek his death. Ah, that good Kent!
He said it would be thus, poor banished man!   150
Thou sayest the King grows mad... I'll tell thee, friend,
I am almost mad myself. I had a son,
Now outlaw'd from my blood; he sought my life
But lately, very late. I lov'd him, friend,
No father his son dearer. True to tell thee,   155
The grief hath crazed my wits. What a night's this!
I do beseech your Grace...

LEAR
                    O, cry you mercy, sir.
Noble philosopher, your company.

EDGAR
Tom's a-cold.

GLOUCESTER
In, fellow, there, into th' hovel; keep thee warm.   160

LEAR
Come, let's in all.

KENT
          This way, my lord.

Act III, Scene 4

[*Lear e Edgar conversam à parte.*]

KENT [*para Gloucester*]
Insisti uma vez mais para que ele volte, senhor.
Seus juízos começam a falhar.

GLOUCESTER
                        E podes culpá-lo?
[*continua a tempestade*]
As filhas o querem morto. Ah, o bom Kent!
Ele previu tudo isso, pobre homem banido!
Dizes que o rei enlouquece... Vou contar, amigo,
Até eu estou quase louco. Tive um filho,
Hoje proscrito do meu sangue; ele me queria morto,
Não faz muito tempo, é recente. Eu o amava, meu amigo,
Nunca houve filho tão amado pelo pai. Confesso-te
Que a dor entortou meu juízo. Que noite esta!
[*para Lear*] Imploro à Vossa Graça...

LEAR
                        Oh, dai licença, senhor.
[*para Edgar*] Nobre filósofo, ficai comigo.

EDGAR
Tom está com friiiio.

GLOUCESTER [*para Edgar*]
Volta para a choupana, sujeito, vai, e te esquenta.

LEAR
Vamos, todos para dentro.

KENT [*tentando levá-lo em outra direção*]
                        Por aqui, senhor.

Ato III, Cena 4

LEAR
                              With him!
I will keep still with my philosopher.

KENT
Good my lord, soothe him; let him take the fellow.

GLOUCESTER
Take him you on.

KENT
Sirrah, come on; go along with us.   165

LEAR
Come, good Athenian.

GLOUCESTER
No words, no words! Hush.

EDGAR
   Child Rowland to the dark tower came;
   His word was still, Fie, foh, and fum,
   I smell the blood of a British man.   170

Exeunt.

LEAR

                                              Com ele!
Ficarei junto do meu filósofo.

KENT [*para Gloucester*]
Meu bom senhor, atendei-o; deixai que leve o sujeito.

GLOUCESTER
Leva-o tu.

KENT [*para Edgar*]
Homem, vamos; vem conosco.

LEAR
Vem, bom ateniense.

GLOUCESTER
Sem falar, sem falar! Em silêncio.

EDGAR
    Rolando entrou na torre escura ainda aprendiz,
    E seu lema era assim: "Um, dois, três,
    Sinto cheiro de sangue inglês!".

[*Saem todos, rumo à casa onde Gloucester esconderá Lear.*]

Act III, Scene 5

[*Gloucester's castle.*] *Enter Cornwall and Edmund.*

CORNWALL
I will have my revenge ere I depart his house.

EDMUND
How, my lord, I may be censured, that nature thus gives way to loyalty, something fears me to think of.

CORNWALL
I now perceive it was not altogether your brother's evil disposition made him seek his death; but a provoking merit, set a-work by a reproveable badness in himself.

EDMUND
How malicious is my fortune that I must repent to be just! This is the letter he spoke of, which approves him an intelligent party to the advantages of France. O heavens, that this treason were not! or not I the detector!

CORNWALL
Go with me to the Duchess.

EDMUND
If the matter of this paper be certain, you have mighty business in hand.

Ato III, Cena 5

[*Uma sala no castelo de Gloucester; entram Cornwall e Edmund.*]

CORNWALL
Terei minha vingança antes de deixar esta casa.

EDMUND
Como hei de ser censurado, milorde, por colocar a lealdade acima do amor natural, é algo que me dá medo até de pensar.

CORNWALL
Vejo agora que não foi somente a má índole que fez vosso irmão buscar a morte do pai; mas uma virtude belicosa, posta em marcha pela reprovável maldade do velho.

EDMUND
Como é traiçoeiro meu destino; sou obrigado a pedir perdão por fazer a coisa certa! Eis a carta da qual meu pai falou, que o prova um cúmplice do avanço francês. Oh, céus, antes a traição não existisse, nem fosse eu a descobri-la!

CORNWALL
Vem comigo até a duquesa.

EDMUND
Se o teor desta carta se confirma, tereis em vossas mãos questões da maior gravidade.

CORNWALL
True or false, it hath made thee Earl of Gloucester. Seek out where thy father is, that he may be ready for our apprehension.

EDMUND [*Aside*]
If I find him comforting the King, it will stuff his suspicion more fully. I will persever in my course of loyalty, though the conflict be sore between that and my blood.

CORNWALL
I will lay trust upon thee, and thou shalt find a dearer father in my love.

Exeunt.

CORNWALL

Verdadeira ou não, ela fez de ti conde de Gloucester. Procura saber onde está teu pai, para que possamos prendê-lo sem demora.

EDMUND [*à parte*]

Se o encontro ajudando o rei, mais conteúdo terá a suspeita contra ele. [*para Cornwall*] Hei de perseverar no caminho da lealdade, embora seja doloroso o conflito entre ela e meu sangue.

CORNWALL

Terás sempre a minha confiança; e encontrarás em mim um pai mais amoroso.

[*Saem Cornwall e Edmund.*]

Act III, Scene 6

[*A chamber in a farmhouse adjoining the castle.*] *Enter Kent and Gloucester.*

GLOUCESTER
Here is better than the open air; take it thankfully. I will piece out the comfort with what addition I can. I will not be long from you.

KENT
All the power of his wits have given way to his impatience. The gods reward your kindness.

Exit [*Gloucester*]. *Enter Lear, Edgar and Fool.*

EDGAR
Frateretto calls me; and tells me Nero is an angler in the lake of darkness. Pray, innocent, and beware the foul fiend.

FOOL
Prithee, Nuncle, tell me whether a madman be a gentleman or a yeoman.

LEAR
A king, a king.

Ato III, Cena 6

[*Cômodo em uma casa rural, adjacente ao castelo de Gloucester; entram Gloucester e Kent.*]

GLOUCESTER
Aqui é melhor que ao relento; aceitai de bom grado. Trarei confortos adicionais com o que puder arranjar. Não me ausentarei por muito tempo.

KENT
Toda a força do juízo do rei cedeu diante da aflição. Que os deuses recompensem vossa bondade!

[*Sai Gloucester; entram Lear, o Bobo e Edgar, disfarçado de Pobre Tom.*]

EDGAR
Mefistófeles me chama, e conta que Nero é pescador no lago da escuridão. Reze, inocente, e tome cuidado com o Coisa-Ruim.

BOBO
Por obséquio, Vovô, peço que tu me digas se o louco é nobre ou plebeu?

LEAR
É um rei, é um rei.

FOOL
No, he's a yeoman that has a gentleman to his son; for he's a mad yeoman that sees his son a gentleman before him.

LEAR
To have a thousand with red burning spits
Come hizzing in upon 'em —

EDGAR
The foul fiend bites my back.

FOOL
He's mad that trusts in the tameness of a wolf, a horse's health, a boy's love, or a whore's oath.

LEAR
It shall be done; I will arraign them straight.
[*To Edgar*]
Come, sit thou here, most learned justice.
[*To the Fool*]
Thou, sapient sir, sit here. Now, you she-foxes...

EDGAR
Look, where he stands and glares. Want'st thou eyes at trial, madam?

>   *Come o'er the bourn, Bessy, to me.*

FOOL
>   *Her boat hath a leak,*
>   *And she must not speak*
>   *Why she dares not come over to thee.*

EDGAR
The foul fiend haunts Poor Tom in the voice of a nightingale.

BOBO
Não; é um plebeu que tem um filho nobre, pois é louco todo plebeu que faz o filho ser nobre antes dele.

LEAR
Ter mil demônios, com espetos incandescentes,
Fervilhando para cima delas...

EDGAR
O Coisa-Ruim está mordendo as minhas costas.

BOBO
Maluco é quem confia na mansidão do lobo, na saúde do cavalo, no amor de um rapaz e em jura de puta.

LEAR
Está decidido; irei julgá-las imediatamente.
[*para Edgar*]
Vamos, senta-te aqui, eruditíssimo juiz.
[*para o Bobo*]
Tu, sábio senhor, senta aqui. E agora, suas raposas...

EDGAR
Vê, o demônio está ali e seus olhos soltam faíscas! Quer que estes olhos assistam a seu julgamento, madame?
[*cantando*]
    Vem ao riacho, Bete, vem pra mim...

BOBO [*parodiando a música*]
    No barco dela há um furo,
    Por isso cala o impuro
    E não chega na hora do "sim".

EDGAR
O Coisa-Ruim assombra o Pobre Tom com voz de rouxinol. E Sa-

Hoppedance cries in Tom's belly for two white herring. Croak not, black angel; I have no food for thee.

KENT
How do you, sir? Stand you not so amazed.
Will you lie down and rest upon the cushions?

LEAR
I'll see their trial first. Bring in their evidence.
[*To Edgar*]
Thou, robed man of justice, take thy place.
[*To the Fool*]
And thou, his yokefellow of equity,
Bench by his side. [*To Kent*] You are o' th' commission,
Sit you too.

EDGAR
Let us deal justly.
> *Sleepest or wakest thou, jolly shepherd?*
> *Thy sheep be in the corn;*
> *And for one blast of thy minikin mouth*
> *Thy sheep shall take no harm.*

Purr! the cat is grey.

LEAR
Arraign her first. 'Tis Goneril, I here take my oath before this honorable assembly, she kicked the poor King her father.

FOOL
Come hither, mistress. Is your name Goneril?

LEAR
She cannot deny it.

FOOL
Cry you mercy, I took you for a joint stool.

tã grita na barriga de Tom, quer dois arenques pra comer. Não rosne, anjo negro; não tenho comida pra você.

KENT [*para Lear*]
Vos sentis bem, meu senhor? Não fiqueis tão impressionado.
Não quereis deitar e descansar aqui nas almofadas?

LEAR
Primeiro terminarei de julgá-las. Trazei as provas do caso.
[*para Edgar*]
Tu, juiz togado, ocupa teu lugar.
[*para o Bobo*]
E tu, sob a mesma canga da legalidade,
Dirige o tribunal ao lado dele. [*para Kent*] Vós sois do júri,
Sentai também.

EDGAR
Que nós façamos justiça.
   Feliz pastor, estás dormindo ou acordado?
   Tuas ovelhas andam soltas na plantação;
   Mas basta o sopro do apito ecoado,
   Pra todo o rebanho buscar proteção.
Miaauu, o demo é um gato cinza.

LEAR [*apontando para um banquinho*]
Acusai esta primeiro; é Goneril. Juro solenemente, diante desta honrada assembleia: ela deu um pontapé no pobre rei, seu pai.

BOBO
Aproximai-vos, senhora. Vosso nome é Goneril?

LEAR
Ela não o pode negar.

BOBO
Misericórdia! E eu achando que fôsseis um reles banquinho.

Ato III, Cena 6

LEAR
And here's another, whose warped looks proclaim
What store her heart is made on. Stop her there!
Arms, arms, sword, fire! Corruption in the place! 50
False justicer, why hast thou let her 'scape?

EDGAR
Bless thy five wits!

KENT
O pity! Sir, where is the patience now
That you so oft have boasted to retain?

EDGAR [*Aside*]
My tears begin to take his part so much 55
They mar my counterfeiting.

LEAR
The little dogs and all,
Trey, Blanch, and Sweetheart... See they bark at me.

EDGAR
Tom will throw his head at them. Avaunt, you curs.
    Be thy mouth or black or white, 60
    Tooth that poisons if it bite;
    Mastiff, greyhound, mongrel grim,
    Hound or spaniel, brach or lym
    Or bobtail tike or trundle-tail —
    Tom will make them weep and wail; 65
    For, with throwing thus my head,
    Dogs leap the hatch, and all are fled.
Do, de, de, de. Sessa! Come march to wakes and fairs and market towns. Poor Tom, thy horn is dry.

LEAR
Then let them anatomize Regan; see what breeds about her 70

LEAR
Eis a outra, cujo olhar oblíquo anuncia
Do que é feito seu coração. Não a deixeis fugir!
Guardas, guardas! Espadas, fogo! Corrupção no tribunal!
Falso homem da lei, por que a deixaste escapar?

EDGAR
Benditos sejam seus cinco sentidos!

KENT
Por piedade, senhor! E a paciência
Que sempre vos orgulhastes de possuir?

EDGAR [à parte]
Tanto minhas lágrimas condoem-se do rei,
Que atrapalham meu disfarce.

LEAR
A cachorrada, toda ela,
Branca, Lulu e Queridinha... Vede, estão latindo para mim.

EDGAR
Tom vai de cabeça pra cima delas. Passa fora, bando de vira-latas!
Sendo a boca branca ou preta,
Sua mordida é porreta.
Mastife, sabujo, pé-duro,
Galgo, pastor, sangue puro;
De rabo curto ou comprido,
Tom dá um pau no atrevido.
É fazer assim com minha cachola
E todos somem na portinhola.
Ai, ai, ai! Anda! Vem, marche para as festas da paróquia e as feiras e os mercados dos vilarejos. Pobre Tom, sua guampa está sem água.

LEAR
Então eles que dissequem Regan e vejam o que brota de seu peito.

heart. Is there any cause in nature that make these hard hearts?
[*To Edgar*] You, sir, I entertain for one of my hundred; only I do not like the fashion of your garments. You'll say they are Persian; but let them be changed.

KENT
Now, good my lord, lie here and rest awhile. 75

LEAR
Make no noise, make no noise; draw the curtains.
So, so. We'll go to supper i' the'morning.

FOOL
And I'll go to bed at noon.

Enter Gloucester.

GLOUCESTER
Come hither, friend. Where is the King my master?

KENT
Here, sir, but trouble him not; his wits are gone. 80

GLOUCESTER
Good friend, I prithee take him in thy arms.
I have o'erheard a plot of death upon him.
There is a litter ready; lay him in't
And drive towards Dover, friend, where thou shalt meet
Both welcome and protection. Take up thy master. 85
If thou shouldst dally half an hour, his life,
With thine and all that offer to defend him,
Stand in assured loss. Take up, take up,
And follow me, that will to some provision
Give thee quick conduct.

Que razão teria a Natureza para fazer corações tão secos e duros? [*para Edgar*] A vós, senhor, tenho como um dos meus cem cavaleiros, só não gosto do estilo de vossos trajes. Diríeis que são de um luxo oriental, mas peço que os troqueis.

KENT
Bom senhor, agora deitai-vos aqui e descansai um pouco.

LEAR
Não façais barulho, não façais barulho; fechai as cortinas. Assim, assim. Havemos de cear pela manhã.

[*Lear adormece.*]

BOBO
E eu irei para a cama ao meio-dia.

[*Entra Gloucester.*]

GLOUCESTER [*para Kent*]
Aproxima-te, amigo. Onde está o rei, meu amo?

KENT
Aqui, senhor, mas não o perturbeis, seu juízo se foi.

GLOUCESTER
Bom amigo, peço-te que o erga em teus braços.
Flagrei um plano visando a matá-lo.
Há uma liteira pronta, deita-o nela
E ruma para Dover, amigo; lá encontrarás
Boas-vindas e proteção. Ergue teu soberano;
Se meia hora perderes, a vida dele,
Além da tua e de quem mais o defender,
Certamente serão extintas. Ergue-o, ergue-o
E segue-me, pois com mantimentos,
Sem demora, irei despachar-te.

KENT
                    Oppressed nature sleeps.   90
This rest might yet have balmed thy broken sinews,
Which, if convenience will not allow,
Stand in hard cure. [*To the Fool*] Come, help to bear thy master.
Thou must not stay behind.

GLOUCESTER
                    Come, come, away!

Exeunt [all but Edgar].

EDGAR
When we our betters see bearing our woes,   95
We scarcely think our miseries our foes.
Who alone suffers, suffers most i' th' mind,
Leaving free things and happy shows behind;
But then the mind much sufferance doth o'erskip
When grief hath mates, and bearing fellowship.   100
How light and portable my pain seems now,
When that which makes me bend makes the King bow.
He childed as I fathered. Tom, away.
Mark the high noises; and thyself bewray
When false opinion, whose wrong thoughts defile thee,   105
In thy just proof repeals and reconciles thee.
What will hap more tonight, safe 'scape the King!
Lurk, lurk.

[*Exit.*]

KENT
                    Dorme a natureza subjugada.
Que o sono apazigue teus nervos aflitos,
Os quais, se a sorte não favorecer,
Serão difíceis de curar. [*para o Bobo*] Vem, ajuda a carregar teu rei;
Não deves ficar para trás.

GLOUCESTER
                    Vinde, vamos embora!

[*Sai Gloucester, carregando Lear, Kent e o Bobo.*]

EDGAR
Vendo nossas misérias em nossos superiores,
Nossos males deixam de ser nossos horrores.
Quem sofre sozinho, mais sofre na mente,
Esquece tudo que soa livre e contente.
Mas então a mente ultrapassa muita dor,
Se a tristeza é cercada de amizade e amor.
Já minha agonia é leve, fácil de suportar,
Se o que me pesa faz o rei se curvar.
Ele sem filhas, eu sem pai. Tom, vai-te embora;
Atenção aos poderosos, e tua identidade aflora
Quando a falsa palavra contra ti, e o juízo errado,
Com justa reconciliação tiveres derrotado.
Aconteça o que acontecer hoje à noite, o rei precisa escapar!
À espreita, à espreita.

[*Sai Edgar.*]

Act III, Scene 7

[*Gloucester's castle.*] *Enter Cornwall, Regan, Goneril, Edmund and Servants.*

CORNWALL [*To Goneril*]
Post speedily to my Lord your husband, show him this letter. The army of France is landed. [*To Servants*] Seek out the traitor Gloucester.

Exeunt some of the Servants.

REGAN
Hang him instantly.

GONERIL
Pluck out his eyes.

CORNWALL
Leave him to my displeasure. Edmund, keep you our sister company. The revenges we are bound to take upon your traitorous father are not fit for your beholding. Advise the Duke where you are going, to a most festinate preparation. We are bound to the like. Our posts shall be swift and intelligent betwixt us. Farewell, dear sister; farewell, my Lord of Gloucester. *Enter Oswald.* How now? Where's the King?

OSWALD
My Lord of Gloucester hath conveyed him hence.
Some five or six and thirty of his knights,

Ato III, Cena 7

[*No castelo de Gloucester; entram Cornwall, Regan, Goneril, Edmund e criados.*]

CORNWALL [*para Goneril*]
Retornai sem demora ao vosso marido, o duque, e mostrai-lhe esta carta. O exército francês desembarcou. [*para os criados*] Procurai o Gloucester traidor.

[*Saem alguns criados.*]

REGAN
Enforcai-o imediatamente.

GONERIL
Arrancai-lhe os olhos.

CORNWALL
Deixai-o à mercê do meu desagrado. Edmund, acompanhai nossa irmã. Não deveis assistir às vinganças a que iremos submeter vosso pai traidor. Alertai o duque, a quem vos dirigis, para que efetue os mais acelerados preparativos. Faremos o mesmo. Entre nós, os mensageiros serão velozes e bem informados. Adeus, querida irmã; adeus, milorde de Gloucester. [*entra Oswald*] E então? Onde está o rei?

OSWALD
Milorde de Gloucester levou-o daqui.
Uns trinta e cinco ou seis de seus cavaleiros,

Hot questrists after him, met him at gate;
Who, with some other of the lord's dependants,
Are gone with him toward Dover, where they boast
To have well-armed friends.

CORNWALL
                    Get horses for your mistress.

[*Exit Oswald.*]

GONERIL
Farewell, sweet lord, and sister.

CORNWALL
Edmund, farewell.
[*Exeunt Goneril and Edmund.*]
            Go seek the traitor Gloucester,
Pinion him like a thief, bring him before us.
[*Exeunt other Servants.*]
Though well we may not pass upon his life
Without the form of justice, yet our power
Shall do a court'sy to our wrath, which men
May blame, but not control.
Enter Gloucester, brought in by two or three.
                    Who's there, the traitor?

REGAN
Ingrateful fox, 'tis he.

CORNWALL
Bind fast his corky arms.

GLOUCESTER
What mean your Graces?
Good my friends, consider you are my guests.
Do me no foul play, friends.

Em busca intensa por ele, o encontraram no portão;
Todos, com outros poucos seguidores,
Rumaram para Dover, onde se gabam
De ter amigos bem armados.

CORNWALL
                        Providencia cavalos para tua senhora.

[*Sai Oswald.*]

GONERIL
Adeus, doce lorde, e irmã.

CORNWALL
Edmund, adeus.
[*saem Goneril e Edmund; para os criados que restam*]
              Procurai o Gloucester traidor,
Prendei-o qual ladrão e trazei-o até nós.
[*saem os criados*]
Ainda que não possa ditar sua morte
Sem a máscara da justiça, nosso poder
Atenderá à nossa ira — a ela muitos censuram,
Mas não podem controlar.
[*entra Gloucester preso, escoltado por criados*]
                    Quem está aí, o traidor?

REGAN
Raposa ingrata, é ele mesmo.

CORNWALL
Amarrai com força seus braços enrugados.

GLOUCESTER
O que pretendeis Vossas Altezas?
Considerai, bons amigos, que sois meus hóspedes.
Não me trateis indignamente, amigos.

CORNWALL
Bind him, I say.

[*Servants bind him.*]

REGAN
     Hard, hard! O filthy traitor.

GLOUCESTER
Unmerciful lady as you are, I'm none.

CORNWALL
To this chair bind him. Villain, thou shalt find...

[*Regan plucks his beard.*]

GLOUCESTER
By the kind gods, 'tis most ignobly done
To pluck me by the beard. 35

REGAN
So white, and such a traitor?

GLOUCESTER
       Naughty lady,
These hairs which thou dost ravish from my chin
Will quicken and accuse thee. I am your host.
With robber's hands my hospitable favors
You should not ruffle thus. What will you do? 40

CORNWALL
Come, sir, what letters had you late from France?

CORNWALL
Amarrai-o, já disse.

[*Criados amarram Gloucester.*]

REGAN
                    Bem apertado, bem apertado! Ah, traidor imundo.

GLOUCESTER
Dama impiedosa, não sou igual a vós.

CORNWALL [*para os criados*]
Amarrai-o nesta cadeira. [*para Gloucester*] Vilão, tu hás de ver...

[*Regan arranca um tufo da barba de Gloucester.*]

GLOUCESTER
Pelos deuses generosos, que ato ignóbil
Arrancar assim minha barba.

REGAN
Tão branca ela, e tu tão traidor?

GLOUCESTER
                    Cruel senhora,
Os cabelos que me arrancas do queixo
Viverão para acusar-te. Sou vosso anfitrião.
Com mãos larápias não deveríeis puxar assim
Os favores da minha hospitalidade. O que estais fazendo?

CORNWALL
Dizei, senhor, que cartas vos chegastes da França recentemente?

REGAN
Be simple answered, for we know the truth.

CORNWALL
And what confederacy have you with the traitors,
Late footed in the kingdom?

REGAN
To whose hands have you sent the lunatic King: 45
Speak.

GLOUCESTER
I have a letter guessingly set down,
Which came from one that's of a neutral heart,
And not from one opposed.

CORNWALL
                  Cunning.

REGAN
                            And false.

CORNWALL
Where hast thou sent the King?

GLOUCESTER
                  To Dover. 50

REGAN
Wherefore to Dover? Wast thou not charged at peril —

CORNWALL
Wherefore to Dover? Let him answer that.

Act III, Scene 7

REGAN
Sede simples e direto, pois sabemos a verdade.

CORNWALL
Que aliança fizestes com os invasores
Recém-chegados ao reino?

REGAN
Para as mãos de quem enviastes o rei insano?
Falai.

GLOUCESTER
Recebi uma carta apenas especulativa,
De alguém cujo coração é isento,
E não de um inimigo.

CORNWALL
      Astuto.

REGAN
      E mentiroso.

CORNWALL
Para onde mandaste o rei?

GLOUCESTER
      Para Dover.

REGAN
Por que para Dover? Já não tinhas sido ameaçado o bastante para...

CORNWALL
Por que para Dover? Deixai-o responder.

GLOUCESTER
I am tied to th' stake, and I must stand the course.

REGAN
Wherefore to Dover?

GLOUCESTER
Because I would not see thy cruel nails 55
Pluck out his poor old eyes; nor thy fierce sister
In his anointed flesh rash boarish fangs.
The sea, with such a storm as his bare head
In hell-black night endur'd, would have buoyed up
And quenched the stelled fires. 60
Yet, poor old heart, he holp the heavens to rain.
If wolves had at thy gate howled that dearn time,
Thou shouldst have said, "Good porter, turn the key."
All cruels else subscribe. But I shall see
The winged vengeance overtake such children. 65

CORNWALL
See't shalt thou never. Fellows, hold the chair.
Upon these eyes of thine I'll set my foot.

GLOUCESTER
He that will think to live till he be old,
Give me some help. — O cruel! O you gods!

REGAN
One side will mock another. Th' other too! 70

GLOUCESTER
Preso ao tronco, devo enfrentar os cachorros.[11]

REGAN
Por que para Dover?

GLOUCESTER
Por não admitir que tuas unhas cruéis
Arrancassem-lhe os olhos; ou que tua raivosa irmã
As presas cravasse na carne real e sagrada.
O mar, diante da tempestade que, em noite escura e infernal,
Caiu sobre sua cabeça descoberta, teria se erguido
Para apagar as labaredas no céu. O velho, porém,
Pobre coração, com lágrimas engrossou a borrasca.
Se lobos uivassem em teus portões, na hora do mal,
Terias ordenado: "Bom porteiro, gira a chave".
Até os mais impiedosos o aprovariam. Mas hei de ver
Uma alada vingança cair sobre tais filhas.

CORNWALL
Nunca o verás. Homens, segurai a cadeira.
Em teus olhos fincarei meu pé.

GLOUCESTER
Os que desejam viver até a velhice,
Agora me acudam. — Ah, cruel! Oh, deuses!

[*Cornwall esmaga com a bota um dos olhos de Gloucester.*]

REGAN
Este lado rirá daquele. O outro também!

---

[11] No original, "I must stand the course" — referência a uma forma de entretenimento elisabetano que consistia em amarrar um urso pela coleira a um tronco e assisti-lo sendo atacado por cães.

CORNWALL
If you see vengeance...

FIRST SERVANT
                Hold your hand, my lord!
I have served you ever since I was a child;
But better service have I never done you
Than now to bid you hold.

REGAN
                How now, you dog?

FIRST SERVANT
If you did wear a beard upon your chin, 75
I'd shake it on this quarrel. What do you mean!

CORNWALL
My villain!

Draw and fight.

FIRST SERVANT
Nay, then, come on, and take the chance of anger.

REGAN
Give me thy sword. A peasant stand up thus?

She takes a sword and runs at him behind, kills him.

FIRST SERVANT
O, I am slain! My lord, you have one eye left 80
To see some mischief on him. O!

CORNWALL
Se desejas ver a vingança...

PRIMEIRO CRIADO
                    Interrompei tal gesto, meu senhor!
A vós eu sirvo desde menino,
Porém melhor serviço jamais fiz
Que vos pedir para interrompê-lo.

REGAN
                    Cão, como ousas?

PRIMEIRO CRIADO
Se tivésseis barba na cara,
Nesta briga eu a puxaria. Aonde quereis chegar com isso?

CORNWALL
Tu és meu, escravo!

[*Cornwall e o primeiro Criado sacam as espadas e lutam.*]

PRIMEIRO CRIADO
Ah, é assim! Então vem, tenta a sorte contra a raiva.

REGAN [*para o segundo Criado*]
Dá-me tua espada. Um plebeu falando grosso?

[*Ela pega a espada e fere de morte o primeiro Criado pelas costas.*]

PRIMEIRO CRIADO
Oh, vou morrer! [*para Gloucester*] Senhor, ainda resta um olho
Para verdes o mal imposto ao duque. Ai!

CORNWALL
Lest it see more, prevent it. Out, vile jelly.

Where is thy luster now?

GLOUCESTER
All dark and comfortless. Where's my son Edmund?
Edmund, enkindle all the sparks of nature 85
To quit this horrid act.

REGAN
                        Out, treacherous villain,
Thou call'st on him that hates thee. It was he
That made the overture of thy treasons to us;
Who is too good to pity thee.

GLOUCESTER
O my follies! Then Edgar was abused. 90
Kind gods, forgive me that, and prosper him.

REGAN
Go thrust him out at gates, and let him smell
His way to Dover.
Exit [one] with Gloucester.
                How is't, my lord? How look you?

CORNWALL
I have received a hurt. Follow me, lady.

Turn out that eyeless villain. Throw this slave 95
Upon the dunghill. Regan, I bleed apace.
Untimely comes this hurt. Give me your arm.

Exeunt.

CORNWALL
Antes que veja mais, é bom prevenir. Espirra, geleia asquerosa!
[*espreme o outro olho de Gloucester*]
Onde está teu brilho, agora?

GLOUCESTER
No escuro e atormentado. Onde está meu filho Edmund?
Edmund, aviva todas as brasas da natureza
E cobra caro por este horror.

REGAN
                    Fora, vilão traiçoeiro!
Apelas a quem te odeia. Foi ele
Quem nos revelou tuas perfídias;
É bom demais para apiedar-se de ti.

GLOUCESTER
Oh, que loucura a minha! Então Edgar era inocente.
Deuses bondosos, perdoai-me por isso; e ajudai meu filho!

REGAN [*para um Criado*]
Jogai-o portões afora; que ele fareje
O caminho para Dover.
[*sai o Criado com Gloucester*]
                  O que foi, meu senhor? Por que estás assim?

CORNWALL
Estou ferido. Senhora, segui-me.
[*para os criados remanescentes*]
Expulsai o patife sem olhos. E jogai o escravo
No monte de esterco. Regan, perco muito sangue.
Em má hora fui atingido. Dá-me teu braço.

[*Cornwall apoia-se em Regan e os dois saem.*]

SECOND SERVANT
I'll never care what wickedness I do,
If this man come to good.

THIRD SERVANT
                    If she live long,
And in the end meet the old course of death, 100
Women will all turn monsters.

SECOND SERVANT
Let's follow the old Earl, and get the bedlam
To lead him where he would. His roguish madness
Allows itself to anything.

THIRD SERVANT
Go thou. I'll fetch some flax and whites of eggs 105
To apply to his bleeding face. Now heaven help him!

[*Exeunt severally.*]

SEGUNDO CRIADO
Eu me sentirei livre para qualquer maldade,
Se a vida deste homem acabar bem.

TERCEIRO CRIADO
                              Caso ela viva muito,
E só no fim encontre o velho curso da morte,
Todas as mulheres serão monstros.

SEGUNDO CRIADO
Vamos atrás do velho conde. Peçamos ao louco Tom
Que o conduza para onde quiser. Sua rude loucura
Permite-se qualquer empreitada.

TERCEIRO CRIADO
Vai na frente. Antes pegarei claras de ovos e linho,
Para um curativo em seu rosto. Que o céu o ajude!

[*Saem os criados, um para cada lado.*]

Act IV, Scene 1

[*The heath.*] *Enter Edgar.*

EDGAR
Yet better thus, and known to be contemned,
Than still contemn'd and flattered. To be worst,
The lowest and most dejected thing of fortune,
Stands still in esperance, lives not in fear:
The lamentable change is from the best, 5
The worst returns to laughter. Welcome then,
Thou unsubstantial air that I embrace!
The wretch that thou hast blown unto the worst
Owes nothing to thy blasts.
Enter Gloucester, led by an Old Man.
                          But who comes here?
My father, poorly led? World, world, O world! 10
But that thy strange mutations make us hate thee,
Life would not yield to age.

OLD MAN
O, my good lord, I have been your tenant, and your father's tenant these fourscore years.

GLOUCESTER
Away, get thee away; good friend, be gone: 15
Thy comforts can do me no good at all;
Thee they may hurt.

Ato IV, Cena 1

[*A charneca; entra Edgar, disfarçado de Pobre Tom.*]

EDGAR
Melhor assim, ciente de ser malvisto por todos,
Do que malvisto e adulado. A pior,
Mais baixa e rejeitada criatura do destino,
Tem ainda esperança, não vive com medo.
Mudança lamentável é afastar-se do melhor;
O pior retorna à alegria. Bem-vindo, pois,
Ar imaterial a que me entrego!
O desgraçado que tu sopraste rumo ao pior
Não deve nada a tuas ventanias.
[*entra Gloucester, guiado por um Velho*]
                            Ei, quem vem lá?
Meu pai, pobremente escoltado? Mundo, mundo, oh, mundo!
Não fossem as estranhas mutações pelas quais te odiamos,
A vida não se renderia à velhice.

VELHO
Oh, meu bom senhor, há oitenta anos sou vosso colono, e de vosso pai.

GLOUCESTER
Vai, vai embora, bom amigo; sai daqui.
Teus consolos em nada me ajudarão,
E a ti podem prejudicar.

OLD MAN
                You cannot see your way.

GLOUCESTER
I have no way, and therefore want no eyes;
I stumbled when I saw. Full oft 'tis seen,
Our means secure us, and our mere defects   20
Prove our commodities. O dear son Edgar,
The food of thy abused father's wrath!
Might I but live to see thee in my touch,
I'd say I had eyes again!

OLD MAN
                How now! Who's there?

EDGAR [*Aside*]
O gods! Who is't can say "I am at the worst"?   25
I am worse than e'er I was.

OLD MAN
                'Tis poor mad Tom.

EDGAR [*Aside*]
And worse I may be yet: The worst is not
So long as we can say "This is the worst."

OLD MAN
Fellow, where goest?

GLOUCESTER
                Is it a beggar-man?

OLD MAN
Madman, and beggar too.   30

Act IV, Scene 1

VELHO
                    Vós não podeis enxergar o caminho.

GLOUCESTER
Não tenho caminho a seguir, logo, não preciso de olhos;
Eu tropecei enquanto enxergava. A toda hora vemos:
Nossos recursos nos iludem, mas nossos defeitos
Provam-se mais valiosos. Oh, Edgar, filho querido,
Alimentaste a fúria de teu pai enganado!
Se antes de morrer meus dedos pudessem ver-te,
Eu diria ter olhos de novo!

VELHO
                    Olá! Quem está aí?

EDGAR [*à parte*]
Oh, deuses! Quem pode dizer "Cheguei ao pior"?
Estou pior do que jamais estive.

VELHO
                    É o pobre e louco Tom.

EDGAR [*à parte*]
Mas ainda posso piorar; o pior não chega
Enquanto podemos dizer: "Isto é o pior".

VELHO [*para Edgar*]
Rapaz, para onde vais?

GLOUCESTER
                  É um mendigo?

VELHO
Mendigo e louco.

GLOUCESTER
He has some reason, else he could not beg.
I' th' last night's storm I such a fellow saw,
Which made me think a man a worm. My son
Came then into my mind, and yet my mind
Was then scarce friends with him. I have heard more since.
As flies to wanton boys are we to th' gods,
They kill us for their sport.

EDGAR [*Aside*]
      How should this be?
Bad is the trade that must play fool to sorrow,
Ang'ring itself and others. Bless thee, master!

GLOUCESTER
Is that the naked fellow?

OLD MAN
      Ay, my lord.

GLOUCESTER
Then prithee get thee gone: If for my sake
Thou wilt o'ertake us hence a mile or twain
I' th' way toward Dover, do it for ancient love,
And bring some covering for this naked soul,
Which I'll entreat to lead me.

OLD MAN
      Alack, sir, he is mad.

GLOUCESTER
'Tis the time's plague, when madmen lead the blind.
Do as I bid thee, or rather do thy pleasure;
Above the rest, be gone.

GLOUCESTER
Ainda lhe resta algum juízo, ou não pediria esmola.
Na tempestade, ontem à noite, vi um sujeito assim,
E pensei que o homem não passa de um verme.
Meu filho me veio à mente, mas minha mente
Havia rompido com ele. Desde então, aprendi muita coisa.
Feito moscas para meninos travessos, somos nós para os deuses;
Eles nos matam por diversão.

EDGAR [*à parte*]
                    Como isto pôde acontecer?
Funesto emprego ser o bobo da tristeza,
Ofendendo a si mesmo e aos outros. [*para Gloucester*]
    Abençoado seja, mestre!

GLOUCESTER
É o rapaz que vive nu?

VELHO
            Sim, meu senhor.

GLOUCESTER
Então, por favor, parte. Mas se, por mim,
Te dispuseres a nos alcançar adiante,
No caminho para Dover, faze-o por antigo afeto,
E leva algo para cobrir esta pobre alma nua,
A quem pedirei que me guie.

VELHO
            Ai, senhor, ele é louco.

GLOUCESTER
É o mal dos tempos, quando os loucos guiam os cegos.
Faz como pedi, ou então, faz como quiseres;
Mais importante que tudo, vai embora.

OLD MAN
I'll bring him the best 'parel that I have,
Come on't what will.

Exit.

GLOUCESTER
                Sirrah, naked fellow... 50

EDGAR
Poor Tom's a-cold. [*Aside*] I cannot daub it further.

GLOUCESTER
Come hither, fellow.

EDGAR [*Aside*]
And yet I must. — Bless thy sweet eyes, they
bleed.

GLOUCESTER
Know'st thou the way to Dover? 55

EDGAR
    Both stile and gate, horse-way and footpath. Poor Tom hath been scared out of his good wits. Bless thee, good man's son, from the foul fiend! Five fiends have been in Poor Tom at once; of lust, as Obidicut; Hobbididence, prince of darkness; Mahu, of stealing; Modo, of murder; Flibbertigibbet, of mopping and mowing; who since possesses chambermaids and waiting-women. So, bless thee, master! 60

GLOUCESTER
Here, take this purse, thou whom the heaven's plagues
Have humbled to all strokes: that I am wretched
Makes thee the happier. Heavens deal so still! 65
Let the superfluous and lust-dieted man,

VELHO
Levarei para ele a melhor roupa que tiver,
Não importa o que aconteça.

[*Sai o Velho.*]

GLOUCESTER
      Tu aí, rapaz nu...

EDGAR
Tom está com friiiio. [*à parte*] Já não aguento esconder quem sou.

GLOUCESTER
Vem cá, rapaz.

EDGAR [*à parte*]
E no entanto, é preciso. [*para Gloucester*] Abençoados seus olhos doces, eles sangram.

GLOUCESTER
Conheces o caminho para Dover?

EDGAR
A passagem na cerca e a porteira, o caminho a cavalo e aquele a pé. O Pobre Tom ficou louco de medo. Deus o proteja do Coisa-Ruim, filho de um homem bom! Cinco demônios atacaram o Pobre Tom ao mesmo tempo; Asmodeu, da safadeza; Belzebu, príncipe da estupidez; Lúcifer, do roubo; Mefistófeles, do assassinato; e Satanás, das caretas e esgares, que desde então encarna em arrumadeiras e copeiras. E assim, uma bênção pro senhor, mestre!

GLOUCESTER
Aqui, toma esta bolsa, tu a quem as pragas dos céus
Reduziram ao último nível. Que minha ruína
Seja tua felicidade. Oh Céus, continuai dando as cartas!
Para o homem vaidoso e na luxúria satisfeito,

That slaves your ordinance, that will not see
Because he does not feel, feel your pow'r quickly;
So distribution should undo excess,
And each man have enough. Dost thou know Dover? 70

EDGAR
Ay, master.

GLOUCESTER
There is a cliff, whose high and bending head
Looks fearfully in the confined deep:
Bring me but to the very brim of it,
And I'll repair the misery thou dost bear 75
With something rich about me: from that place
I shall no leading need.

EDGAR
                    Give me thy arm:
Poor Tom shall lead thee.

Exeunt.

Que julga controlar vossas leis, que não enxerga
Porque não sente, sentir logo vossa força;
A distribuição deve anular o excesso
E todo homem, ter o bastante. Conheces Dover?

EDGAR
Sim, mestre.

GLOUCESTER
Há um penhasco cuja testa alta se inclina,
Temerária, sobre as profundezas escondidas.
Leva-me até sua extremidade,
E irei remediar teu desamparo
Com a riqueza que ainda tenho. Dali em diante,
Não precisarei mais de guia.

EDGAR
                    Me dá seu braço:
O Pobre Tom irá guiá-lo.

[*Saem Gloucester e Edgar.*]

Act IV, Scene 2

[*Before the Duke of Albany's palace.*] *Enter Goneril and Edmund.*

GONERIL
Welcome, my lord: I marvel our mild husband
Not met us on the way. *Enter Oswald.* Now, where's your
    master?

OSWALD
Madam, within; but never man so changed.
I told him of the army that was landed:
He smiled at it; I told him you were coming;   5
His answer was, "The worse". Of Gloucester's treachery,
And of the loyal service of his son
When I informed him, then he called me sot,
And told me I had turned the wrong side out:
What most he should dislike seems pleasant to him;   10
What like, offensive.

GONERIL [*To Edmund*]
                  Then shall you go no further.
It is the cowish terror of his spirit,
That dares not undertake: he'll not feel wrongs
Which tie him to an answer. Our wishes on the way
May prove effects. Back, Edmund, to my brother;   15
Hasten his musters and conduct his pow'rs.
I must change names at home, and give the distaff
Into my husband's hands. This trusty servant

Ato IV, Cena 2

[*Diante do palácio do duque de Albany; entram Goneril e Edmund.*]

GONERIL
Bem-vindo, meu senhor. É estranho meu dócil marido
Não ter nos recebido pelo caminho. [*entra Oswald*] Afinal, onde
    está vosso amo?

OSWALD
Lá dentro, senhora; mas mudado como nunca.
Falei-lhe do desembarque dos invasores,
Ele apenas sorriu. Disse-lhe que estáveis a caminho,
Sua resposta foi: "Tanto pior!". Da traição de Gloucester
E das lealdades prestadas por seu filho,
Quando o informei, chamou-me de idiota,
E disse que eu virava tudo do avesso.
O que mais deveria rejeitar, parece agradá-lo,
E mais gostar, ofende-o.

GONERIL [*para Edmund*]
                Então não deveis passar daqui.
É a fraqueza covarde de seu caráter,
Que não ousa se arriscar. Ele ignora as ofensas,
Quando lhe cobram reação. O que desejamos pelo caminho
Logo poderá se realizar. Voltai, Edmund, para meu irmão;
Apressai o alistamento e conduzi seus exércitos.
Devo inverter as funções da casa; o tear
Vai para meu marido. Este leal criado

Shall pass between us: ere long you are like to hear,
If you dare venture in your own behalf,
A mistress's command. Wear this; spare speech;
[*Giving a favor*]
Decline your head. This kiss, if it durst speak,
Would stretch thy spirits up into the air:
Conceive, and fare thee well.

EDMUND
Yours in the ranks of death.

GONERIL
                       My most dear Gloucester!
Exit [*Edmund*].
O, the difference of man and man!
To thee a woman's services are due:
My fool usurps my body.

OSWALD
                       Madam, here comes my lord.

Exit. Enter Albany.

GONERIL
I have been worth the whistle.

ALBANY
                       O Goneril!
You are not worth the dust which the rude wind
Blows in your face. I fear your disposition:
That nature which contemns its origin
Cannot be bordered certain in itself;
She that herself will sliver and disbranch
From her material sap, perforce must wither
And come to deadly use.

Será nosso mensageiro. Em breve ireis ouvir,
Se ousardes defender vossos interesses,
O chamado da vossa dama. Levai isto; mais não digamos;
[*dá a ele um suvenir*]
Curva tua fronte. Este beijo, se ousasse falar,
Faria teu espírito crescer até o céu;
Entende-me bem, e vai em segurança.

EDMUND
Vosso até as raias da morte.

GONERIL
                        Meu amado Gloucester!
[*sai Edmund*]
Ah, a diferença entre homem e homem!
A ti são devidos os favores de uma mulher:
Um bobo usurpa meu corpo.

OSWALD
                        Senhora, aí vem meu amo.

[*Sai Oswald; entra Albany.*]

GONERIL
Já fiz por valer um de vossos assobios.

ALBANY
                            Oh, Goneril!
Vós não valeis o pó que o rude vento
Sopra em vosso rosto. Temo vossas intenções;
A natureza que despreza as próprias origens
Transborda os limites a que pertence.
A mulher que corta e poda a si mesma
Da seiva primordial acaba ressequida,
Usada como lenha morta.

GONERIL
No more; the text is foolish.

ALBANY
Wisdom and goodness to the vile seem vile:
Filths savor but themselves. What have you done?
Tigers, not daughters, what have you performed? 40
A father, and a gracious aged man,
Whose reverence even the head-lugged bear would lick,
Most barbarous, most degenerate, have you madded.
Could my good brother suffer you to do it?
A man, a prince, by him so benefitted! 45
If that the heavens do not their visible spirits
Send quickly down to tame these vile offenses,
It will come,
Humanity must perforce prey on itself,
Like monsters of the deep.

GONERIL
                    Milk-livered man! 50
That bear'st a cheek for blows, a head for wrongs;
Who hast not in thy brows an eye discerning
Thine honor from thy suffering; that not know'st
Fools do those villains pity who are punished
Ere they have done their mischief. Where's thy drum? 55
France spreads his banners in our noiseless land,
With plumed helm thy state begins to threat,
Whilst thou, a moral fool, sits still and cries
"Alack, why does he so?"

ALBANY
                    See thyself, devil!
Proper deformity seems not in the fiend 60
So horrid as in woman.

GONERIL
Chega; o sermão é estúpido.

ALBANY
A quem é vil, vis parecem a sabedoria e a bondade;
A podridão apenas admira a si mesma. O que fizestes?
Tigres, não filhas, sabeis o que cometestes?
Um pai, um homem digno na velhice,
Cuja reverência até o urso acorrentado lamberia,
Vós, selvagens e degeneradas, levastes à loucura.
Poderia meu bom irmão admitir vossos atos?
Um homem, um príncipe, pelo rei tão beneficiado!
Se os céus não mandarem que desçam, rápidos,
Seus vingadores encarnados, para anular os vis ultrajes,
Chegará o dia:
A humanidade forçosamente caçará a si mesma,
Feito os monstros do abismo.

GONERIL
                    Homem de coração mole!
Dás tua face aos golpes, tua cabeça aos enganos;
Não tens sob a testa um olhar que diferencie
A honraria e o abuso; então não sabes
Que só os bobos têm pena dos vilões, castigados
Antes de espalharem o mal. Onde estão teus tambores?
França espalha suas divisas em nosso território emudecido,
Com plumas no elmo põe-se a ameaçar teu reino,
E tu, bobo moralista, enquanto isso, sentas e choras:
"Ai de mim, por que ele faz tais coisas?"

ALBANY
                        Olha para ti, demônio!
A deformidade encoberta, mais do que no diabo,
É horrenda na mulher.

Ato IV, Cena 2   267

GONERIL
                O vain fool!

ALBANY
Thou changed and self-covered thing, for shame.
Be-monster not thy feature. Were't my fitness
To let these hands obey my blood,
They are apt enough to dislocate and tear 65
Thy flesh and bones: howe'er thou art a fiend,
A woman's shape doth shield thee.

GONERIL
Marry, your manhood mew...

Enter a Messenger.

ALBANY
What news?

MESSENGER
O, my good lord, the Duke of Cornwall's dead, 70
Slain by his servant, going to put out
The other eye of Gloucester.

ALBANY
                Gloucester's eyes!

MESSENGER
A servant that he bred, thrilled with remorse,
Opposed against the act, bending his sword
To his great master, who thereat enraged 75
Flew on him, and amongst them felled him dead,
But not without that harmful stroke which since
Hath plucked him after.

GONERIL
               Bobo inútil!

ALBANY
Tem vergonha, criatura tão mudada e enganadora,
Não tornes monstruosas tuas feições. Se me fosse permitido
Deixar que estas mãos obedecessem ao impulso,
Elas estariam prontas para deslocar e rasgar
Teus ossos e tua carne; mas como és demoníaca,
A forma de mulher te protege.

GONERIL
Ora essa, quanta macheza...

[*Entra um Mensageiro.*]

ALBANY
Que novidade trazes?

MENSAGEIRO
Oh, senhor, o duque de Cornwall está morto,
Ferido por um criado, enquanto arrancava
O segundo olho de Gloucester.

ALBANY
                    Os olhos de Gloucester!

MENSAGEIRO
Um servo que ele criara, tomado por compaixão,
Opôs-se a tal ato, dirigindo a espada
Contra seu grande senhor. Este, furioso,
Contra-atacou e, no duelo, fê-lo cair morto;
Mas não sem antes receber o golpe fatal
Que o arrastou em seguida.

ALBANY
                    This shows you are above,
You justicers, that these our nether crimes
So speedily can venge. But, O poor Gloucester!
Lost he his other eye?

MESSENGER
                    Both, both, my lord.

This letter, madam, craves a speedy answer;
'Tis from your sister.

GONERIL [*Aside*]
                    One way I like this well;
But being widow, and my Gloucester with her,
May all the building in my fancy pluck
Upon my hateful life. Another way,
The news is not so tart. — I'll read, and answer.

Exit.

ALBANY
Where was his son when they did take his eyes?

MESSENGER
Come with my lady hither.

ALBANY
                    He is not here.

MESSENGER
No, my good lord; I met him back again.

ALBANY
Knows he the wickedness?

ALBANY
                         Isso mostra que pairais no alto,
Vós, justiceiros, que aos crimes terrenos
Tão rápido castigam. Mas, oh, pobre Gloucester!
Ele perdeu o outro olho?

MENSAGEIRO
                         Os dois, senhor, os dois.
[*para Goneril, entregando-lhe uma carta*]
Esta carta, senhora, pede urgente resposta;
Vem de vossa irmã.

GONERIL [*à parte*]
                  Por um lado, o acontecido me favorece;
Mas, estando viúva, e meu Gloucester consigo,
Ela pode soterrar minha odiosa vida conjugal
Nas próprias fantasias que concebi. Por outro,
Até que as notícias caem bem. [*para o Mensageiro*] Lerei, e
    responderei.

[*Sai Goneril.*]

ALBANY
Onde estava o filho dele, quando lhe arrancaram os olhos?

MENSAGEIRO
Vindo para cá, com minha senhora.

ALBANY
                             Ele não está aqui.

MENSAGEIRO
Não, bom senhor. Encontrei-o voltando.

ALBANY
Ele tem conhecimento da maldade?

MESSENGER
Ay, my good lord; 'twas he informed against him,
And quit the house on purpose, that their punishment
Might have the freer course.

ALBANY
                       Gloucester, I live
To thank thee for the love thou showed'st the King,   95
And to revenge thine eyes. Come hither, friend:
Tell me what more thou know'st.

Exeunt.

MENSAGEIRO
Tem, senhor. Foi ele quem denunciou o pai,
E deixou o castelo para que a punição
Os dois aplicassem com mais liberdade.

ALBANY
                              Eu vivo, Gloucester,
Para agradecer o amor que mostraste ao rei,
E para vingar teus olhos. Acompanha-me, amigo,
Conta mais o que sabe.

[*Saem Albany e o Mensageiro.*]

Act IV, Scene 3

[*The French camp near Dover.*] *Enter Kent and a Gentleman.*

KENT
Why the King of France is so suddenly gone back, know you no reason?

GENTLEMAN
Something he left imperfect in the state, which since his coming forth is thought of, which imports to the kingdom so much fear and danger that his personal return was most required and necessary.

KENT
Who hath he left behind him general?

GENTLEMAN
The Marshal of France, Monsieur La Far.

KENT
Did your letters pierce the queen to any demonstration of grief?

GENTLEMAN
Ay, sir; she took them, read them in my presence,
And now and then an ample tear trilled down
Her delicate cheek: It seemed she was a queen
Over her passion, who most rebel-like
Sought to be king o'er her.

Ato IV, Cena 3

[*O acampamento francês perto de Dover; entram Kent e um Fidalgo.*]

KENT
Por que o rei da França foi embora assim tão de repente; conheceis alguma razão?

FIDALGO
Um problema de Estado em aberto, que desde a chegada era motivo de preocupação; a tal ponto causava medo e perigo em seu reino que a volta foi absolutamente requerida e necessária.

KENT
A quem ele passou o comando?

FIDALGO
Ao marechal de França, *monsieur* La Far.

KENT
As cartas que trouxestes arrancaram da rainha alguma demonstração de dor?

FIDALGO
Sim, senhor; tomou-as e leu-as em minha presença;
E vez por outra, em seu delicado rosto,
Grossa lágrima correu. Pareceu-me rainha
Das próprias emoções, que, rebeldes,
Queriam reinar sobre ela.

KENT
                        O, then it moved her.

GENTLEMAN
Not to a rage: patience and sorrow strove
Who should express her goodliest. You have seen
Sunshine and rain at once: her smiles and tears
Were like a better way: those happy smilets
That played on her ripe lip seemed not to know
What guests were in her eyes, which parted thence
As pearls from diamonds dropped. In brief,
Sorrow would be a rarity most beloved,
If all could so become it.

KENT
                    Made she no verbal question?

GENTLEMAN
Faith, once or twice she heaved the name of "father"
Pantingly forth, as if it pressed her heart;
Cried "Sisters! Sisters! Shame of ladies! Sisters!
Kent! Father! Sisters! What, i' th' storm? i' the night?
Let pity not be believed!" There she shook
The holy water from her heavenly eyes,
And clamor moistened: then away she started
To deal with grief alone.

KENT
                    It is the stars,
The stars above us govern our conditions;
Else one self mate and make could not beget
Such different issues. You spoke not with her since?

GENTLEMAN
No.

KENT
                    Ah, então ela se deixou abalar.

FIDALGO
Não com raiva; a aceitação e a tristeza brigavam
Para demonstrar sua bondade. Já vistes
O sol e a chuva juntos; seus sorrisos e lágrimas
Eram ainda mais belos. Risinhos alegres,
Que brincavam em seus lábios, pareciam ignorar
As hóspedes em seus olhos, que de lá partiam
Feito pérolas saídas de diamantes. Em resumo,
A tristeza seria preciosidade muito amada,
Se em todos caísse tão bem.

KENT
                    Ela não fez nenhuma pergunta?

FIDALGO
Na verdade, por uma ou duas vezes suspirou o nome "pai",
Estremecendo como se lhe apertasse o coração;
Gritou "Irmãs! Irmãs! Damas sem honra! Irmãs!
Kent! Pai! Irmãs! O quê, na tempestade? À noite?
Não se pode crer na piedade!" Caiu então,
De seus olhos divinos, água benta,
Irrigando o sentimento. Por fim,
Deixou-nos para sofrer, sozinha.

KENT
                    São as estrelas,
As estrelas acima de nós que regem nossas vidas;
Se não, como um mesmo casal conceberia
Prole tão diferente? Desde então não falastes com ela?

FIDALGO
Não.

KENT
Was this before the King returned?

GENTLEMAN
                    No, since.

KENT
Well, sir, the poor distressed Lear's i' th' town;
Who sometime, in his better tune remembers
What we are come about, and by no means
Will yield to see his daughter.

GENTLEMAN
                    Why, good sir?   40

KENT
A sovereign shame so elbows him: his own unkindness
That stripped her from his benediction, turned her
To foreign casualties, gave her dear rights
To his dog-hearted daughters: these things sting
His mind so venomously that burning shame   45
Detains him from Cordelia.

GENTLEMAN
                    Alack, poor gentleman!

KENT
Of Albany's and Cornwall's powers you heard not?

GENTLEMAN
'Tis so; they are afoot.

KENT
Well, sir, I'll bring you to our master Lear
And leave you to attend him: some dear cause   50
Will in concealment wrap me up awhile;

KENT
Isso foi antes de o rei voltar?

FIDALGO
                    Não, depois.

KENT
Bem, senhor, encontra-se na cidade o pobre e aflito Lear,
Que, em momentos de harmonia, recorda
A razão de aqui estarmos, mas de forma alguma
Aceita encontrar a filha.

FIDALGO
                    Por quê, bom senhor?

KENT
Um pudor soberano o impede: seu próprio desamor,
Que a extirpou de sua bênção, extraviou-a
Rumo a perigos estrangeiros, deu seus ricos direitos
Às filhas de corações caninos. Tais coisas aferroam
Com veneno sua mente, tanto que lhe arde a vergonha
E o afasta de Cordelia.

FIDALGO
                    Que tristeza, pobre cavalheiro!

KENT
Nada ouvistes dos exércitos de Albany e Cornwall?

FIDALGO
Estão em marcha; é fato.

KENT
Vinde, conduzo-vos ao nosso senhor Lear,
Para que fiqueis a cuidar dele. Uma causa importante
Obriga-me ainda à cobertura do disfarce.

When I am known aright, you shall not grieve
Lending me this acquaintance. I pray you, go
Along with me.

Exeunt.

Quando eu for quem de fato sou, não lamentareis
A mim haver conhecido. E agora vos peço:
Vinde comigo.

[*Saem Kent e o Fidalgo.*]

Act IV, Scene 4

[*The same. A tent.*] *Enter with drum and colors, Cordelia, Doctor, and Soldiers.*

CORDELIA
Alack, 'tis he: why, he was met even now
As mad as the vexed sea; singing aloud;
Crowned with rank femiter and furrow-weeds,
With hardsocks, hemlock, nettles, cuckoo-flowers,
Darnel, and all the idle weeds that grow 5
In our sustaining corn. A century send forth;

Search every acre in the high-grown field,
And bring him to our eye. [*Exit an Officer.*] What can man's
    wisdom
In the restoring his bereaved sense?
He that helps him take all my outward worth. 10

DOCTOR
There is means, madam:
Our foster-nurse of nature is repose,
The which he lacks: that to provoke in him,
Are many simples operative, whose power
Will close the eye of anguish.

CORDELIA
                All blest secrets, 15
All you unpublished virtues of the earth,
Spring with my tears! be aidant and remediate

Ato IV, Cena 4

[*Ainda o acampamento francês; entram Cordelia, o Médico, um Oficial e soldados, com tambores e bandeiras.*]

CORDELIA
Ai de mim, é ele; acabou de ser avistado,
Louco feito o mar revolto, cantando alto,
Coroado com urtiga e capim-de-cachorro,
Carrapicho, vedélia, bardana, espinheiro,
Joio e todas as ervas daninhas tão comuns
Nos trigais que nos alimentam. [*para o Oficial*] Envia cem
      homens;
Vasculha cada pedaço de floresta,
E traze-o à minha presença. [*saem o Oficial e os soldados*]
      [*para o Médico*] O que pode a ciência humana
Para restaurar-lhe a sanidade perdida?
Quem o ajudar terá minhas riquezas exteriores.

MÉDICO
Existem recursos, senhora;
A cura da natureza é o descanso,
Algo que falta ao rei. Então, para induzi-lo,
Temos essências eficazes, cujos poderes
Fecham os olhos da angústia.

CORDELIA
                    Benditos segredos,
Recônditas virtudes da terra,
Brotai com minhas lágrimas! Ajudai e remediai

In the good man's distress! Seek, seek for him,
Lest his ungoverned rage dissolve the life
That wants the means to lead it.

Enter a Messenger.

MESSENGER
                        News, madam; 20
The British pow'rs are marching hitherward.

CORDELIA
'Tis known before. Our preparation stands
In expectation of them. O dear father,
It is thy business that I go about;
Therefore great France 25
My mourning and importuned tears hath pitied.
No blown ambition doth our arms incite,
But love, dear love, and our aged father's right:
Soon may I hear and see him!

Exeunt.

O tormento de um homem bom! Procura, procura-o,
Ou sua raiva desgovernada eliminará a vida
Que não possui os meios de controlá-la.

[*Entra um Mensageiro.*]

MENSAGEIRO
                              Trago notícias, senhora;
Marcham para cá as forças britânicas.

CORDELIA
Já era sabido. Nossos preparativos
A elas aguardam. Oh, querido pai,
Dos teus interesses me ocupo;
Por isso o grande rei francês
De meu luto e minhas lágrimas inquietas se apiedou.
Meu exército não luta por baixo proveito,
Apenas por amor, doce amor, e do meu pai o direito.
Que em breve eu possa vê-lo e ouvi-lo!

[*Saem Cordelia, o Médico e o Mensageiro.*]

Act IV, Scene 5

[*Gloucester's Castle.*] *Enter Regan and Oswald.*

REGAN
But are my brother's pow'rs set forth?

OSWALD
                                  Ay, madam.

REGAN
Himself in person there?

OSWALD
                  Madam, with much ado:
Your sister is the better soldier.

REGAN
Lord Edmund spake not with your lord at home?

OSWALD
No, madam. 5

REGAN
What might import my sister's letter to him?

OSWALD
I know not, lady.

Ato IV, Cena 5

[*No castelo de Gloucester; entram Regan e Oswald.*]

REGAN
Mas as tropas de meu irmão avançaram?

OSWALD
                                  Sim, minha senhora.

REGAN
Ele em pessoa liderando?

OSWALD
                    Senhora, após muito resistir.
Sua irmã é melhor soldado.

REGAN
E lorde Edmund, não falou com vosso senhor no castelo?

OSWALD
Não, senhora.

REGAN
O que pode conter a carta de minha irmã para ele?

OSWALD
Não sei dizer, senhora.

REGAN
Faith, he is posted hence on serious matter.
It was great ignorance, Gloucester's eyes being out,
To let him live. Where he arrives he moves
All hearts against us. Edmund, I think, is gone,
In pity of his misery, to dispatch
His nighted life; moreover to descry
The strength o' th' enemy.

OSWALD
I must needs after him, madam, with my letter.

REGAN
Our troops set forth tomorrow: stay with us;
The ways are dangerous.

OSWALD
                I may not, madam:
My lady charged my duty in this business.

REGAN
Why should she write to Edmund? Might not you
Transport her purposes by word? Belike,
Somethings I know not what. I'll love thee much,
Let me unseal the letter.

OSWALD
                Madam, I had rather —

REGAN
I know your lady does not love her husband;
I am sure of that: and at her late being here
She gave strange eliads and most speaking looks
To noble Edmund. I know you are of her bosom.

REGAN
Ora, graves motivos devem tê-lo feito partir.
Foi grande tolice, após arrancar os olhos de Gloucester,
Deixar que vivesse. Por onde passa ele instiga
Os corações contra nós. Edmund partiu, suponho,
Com pena de sua dor, para extinguir
Do pai a vida escurecida; e, sobretudo,
Para observar as forças inimigas.

OSWALD
Devo ir atrás dele, senhora, com a carta que lhe trouxe.

REGAN
Nossas tropas avançam amanhã, ficai conosco.
As estradas são perigosas.

OSWALD
                    Não posso, senhora;
Tive ordens expressas daquela que é minha patroa.

REGAN
Por que ela iria escrever a Edmund? Não poderíeis
De viva voz dar a mensagem? Provavelmente,
Trata de coisas que ignoro. Cairás nas minhas graças,
Se me deixares ler a carta.

OSWALD
                    Senhora, eu preferiria...

REGAN
Sei que vossa patroa não ama o esposo;
Tenho certeza disso; e, quando esteve aqui,
Dirigiu estranhos sinais e expressivos olhares
Ao nobre Edmund. Sei que sois íntimo dela.

OSWALD
I, madam?

REGAN
I speak in understanding: y'are; I know't:
Therefore I do advise you, take this note:
My lord is dead; Edmund and I have talked; 30
And more convenient is he for my hand
Than for your lady's: You may gather more.
If you do find him, pray you give him this;
And when your mistress hears thus much from you,
I pray. desire her call her wisdom to her. 35
So, fare you well.
If you do chance to hear of that blind traitor,
Preferment falls on him that cuts him off.

OSWALD
Would I could meet him, madam! I should show
What party I do follow.

REGAN
                Fare thee well. 40

Exeunt.

OSWALD
Eu, senhora?

REGAN
Tenho absoluta certeza; vós sois, eu sei.
Portanto, aconselho-vos a tomar nota:
Meu marido está morto. Edmund e eu conversamos;
Ele é noivo mais apropriado para mim
Do que para vossa patroa. O resto podeis deduzir...
Caso o encontreis, por gentileza, repeti-lhe isto.
Ao transmitirdes à vossa ama estas palavras,
Eu peço, estimulai a sabedoria que é dela.
Agora, boa viagem.
Se tiverdes informações sobre o cego traidor,
Será favorecido quem o eliminar.

OSWALD
Adoraria encontrá-lo, senhora! Iria mostrar
De que lado estou.

REGAN
              Então, boa viagem.

[*Saem Regan e Oswald.*]

Act IV, Scene 6

[*Fields near Dover.*] *Enter Gloucester, and Edgar.*

GLOUCESTER
When shall I come to th' top of that same hill?

EDGAR
You do climb up it now. Look, how we labor.

GLOUCESTER
Methinks the ground is even.

EDGAR
        Horrible steep.
Hark, do you hear the sea?

GLOUCESTER
        No, truly.

EDGAR
Why, then, your other senses grow imperfect   5
By your eyes' anguish.

GLOUCESTER
      So may it be indeed.
Methinks thy voice is altered; and thou speak'st
In better phrase and matter than thou didst.

Ato IV, Cena 6

[*Campo aberto, perto de Dover; entram Gloucester e Edgar, vestido de camponês, com um cajado.*]

GLOUCESTER
Quando chegarei ao cume do tal penhasco?

EDGAR
Vós o estais subindo agora. Vede o esforço que fazemos.

GLOUCESTER
A mim o chão parece plano.

EDGAR
                         Terrivelmente íngreme.
Escutai, ouvis o mar?

GLOUCESTER
                Juro que não.

EDGAR
Ora, então decaem vossos outros sentidos
Em função do tormento nos olhos.

GLOUCESTER
                        Pode bem ser verdade.
A mim tua voz parece mudada, e agora falas
Com fraseado e conteúdo melhores que antes.

EDGAR
Y'are much deceived: in nothing am I changed
But in my garments.

GLOUCESTER
             Methinks y'are better spoken.

EDGAR
Come on, sir; here's the place: stand still. How fearful
And dizzy 'tis to cast one's eyes so low!
The crows and choughs that wing the midway air
Show scarce so gross as beetles. Half way down
Hangs one that gathers samphire, dreadful trade!
Methinks he seems no bigger than his head.
The fishermen that walk upon the beach
Appear like mice; and yond tall anchoring bark
Diminished to her cock; her cock, a buoy
Almost too small for sight. The murmuring surge
That on th'unnumb'red idle pebble chafes
Cannot be heard so high. I'll look no more,
Lest my brain turn and the deficient sight
Topple down headlong.

GLOUCESTER
             Set me where you stand.

EDGAR
Give me your hand: you are now within a foot
of th'extreme verge: for all beneath the moon
would I not leap upright.

GLOUCESTER
             Let go my hand.
Here, friend, 's another purse; in it a jewel
Well worth a poor man's taking. Fairies and gods

EDGAR
Estais muito enganado; em nada mudei,
Afora minhas roupas.

GLOUCESTER
                    A mim parece que te expressas melhor.

EDGAR
Vamos, senhor, este é o lugar. Parai aqui. Dá medo
E vertigem apontar os olhos tão lá para baixo!
Corvos e gralhas flutuam no vazio distante,
Do tamanho de besouros. À meia altura,
Um homem pendurado colhe funchos; tenebroso ofício!
Ele não parece maior que sua cabeça.
Os pescadores que andam pela praia
Lembram camundongos; adiante, o grande navio ancorado
Está reduzido a um bote, e o bote, a uma boia,
Quase muito pequena para se ver. O murmúrio montante,
Que escalda os seixos passivos e inumeráveis,
É silêncio daqui do alto. Não olharei mais,
Ou meu cérebro, girando, e a visão escurecida
Me farão cair de cabeça para baixo.

GLOUCESTER
                            Ponha-me onde estás.

EDGAR
Dai-me vossa mão; agora estais a um passo
Do limiar extremo. Por nada sob a Lua,
Eu pularia daqui.

GLOUCESTER
                Solta a minha mão.
Toma, amigo, outra bolsa; dentro dela, uma joia,
De alto preço para um homem pobre. Fadas e deuses

Prosper it with thee! Go thou further off;
Bid me farewell, and let me hear thee going.

EDGAR
Now fare ye well, good sir.

GLOUCESTER
                       With all my heart.

EDGAR [*Aside*]
Why I do trifle thus with his despair
Is done to cure it.

GLOUCESTER
                O you mighty gods!
He kneels.
This world I do renounce, and in your sights
Shake patiently my great affliction off:
If I could bear it longer and not fall
To quarrel with your great opposeless wills,
My snuff and loathed part of nature should
Burn itself out. If Edgar live, O, bless him!
Now, fellow, fare thee well.
He falls.

EDGAR
                    Gone, sir, farewell.

And yet I know not how conceit may rob
The treasury of life, when life itself
Yields to the theft. Had he been where he thought,
By this had thought been past. Alive or dead?

Ho you, sir! friend! Hear you, sir? speak!
Thus might he pass indeed: yet he revives.
What are you, sir?

Façam-na valer ainda mais em tuas mãos! Agora afasta-te;
Dá-me adeus, deixa eu ouvir-te partir.

EDGAR [*fingindo se afastar*]
Passai bem, gentil senhor.

GLOUCESTER
                    De coração, obrigado.

EDGAR [*à parte*]
Se pareço brincar com seu desespero,
Faço-o para curá-lo.

GLOUCESTER
                    Oh, deuses todo-poderosos!
[*ajoelhando-se*]
A este mundo renuncio e, diante de vossos olhos,
Com paciente aceitação, livro-me do meu grande padecer.
Se o pudesse continuar suportando, sem apelar
Para a rebeldia contra vossos desejos inabaláveis,
Meu pavio, parte abjeta da minha natureza,
Queimaria até o fim. Se Edgar viver, oh, abençoai-o!
Agora, meu caro, vai em paz.
[*lança-se para a frente*]

EDGAR
                    Já estou longe, senhor. Passai bem.
[*Edgar fala à parte*]
Mas ainda me pergunto se a ilusão não pode roubar
O tesouro da vida, quando a própria vida
Entrega-se ao furto. Se estivesse onde pensou estar,
Já estaria por tal pensamento no passado. Morto ou vivo?
[*para Gloucester, assumindo a voz de um pescador*]
Ei, senhor! Amigo! Ouvi-me, senhor? Falai!
Ele assim parece morto, de fato; contudo, revive.
Quem sois vós, senhor?

Ato IV, Cena 6

GLOUCESTER
             Away, and let me die.

EDGAR
Hadst thou been aught but gossamer, feathers, air,
So many fathom down precipitating, 50
Thou'dst shivered like an egg: but thou dost breathe;
Hast heavy substance; bleed'st not; speak'st; art sound.
Ten masts at each make not the altitude
Which thou hast perpendicularly fell:
Thy life's a miracle. Speak yet again. 55

GLOUCESTER
But have I fall'n, or no?

EDGAR
From the dread summit of this chalky bourn.
Look up a-height; the shrill-gorged lark so far
Cannot be seen or heard: do but look up.

GLOUCESTER
Alack, I have no eyes. 60
Is wretchedness deprived that benefit
To end itself by death? 'Twas yet some comfort,
When misery could beguile the tyrant's rage
And frustrate his proud will.

EDGAR
                    Give me your arm.
Up, so. How is't? Feel you your legs? You stand. 65

GLOUCESTER
Too well, too well.

EDGAR
             This is above all strangeness.

GLOUCESTER
                    Vai embora, e me deixa morrer.

EDGAR
Mesmo que fosses feito de teia, penas e ar,
Ao despencares dessa altura toda,
Estalarias feito um ovo; e, no entanto, respiras,
Tens carnes firmes, não sangras, falas, estás são.
Dez mastros empilhados não alcançam a altura
Da qual tu desabaste em queda livre:
Tua vida é um milagre. Fala mais.

GLOUCESTER
Mas eu caí, ou não?

EDGAR
Dos terríveis píncaros do abismo calcário.
Olha para o alto, a cotovia estridente daqui
Não pode ser vista ou ouvida. Olha só para o alto.

GLOUCESTER
Ai de mim, não tenho olhos.
A infelicidade não goza do privilégio
De matar a si mesma? Era ao menos um consolo,
Quando a tristeza podia enganar a cólera do tirano,
E frustrar sua orgulhosa vontade.

EDGAR
                            Dai-me vosso braço. Levantai.
Como estais? Sentis vossas pernas? Ficais de pé.

GLOUCESTER
Muito bem, bem até demais.

EDGAR
                    Isto ultrapassa tudo o que é estranho.

Upon the crown o' th' cliff, what thing was that
Which parted from you?

GLOUCESTER
                A poor unfortunate beggar.

EDGAR
As I stood here below, methought his eyes
Were two full moons; he had a thousand noses,   70
Horns whelked and waved like the enridged sea:
It was some fiend; therefore, thou happy father,
Think that the clearest gods, who make them honors
Of men's impossibilities, have preserved thee.

GLOUCESTER
I do remember now: henceforth I'll bear   75
Affliction till it do cry out itself
"Enough, enough," and die. That thing you speak of,
I took it for a man; often 'twould say,
"The fiend, the fiend" — he led me to that place.

EDGAR
Bear free and patient thoughts.
Enter Lear [fantastically dressed up with flowers].
                        But who comes here?   80
The safer sense will ne'er accommodate
His master thus.

LEAR
    No, they cannot touch me for coining; I am the King
himself.

EDGAR
O thou side-piercing sight!   85

No alto do penhasco, o que era aquilo
Que se afastou de vós?

GLOUCESTER
                Um pobre e desafortunado mendigo.

EDGAR
Daqui de baixo, pensei que seus olhos
Fossem um par de luas cheias; ele tinha mil narizes,
Chifres tortos e ondulados feito mar de tempestade;
Era algum demônio. Portanto, meu bendito velho,
Pensa que os deuses mais puros, que a si fazem oferendas
Das impossibilidades humanas, a ti preservaram.

GLOUCESTER
Lembro de tudo agora; e daqui para a frente
Suportarei minha aflição, até que, por si mesma,
Ela grite "basta, basta" e morra. A criatura de que falais
Tomei por um homem; com frequência ela dizia:
"O demo, o demo"... Foi quem me levou para o penhasco.

EDGAR
Deveis manter a consciência tranquila e paciente.
[*entra Lear, fantasticamente ornado com flores selvagens*]
                                     Mas, quem vem lá?
Um juízo em ordem não iria assim
Enfeitar o seu dono.

LEAR
Não, por cunhagem falsa não me irão prender; eu sou o rei em pessoa.

EDGAR
Ai, visão dilacerante!

LEAR
Nature's above art in that respect. There's your press-money. That fellow handles his bow like a crow-keeper; draw me a clothier's yard. Look, look, a mouse! Peace, peace; this piece of toasted cheese will do't. There's my gauntlet; I'll prove it on a giant. Bring up the brown bills. O, well flown, bird! i' the clout, i' the clout: hewgh! Give the word.

EDGAR
Sweet marjoram.

LEAR
Pass.

GLOUCESTER
I know that voice.

LEAR
Ha! Goneril with a white beard! They flattered me like a dog, and told me I had white hairs in my beard ere the black ones were there. To say "ay" and "no" to everything I said! "Ay" and "no" too was no good divinity. When the rain came to wet me once and the wind to make me chatter; when the thunder would not peace at my bidding; there I found 'em, there I smelt 'em out. Go to, they are not men o' their words: they told me I was everything; 'tis a lie, I am not ague-proof.

GLOUCESTER
The trick of that voice I do well remember: Is't not the King?

LEAR
A natureza supera a arte nesse aspecto. Eis aí teu soldo, em moeda sonante. Aquele sujeito segura o arco feito um espantalho; flexiona o arco na medida da flecha. Vede! Vede, um ratinho! Quieto, quieto; este pedaço de queijo torrado vai resolver. Eis minha manopla, desafio um gigante. Que avancem os alabardeiros. Pfiiiu! [*imita o som de uma flecha partindo*] Ó, voaste bem, pássaro! Na mosca, na mosca! Qual é a senha?

EDGAR
Manjerona doce.[12]

LEAR
Passa.

GLOUCESTER
Eu conheço essa voz.

LEAR
Ha! Goneril com a barba branca! Elas me bajulavam como um cachorro, e me contavam que eu, na barba, tive fios brancos antes de os pretos aparecerem.[13] Diziam "sim" e "não" a tudo que eu falava! "Sim" e "não" também foram má teologia. Quando um dia veio a chuva e me encharcou, e o vento me fez tiritar, quando o trovão não se calou ao meu comando, lá eu as flagrei, lá eu as farejei. Ora essa, elas não são homens de palavra; disseram-me que eu era tudo: é mentira. Eu não sou imune à febre.

GLOUCESTER
Do timbre desta voz eu lembro bem. Não é o rei?

---

[12] A resposta de Edgar não é aleatória; considerava-se que a manjerona possuía poderes calmantes, e ela de fato era usada no tratamento de distúrbios mentais.

[13] Alusão à sabedoria de quem tem cabelos brancos, desenvolvida por Lear ainda na juventude.

Ato IV, Cena 6

LEAR
Ay, every inch a king. 105
When I do stare, see how the subject quakes.
I pardon that man's life. What was thy cause?
Adultery?
Thou shalt not die: die for adultery! No:
The wren goes to't, and the small gilded fly 110
Does lecher in my sight.
Let copulation thrive; for Gloucester's bastard son
Was kinder to his father than my daughters
Got 'tween the lawful sheets.
To't, luxury, pell-mell! for I lack soldiers. 115
Behold yond simp'ring dame,
Whose face between her forks presages snow,
That minces virtue and does shake the head
To hear of pleasure's name.
The fitchew nor the soiled horse goes to't 120
With a more riotous appetite.
Down from the waist they are Centaurs,
Though women all above:
But to the girdle do the gods inherit,
Beneath is all the fiend's. 125
There's hell, there's darkness, there is the sulphurous pit,
Burning, scalding, stench, consumption. Fie, fie, fie! pah, pah!
Give me an ounce of civet, good apothecary, to sweeten my imagination: there's money for thee.

GLOUCESTER
O, let me kiss that hand! 130

LEAR
Let me wipe it first; it smells of mortality.

LEAR
Dos pés à cabeça, o rei.
Diante do meu olhar, vede como treme o súdito.
Eu poupo a vida deste homem. Qual foi o teu crime?
Adultério?
Não morrerás; morrer por adultério! Não.
Um passarinho também trai, a mosca-varejeira
Na minha frente se entrega à devassidão.
Que a cópula se multiplique! O filho bastardo de Gloucester
Foi mais carinhoso com o pai do que minhas filhas,
Concebidas entre lençóis honestos.
Ao trabalho, luxúria e depravação! Preciso de soldados.
Olha aquela dama ali, muito recatada,
Cujo rosto no meio das pernas pressagia a neve,
Que afeta virtude e faz que não com a cabeça
Ao ouvir a palavra "prazer".
Nem a gata no cio, ou o garanhão no pasto,
Pulam em cima com apetite mais violento.
Na parte de baixo são todas centauras,
Embora sejam mulheres dali para cima.
Os deuses só herdam até a cintura,
Depois dela é o diabo quem manda.
Lá é o inferno, a escuridão, o poço sulfuroso,
Chamejante, escaldante; fedor, putrefação. Nojo! Nojo! Nojo!
Arg! Arg! Dá-me uma gota de perfume, bom apotecário, adoça minha imaginação; eis um dinheiro para ti.

[*Lear dá uma flor a Gloucester.*]

GLOUCESTER
Oh, permite que eu beije esta mão!

LEAR
Deixa que eu a limpe antes. Ela cheira a mortalidade.

GLOUCESTER
O ruined piece of nature! This great world
Shall so wear out to naught. Dost thou know me?

LEAR
I remember thine eyes well enough. Dost thou squiny at me?
No, do thy worst, blind Cupid; I'll not love. Read thou this
challenge; mark but the penning of it.

GLOUCESTER
Were all the letters suns, I could not see.

EDGAR
I would not take this from report:
It is, and my heart breaks at it.

LEAR
Read.

GLOUCESTER
What, with the case of eyes?

LEAR
O, ho, are you there with me? No eyes in your head, nor no
money in your purse? Your eyes are in a heavy case, your purse in a
light, yet you see how this world goes.

GLOUCESTER
I see it feelingly.

LEAR
What, art mad? A man may see how the world goes with no
eyes. Look with thine ears: see how yond justice rails upon yon
simple thief. Hark, in thine ear: change places; and, handy-dandy,
which is the justice, which is the thief? Thou hast seen a farmer's
dog bark at a beggar?

GLOUCESTER
Oh, pedaço arruinado da natureza! Igual a ti, o vasto mundo
A nada será reduzido! Tu me conheces?

LEAR
Lembro de teus olhos muito bem. Estás me olhando torto? Não, por mais que faças, Cupido cego, não irei amar. Lê esta charada, repara no fraseado.

GLOUCESTER
Nem que as letras fossem como sóis, eu não poderia ver.

EDGAR [*à parte*]
Se me contassem, eu não acreditaria:
Apenas é, e parte meu coração.

LEAR
Lê.

GLOUCESTER
Como, com o buraco dos olhos?

LEAR
Ah-ha, então aí quereis chegar? Sem olhos na cabeça, nem dinheiro na bolsa? Vossos olhos estão pesados, vossa bolsa está leve; e, no entanto, vedes como anda o mundo.

GLOUCESTER
Eu só vejo quando sinto.

LEAR
O quê? Estás louco? O homem pode ver sem os olhos como anda o mundo. Olha com os ouvidos: vê como o juiz vitupera contra o ladrão de galinhas. Atenta, e ouve: inverte as posições, uni-duni-tê, e pronto! Qual é o juiz, qual o ladrão? Já viste o cão do fazendeiro latir para o mendigo?

GLOUCESTER
Ay, sir.

LEAR
And the creature run from the cur? There thou mightst behold the great image of authority: a dog's obeyed in office.
Thou rascal beadle, hold thy bloody hand!
Why dost thou lash that whore? Strip thy own back;   155
Thou hotly lusts to use her in that kind
For which thou whip'st her. The usurer hangs the cozener.
Through tattered clothes small vices do appear;
Robes and furred gowns hide all. Plate sin with gold,
And the strong lance of justice hurtless breaks;   160
Arm it in rags, a pygmy's straw does pierce it.
None does offend, none, I say none; I'll able 'em:

Take that of me, my friend, who have the power
To seal th' accuser's lips. Get thee glass eyes,
And like a scurvy politician, seem   165
To see the things thou dost not. Now, now, now, now:
Pull off my boots: harder, harder: so.

EDGAR
O, matter and impertinency mixed!
Reason in madness!

LEAR
If thou wilt weep my fortunes, take my eyes.   170
I know thee well enough, thy name is Gloucester:
Thou must be patient; we came crying hither:
Thou know'st, the first time that we smell the air
We wawl and cry. I will preach to thee: mark.

GLOUCESTER
Já, senhor.

LEAR
E a criatura fugir do vira-lata? Então aí podes contemplar a grande imagem da autoridade: no exercício do cargo, até um cão é obedecido.
Vil oficial de justiça, detém a mão sangrenta!
Por que chicoteias a puta? Esfola tuas próprias costas;
Sentes um desejo ardente de usá-la
Para aquilo por que a chicoteias. O usurário enforca o vigarista.
Através de farrapos, pequenos vícios aparecem,
Togas e mantos de pele a tudo escondem. Cobre o pecado de ouro,
E a forte lança da justiça se parte, inofensiva;
Vista-o com andrajos, e o caniço de um pigmeu irá espetá-lo.
Ninguém tem culpa, ninguém, eu digo, ninguém; respondo por todos.
[*dá outra flor a Gloucester*]
Recebe isto, amigo, pois tenho o poder
De fechar a boca do acusador. Arruma olhos de vidro
E, como o político desprezível, finge ver
Coisas que não vês. Agora chega, chega.
Puxa minhas botas; mais força, mais força, assim.

EDGAR [*à parte*]
Verdade e incoerência se misturam!
Quanta razão na loucura!

LEAR
Se queres chorar por mim, toma meus olhos.
Eu te conheço bem; teu nome é Gloucester.
Deves ser paciente; nós chegamos aqui chorando;
Bem sabes, logo que cheiramos o ar,
Uivamos e gritamos. Farei um sermão, ouve.

[*Tira sua coroa de flores.*]

GLOUCESTER
Alack, alack the day! 175

LEAR
When we are born, we cry that we are come
To this great stage of fools. This a good block.
It were a delicate stratagem, to shoe
A troop of horse with felt: I'll put't in proof;
And when I have stol'n upon these son-in-laws, 180

Then kill, kill, kill, kill, kill, kill!

Enter a Gentleman [with Attendants].

GENTLEMAN
O, here he is: lay hand upon him. Sir,
Your most dear daughter...

LEAR
No rescue? What, a prisoner? I am even
The natural fool of fortune. Use me well; 185
You shall have ransom. Let me have surgeons;
I am cut to th' brains.

GLOUCESTER
Ai de mim, que dia triste!

LEAR
Ao nascer, choramos por chegar
A este grande palco dos bobos. Um bom chapéu este aqui![14]
Seria engenhoso estratagema
Ferrar com feltro os cavalos da tropa. Vou testar;
E quando cair de surpresa sobre esses genros,
[*joga a coroa de flores no chão e põe-se a pisá-la*]
Aí é matar, matar, matar e matar!

[*Entra um Fidalgo, com criados.*]

FIDALGO
Ei-lo, afinal! Segurai-o! Senhor,
Vossa filha mais querida...

LEAR
Não há salvação? Eu, prisioneiro? Sou mesmo
Um bobo nas mãos do destino. Cuidai bem de mim;
Tereis vosso resgate. Concedei-me um médico;
Meu cérebro levou muitos golpes.

---

[14] No original, o termo "block" designa provavelmente o molde de madeira a partir do qual um chapéu era feito. Esta linha de interpretação funciona melhor com a referência ao "feltro" logo adiante. Também conforme a boa prática anglicana, ao iniciar o "sermão", dois versos antes, faz sentido que Lear tire da cabeça a coroa de flores, ou o "chapéu". Leituras alternativas: 1) Lear sobe num toco de árvore e usa-o como púlpito, cujo revestimento imaginário seria de feltro, para fazer seu sermão; 2) um toco de árvore ganha aos olhos de Lear a forma de um tipo de manequim — com estrutura de madeira, recheado de areia ou palha, e, no caso, revestido de feltro —, muito usado para treinamentos de combate e aqui, parece, simbolizando a humanidade; 3) um cavalo de madeira.

GENTLEMAN
                You shall have anything.

LEAR
No seconds? All myself?
Why, this would make a man a man of salt,
To use his eyes for garden water-pots,   190
Ay, and laying autumn's dust.

GENTLEMAN
Good sir...

LEAR
I will die bravely, like a smug bridegroom. What!
I will be jovial: come, come; I am a king;
Masters, know you that?   195

GENTLEMAN
You are a royal one, and we obey you.

LEAR
Then there's life in't. Come, and you get it,
You shall get it by running. Sa, sa, sa, sa.

Exit [running. Attendants follow].

GENTLEMAN
A sight most pitiful in the meanest wretch,
Past speaking of in a king! Thou hast one daughter   200
Who redeems nature from the general curse
Which twain have brought her to.

EDGAR
                Hail, gentle sir.

FIDALGO
                    Tereis tudo que quiserdes.

LEAR
Ninguém para me defender? Estou sozinho?
Ora, isto faria de um homem um poço de lágrimas,
Usando seus olhos para regar o jardim,
Isso mesmo, e abaixando a poeira do outono.

FIDALGO
Bom senhor...

LEAR
Morrerei com dignidade, feito um noivo empertigado.
O quê! Irei com alegria. Vamos, vamos;
Eu sou um rei, sabei disso, senhor.

FIDALGO
Tendes sangue real, e vos obedecemos.

LEAR
Então ainda há esperança. Vinde, pegai,
Pegareis se correrdes. Isca, isca, isca.

[*Lear sai correndo, seguido pelos criados.*]

FIDALGO
É triste ver assim o mais reles desgraçado,
Que dirá um rei! Tu tens uma filha,
Ela redime a natureza da maldição geral
Que as outras duas lhe trouxeram.

EDGAR
                    Salve, nobre senhor.

Ato IV, Cena 6   313

GENTLEMAN
Sir, speed you: what's your will?

EDGAR
Do you hear aught, sir, of a battle toward?

GENTLEMAN
Most sure and vulgar: every one hears that, 205
Which can distinguish sound.

EDGAR
                       But, by your favor,
How near's the other army?

GENTLEMAN
Near and on speedy foot; the main descry
Stands on the hourly thought.

EDGAR
                       I thank you sir: that's all.

GENTLEMAN
Though that the Queen on special cause is here, 210
Her army is moved on.

EDGAR
               I thank you, sir.

Exit [Gentleman].

GLOUCESTER
You ever-gentle gods, take my breath from me;
Let not my worser spirit tempt me again
To die before you please.

FIDALGO
O que desejais, meu caro? Dizei logo.

EDGAR
Ouvistes algo, senhor, de uma batalha iminente?

FIDALGO
É sabido e notório. Já o ouviram todos
Capazes de distinguir os sons.

EDGAR
         Mas, por favor,
Quão perto está o outro exército?

FIDALGO
Bem perto, em marcha acelerada. O grosso das tropas
Logo deixará de ser abstração.

EDGAR
         Grato, senhor; é tudo.

FIDALGO
Embora a rainha ainda esteja aqui, por nobre causa,
Seu exército já se deslocou.

EDGAR
         Obrigado, senhor.

[*Sai o Fidalgo.*]

GLOUCESTER
Oh deuses, sempre bons, tirai-me o dom de respirar;
Não deixeis que o pior do meu caráter me tente outra vez
A morrer antes do vosso comando.

EDGAR
                  Well pray you, father.

GLOUCESTER
Now, good sir, what are you?

EDGAR
A most poor man, made tame to fortune's blows;
Who, by the art of known and feeling sorrows,
Am pregnant to good pity. Give me your hand,
I'll lead you to some biding.

GLOUCESTER
                  Hearty thanks;
The bounty and the benison of heaven
To boot, and boot.

Enter Oswald.

OSWALD
            A proclaimed prize! Most happy!
That eyeless head of thine was first framed flesh
To raise my fortunes. Thou old unhappy traitor,
Briefly thyself remember: the sword is out
That must destroy thee.

GLOUCESTER
                Now let thy friendly hand
Put strength enough to't.

[*Edgar interposes.*]

OSWALD
              Wherefore, bold peasant,
Dar'st thou support a published traitor? Hence!

EDGAR
                        Boa reza, meu velho!

GLOUCESTER
E agora, bom senhor, dizei-me o que sois?

EDGAR
Um homem muito pobre, resignado aos golpes da Fortuna,
Que, graças a dores vistas e vividas,
Tem a piedade dentro de si. Dai-me vossa mão,
Irei levar-vos a um abrigo.

GLOUCESTER
                    Eu vos agradeço de coração;
As riquezas e benesses do céu
Cubram-vos mais e mais!

[*Entra Oswald.*]

OSWALD
                    A recompensa anunciada! Quanta sorte!
Tua cabeça sem olhos foi antes moldada em carne
Para depois fazer minha fortuna. Velho infeliz e traidor,
Reza por teus pecados: fora da bainha já se encontra
A espada que te irá matar.

GLOUCESTER
                    Que a tua mão amiga
Empregue a necessária força.

[*Edgar se coloca entre os dois.*]

OSWALD
                    Como ousas, camponês insolente,
Defender um traidor procurado? Sai daqui!

Lest that th'infection of his fortune take
Like hold on thee. Let go his arm.

EDGAR
Chill not let go, zir, without vurther 'casion. 230

OSWALD
Let go, slave, or thou diest!

EDGAR
Good gentleman, go your gait, and let poor volk pass. An chud ha' bin zwaggered out of my life, 'twould not ha' bin zo long as 'tis by a vortnight. Nay, come not near th'old man; keep out, che vor' ye, or I'se try whether your costard or my ballow be the harder: chill 235 be plain with you.

OSWALD
Out, dunghill!

They fight.

EDGAR
Chill pick your teeth, zir: come; no matter vor your foins.

[*Oswald falls.*]

OSWALD
Slave, thou hast slain me. Villain, take my purse:
If ever thou wilt thrive, bury my body, 240
And give the letters which thou find'st about me
To Edmund Earl of Gloucester; seek him out
Upon the English party. O, untimely death!
Death!

He dies.

Ou o pútrido destino deste homem
A ti também agarrará. Larga-lhe o braço.

EDGAR [*assumindo novo disfarce ao falar*]
Largo não, seu moço; não sem tê motivo, e um bom.

OSWALD
Larga, escravo, ou morres!

EDGAR
Segue seu caminho, patrão, e deixa quieto nóis que é gente simples. Se fala de bacana me matasse, eu já tinha sido enxotado pra fora da vida faz duas semana. Num chega não perto do véio, fica longe ou eu juro que nóis vai ver qual que é mais duro, seu coco ou o meu porrete. Tô avisano.

OSWALD
Fora, monte de estrume!

[*Oswald saca a espada; os dois lutam.*]

EDGAR
Eu te ranco os dente, seu moço. 'Cê num me mete medo.

[*Edgar vence a luta, Oswald cai.*]

OSWALD
Escravo, me feriste de morte. Patife, pega minha bolsa.
Se queres subir na vida, enterra meu corpo
E entrega a carta que comigo achares
A Edmund, conde de Gloucester. Procura-o
No acampamento inglês. Oh, morte precoce!
Morte!

[*Oswald morre.*]

EDGAR
I know thee well. A serviceable villain, 245
As duteous to the vices of thy mistress
As badness would desire.

GLOUCESTER
                What, is he dead?

EDGAR
Sit you down, father; rest you.
Let's see these pockets: the letters that he speaks of
May be my friends. He's dead; I am only sorry 250
He had no other deathsman. Let us see:
Leave, gentle wax; and, manners, blame us not:
To know our enemies' minds, we rip their hearts,
Their papers is more lawful.
Reads the letter.
"Let our reciprocal vows be remembered. You have many opportunities to cut him off: if your will want not, time and place will be 255 fruitfully offered. There is nothing done, if he return the conqueror: then am I the prisoner, and his bed my jail; from the loathed warmth whereof deliver me, and supply the place for your labor.
"Your — wife, so I would say — affectionate servant, and for you her own for venture, 260
                                      Goneril."

O indistinguished space of woman's will!
A plot upon her virtuous husband's life;
And the exchange my brother! Here in the sands
Thee I'll rake up, the post unsanctified 265
Of murderous lechers; and in the mature time,
With this ungracious paper strike the sight
Of the death-practiced Duke: for him 'tis well
That of thy death and business I can tell.

EDGAR
Eu te conheço bem. Um prestativo canalha;
Tão zeloso dos vícios de tua patroa,
Quanto a maldade poderia pedir.

GLOUCESTER
                    Ora, ele morreu?

EDGAR
Sentai-vos, meu velho; e descansai.
Vamos ver estes bolsos: a carta de que ele fala
Pode me ajudar. Está morto, e apenas lamento
Que não tenha tido outro carrasco. Vejamos:
Quebra, frágil lacre; e desculpem-me os bons modos:
Para saber o que pensam os inimigos, rasgamos seus corações,
Suas cartas, é menos grave.
[*lê a carta*]
  "Que sejam lembrados nossos votos recíprocos. Tereis muitas oportunidades para eliminá-lo. Se vosso desejo for bastante forte, tempo e lugar hão de se oferecer. Se ele volta em triunfo, nada pode ser feito. Aí serei eu a prisioneira, a cama dele minha cela; de cujo calor odiado vós deveis me libertar, para ocupar seu lugar como prêmio.
  "Vossa — esposa, como eu gostaria de dizer-me — afetuosa serva, que vos tem no coração por ousardes,
                                        Goneril."
Oh, ilimitado alcance do desejo feminino!
Um complô contra a vida de seu honrado esposo,
E tendo meu irmão como substituto! Aqui nas areias
Eu te enterro, mensageiro nefasto
De assassinos depravados; e, no momento certo,
Com esta perniciosa carta afrontarei a visão de Albany
Cujo fim ela contrata. Ele decerto há de gostar
Que tua missão e tua morte eu possa contar.

[*Edgar sai, arrastando o corpo de Oswald.*]

Ato IV, Cena 6

GLOUCESTER
The King is mad: how stiff is my vile sense,
That I stand up, and have ingenious feeling
Of my huge sorrows! Better I were distract:
So should my thoughts be severed from my griefs,
And woes by wrong imaginations lose
The knowledge of themselves.

Drum afar off.

EDGAR
                              Give me your hand:
Far off, methinks, I hear the beaten drum.
Come, father, I'll bestow you with a friend.

Exeunt.

GLOUCESTER
O rei está louco. Como é duro meu sofrimento:
Estar de pé e ter a sensível inteligência
Destes imensos pesares! Antes ficar alienado,
Meus pensamentos estariam separados de minhas dores;
Pela enganosa fantasia, as tristezas perderiam
Consciência delas mesmas.

[*Tambores ao longe; volta Edgar.*]

EDGAR
                        Dai-me vossa mão.
Ao longe, creio, ouço tambores rufando.
Vamos, meu velho, com um amigo irei deixar-vos.

[*Saem Edgar e Gloucester.*]

Act IV, Scene 7

[*A Tent in the French camp.*] *Enter Cordelia, Kent, Doctor and Gentleman.*

CORDELIA
O thou good Kent, how shall I live and work,
To match thy goodness? My life will be too short,
And every measure fail me.

KENT
To be acknowledged, madam, is o'erpaid.
All my reports go with the modest truth; 5
Nor more, nor clipped, but so.

CORDELIA
                              Be better suited:
These weeds are memories of those worser hours:
I prithee, put them off.

KENT
                    Pardon, dear madam;
Yet to be known shortens my made intent.
My boon I make it that you know me not 10
Till time and I think meet.

CORDELIA
Then be't so, my good lord. [*To the Doctor*] How, does the King?

DOCTOR
Madam, sleeps still.

Ato IV, Cena 7

[*Uma tenda no acampamento francês; entram Cordelia, Kent, um Fidalgo e o Médico.*]

CORDELIA
Bondoso Kent! Como viver e o que fazer
Para igualar tua bondade? Minha vida será curta,
E careço de toda medida.

KENT
Vossa gratidão, senhora, é pagamento excessivo.
Tudo o que vos contei é a pura verdade,
Sem acréscimo ou censura, apenas como foi.

CORDELIA
                         Vai então trocar estas roupas;
Teus andrajos relembram os piores momentos.
Eu peço, desvencilha-te deles.

KENT
                         Perdão, querida senhora,
Mas ser conhecido atrapalha meus planos.
Como recompensa, rogo que finjais não me conhecer,
Até que o momento e eu julguemos adequado.

CORDELIA
Assim seja, meu bom conde. [*para o Médico*] Como está o rei?

MÉDICO
Ainda dorme, senhora.

CORDELIA
O you kind gods!
Cure this great breach in his abused nature.
The untuned and jarring senses, O, wind up
Of this child-changed father.

DOCTOR
So please your Majesty
That we may wake the King: he hath slept long.

CORDELIA
Be governed by your knowledge, and proceed
I' th' sway of your own will. Is he arrayed?

Enter Lear in a chair carried by Servants.

GENTLEMAN
Ay, madam; in the heaviness of sleep
We put fresh garments on him.

DOCTOR
Be by, good madam, when we do awake him;
I doubt not of his temperance.

CORDELIA
Very well.

DOCTOR
Please you, draw near. Louder the music there!

CORDELIA
O my dear father, Restoration hang
Thy medicine on my lips, and let this kiss

CORDELIA
Ah, deuses bondosos!
Curai a grande ferida em sua natureza maltratada.
Oh, afinai os sentidos frouxos e dissonantes
Do meu pai, que voltou a ser criança.

MÉDICO
                              Permitis Vossa Majestade
Que acordemos o rei? Ele já dormiu bastante.

CORDELIA
Sede guiado por vosso conhecimento,
Procedeis segundo vossa vontade. [*para o Fidalgo*] Ele já está
    composto?

[*Entra Lear, que dorme numa cadeira, carregado por criados.*]

FIDALGO
Sim, senhora. Enquanto dormia profundamente,
Com trajes novos o vestimos.

MÉDICO
Ficai por perto, boa senhora, quando o acordarmos.
Não duvido que ele terá de volta a lucidez.

CORDELIA
                              Muito bem.

[*Fora de cena, uma doce melodia.*]

MÉDICO [*para Cordelia*]
Por favor, aproximai-vos. Músicos, tocai mais alto!

CORDELIA
Oh, amado pai, que meus lábios destilem
O remédio da convalescença, e que este beijo

Repair those violent harms that my two sisters
Have in thy reverence made.

KENT
                    Kind and dear princess.

CORDELIA
Had you not been their father, these white flakes   30
Did challenge pity of them. Was this a face
To be opposed against the warring winds?
To stand against the deep dread-bolted thunder?
In the most terrible and nimble stroke
Of quick, cross lightning to watch — poor perdu! —   35
With this thin helm? Mine enemy's dog,
Though he had bit me, should have stood that night
Against my fire; and wast thou fain, poor father,
To hovel thee with swine and rogues forlorn,
In short and musty straw? Alack, alack!   40
'Tis wonder that thy life and wits at once
Had not concluded all. He wakes; speak to him.

DOCTOR
Madam, do you; 'tis fittest.

CORDELIA
How does my royal lord? How fares your Majesty?

LEAR
You do me wrong to take me out o' th' grave: 45
Thou art a soul in bliss; but I am bound
Upon a wheel of fire, that mine own tears
Do scald like molten lead.

CORDELIA
                Sir, do you know me?

Apague os males feitos à Vossa Majestade,
Por minhas brutais irmãs.

KENT
                Doce e gentil princesa.

CORDELIA
Mesmo que delas não fôsseis o pai, vossos cabelos brancos
Reclamariam compaixão. Um rosto como este,
Lançado contra ventanias furiosas?
A lutar com o trovão, profundo e apavorante?
Sob o mais terrível e súbito golpe
Dos raios com suas forquilhas de luz — pobre guerreiro solitário! —
Com tão frágil elmo? O cachorro de meu inimigo,
Ainda que me tivesse mordido, em tal noite eu abrigaria
Junto à lareira. Ganhaste alguma coisa, pobre pai,
Ao alojar-te com os porcos e os vagabundos perdidos,
Sobre a palha úmida e velha? Ai de mim!
É um milagre que tua vida e teu juízo, de uma vez,
Não se extinguissem por completo. [*para o Médico*] Ele acorda,
   falai com ele.

MÉDICO
Minha senhora, falai vós; é o mais indicado.

CORDELIA
Como estais, meu nobre senhor? O que sentis Vossa Majestade?

LEAR
Fazeis mal em me tirardes da sepultura.
Tua alma vive em plena graça; mas eu estou preso
A uma roda de fogo, e minhas próprias lágrimas
Escaldam feito chumbo derretido.

CORDELIA
                Senhor, sabeis quem sou?

Ato IV, Cena 7

LEAR
You are a spirit, I know. Where did you die?

CORDELIA
Still, still, far wide. 50

DOCTOR
He's scarce awake: let him alone awhile.

LEAR
Where have I been? Where am I? Fair daylight?
I am mightily abused. I should ev'n die with pity,
To see another thus. I know not what to say.
I will not swear these are my hands: let's see; 55
I feel this pin prick. Would I were assured
Of my condition.

CORDELIA
          O, look upon me, sir,
And hold your hands in benediction o'er me.

You must not kneel.

LEAR
          Pray, do not mock me:
I am a very foolish fond old man, 60
Fourscore and upward, not an hour more nor less;
And to deal plainly,
I fear I am not in my perfect mind.
Methinks I should know you, and know this man;
Yet I am doubtful; for I am mainly ignorant 65
What place this is, and all the skill I have
Remembers not these garments; nor I know not
Where I did lodge last night. Do not laugh at me;
For, as I am a man, I think this lady
To be my child Cordelia.

LEAR
Sois um espírito, decerto. Quando morrestes?

CORDELIA [*para o Médico*]
Ainda está longe, muito longe!

MÉDICO
Ele mal acordou; deixai-o um pouco.

LEAR
Onde estive? Onde estou? É dia claro?
Fui muito mal-tratado. Morreria de pena
Ao ver alguém assim. Não sei o que dizer.
Não posso jurar que estas mãos sejam minhas. Vejamos:
Sinto a picada do alfinete. Quisera eu entender melhor
A minha condição.

CORDELIA
              Oh, olhai para mim, senhor,
E com a mão dai-me vossa bênção.
[*ele tenta ajoelhar, ela o impede*]
Não deveis ajoelhar-vos!

LEAR
              Peço, não brinqueis comigo.
Sou um velho tolo e orgulhoso,
Que já passa dos oitenta, nem uma hora mais ou menos;
E, para ser sincero,
Temo não estar em perfeito juízo.
Penso que deveria conhecer-vos, e a este homem,
Mas tenho dúvidas; pois ignoro por completo
Que lugar é este, e mesmo com todo esforço,
Não me recordo destas roupas; tampouco sei
Onde dormi a noite passada. Não zombeis de mim,
Pois, se me entendo por gente, eu diria que esta dama
É minha filha Cordelia.

CORDELIA
                And so I am. I am.

LEAR
Be your tears wet? Yes, faith. I pray, weep not.
If you have poison for me, I will drink it.
I know you do not love me; for your sisters
Have, as I do remember, done me wrong.
You have some cause, they have not.

CORDELIA
                        No cause, no cause.

LEAR
Am I in France?

KENT
        In your own kingdom, sir.

LEAR
Do not abuse me.

DOCTOR
Be comforted, good madam: the great rage,
You see, is killed in him: and yet it is danger
To make him even o'er the time he has lost.
Desire him to go in; trouble him no more
Till further settling.

CORDELIA
Will't please your Highness walk?

LEAR
You must bear with me.
Pray you now, forget and forgive. I am old and foolish.

CORDELIA
                E sou, eu sou!

LEAR
Vossas lágrimas são reais? Sim, estão molhadas;
Mas eu peço, não choreis. Se quiserdes me dar veneno,
Eu o beberei. Sei que não me amais;
Vossas irmãs, até onde lembro, me renegaram.
Vós tínheis motivo, elas não.

CORDELIA
                     Motivo nenhum, motivo nenhum.

LEAR
Estou na França?

KENT
                Estais em vosso reino, senhor.

LEAR
Não tenteis me enganar.

MÉDICO [*para Cordelia*]
Ficai em paz, senhora; a grande exaltação,
Como vedes, morreu dentro dele; mas é perigoso
Colocá-lo a par do que esqueceu.
Convidai-o a se recolher; que não seja importunado
Até a cura assentar.

CORDELIA
Vossa Alteza gostaríeis de caminhar?

LEAR
Sede paciente comigo.
Peço, agora, que esqueçais e perdoais. Sou velho e tolo.

Exeunt. Manet Kent and Gentleman.

GENTLEMAN
Holds it true, sir, that the Duke of Cornwall was so slain?

KENT
Most certain, sir.

GENTLEMAN
Who is conductor of his people?

KENT
As 'tis said, the bastard son of Gloucester.

GENTLEMAN
They say Edgar, his banished son, is with the Earl of Kent in Germany.

KENT
Report is changeable. 'Tis time to look about; the powers of the kingdom approach apace.

GENTLEMAN
The arbitrement is like to be bloody.
Fare you well, sir.

[*Exit.*]

KENT
My point and period will be throughly wrought,
Or well or ill, as this day's battle's fought.

Exit.

[*Saem todos, menos Kent e o Fidalgo.*]

FIDALGO
É certeza, milorde, que o duque de Cornwall foi assassinado?

KENT
Mais que certo, senhor.

FIDALGO
Quem então conduz suas tropas?

KENT
Pelo que dizem, o filho bastardo de Gloucester.

FIDALGO
Ouvi que Edgar, o filho banido, juntou-se ao conde de Kent, na Alemanha.

KENT
As notícias variam. É hora de ficar alerta. As forças do reino logo chegarão.

FIDALGO
A batalha decisiva há de ser sangrenta.
Passai bem, senhor.

[*Sai o Fidalgo.*]

KENT
Minha causa e meu tempo, para o bem ou o mal,
Hoje na árdua batalha terão seu final.

[*Sai Kent.*]

Act V, Scene 1

[*The British camp near Dover.*] *Enter, with drum and colors Edmund, Regan, Gentlemen, and Soldiers.*

EDMUND
Know of the Duke if his last purpose hold,
Or whether since he is advised by aught
To change the course: he's full of alteration
And self-reproving: bring his constant pleasure.

[*To a Gentleman, who goes out.*]

REGAN
Our sister's man is certainly miscarried. 5

EDMUND
'Tis to be doubted, madam.

REGAN
                Now, sweet lord,
You know the goodness I intend upon you:
Tell me, but truly, but then speak the truth,
Do you not love my sister?

EDMUND
                In honored love.

Ato V, Cena 1

[O *acampamento inglês perto de Dover; entram Edmund, Regan, fidalgos, soldados, com tambores e bandeiras, e outros.*]

EDMUND [*para um Fidalgo*]
Pergunta ao duque se a decisão tomada persiste,
Ou se desde então algo o convenceu
A mudar o curso. Ele hesita demais
E tende a se culpar; informa sua disposição.

[*Sai o Fidalgo.*]

REGAN
O mensageiro de minha irmã deve ter se extraviado.

EDMUND
É possível, minha senhora.

REGAN
                         Bem, amável lorde,
Sabeis da estima em que vos tenho;
Dizei-me, com franqueza, sinceramente,
Não amais minha irmã?

EDMUND
                    Com amor honrado.

REGAN
But have you never found my brother's way										10
To the forfended place?

EDMUND
                    That thought abuses you.

REGAN
I am doubtful that you have been conjunct
And bosomed with her, as far as we call hers.

EDMUND
No, by mine honor, madam.

REGAN
I shall never endure her: dear my lord,										15
Be not familiar with her.

EDMUND
                Fear me not.
She and the Duke her husband!

Enter with drum and colors Albany, Goneril [and] Soldiers.

GONERIL [*Aside*]
I had rather lose the battle than that sister
Should loosen him and me.

ALBANY
Our very loving sister, well be-met.										20

Sir, this I heard, the King is come to his daughter,
With others whom the rigor of our state
Forced to cry out. Where I could not be honest,
I never yet was valiant: for this business,
It touches us, as France invades our land,									25

REGAN
Mas nunca trilhastes o caminho de meu irmão
Até o local proibido?

EDMUND
                Tal pensamento é indigno de vós.

REGAN
Tenho dúvidas se não vos juntastes
E aninhastes a ela, no mais íntimo dela.

EDMUND
Pela minha honra, não, senhora.

REGAN
Jamais irei tolerá-la, meu querido senhor;
Negai-lhe qualquer proximidade.

EDMUND
                      Não o temais.
Ei-la, com o duque, seu marido!

[*Entram Albany, Goneril e soldados com tambores e bandeiras.*]

GONERIL [*à parte*]
Antes perder a batalha do que ver
Minha irmã separá-lo de mim.

ALBANY [*para Regan*]
Amada irmã, é um prazer encontrar-vos.
[*para Edmund*]
Senhor, ouvi que o rei juntou-se à filha,
Com outros cujo rigor de nosso Estado
Forçou à rebelião. Onde eu não pude ser honrado,
Nunca fui corajoso. O presente assunto nos atinge,
Pois a França invade nossos domínios;

Ato V, Cena 1   339

Not bolds the King, with others, whom, I fear,
Most just and heavy causes make oppose.

EDMUND
Sir, you speak nobly.

REGAN
                Why is this reasoned?

GONERIL
Combine together 'gainst the enemy;
For these domestic and particular broils
Are not the question here.

ALBANY
                    Let's, then, determine
With th' ancient of war on our proceeding.

EDMUND
I shall attend you presently at your tent.

REGAN
Sister, you'll go with us?

GONERIL
No.

REGAN
'Tis most convenient; pray you, go with us.

GONERIL [*Aside*]
O, ho, I know the riddle. — I will go.

Não para incitar o rei, além de outros que, receio,
Têm causas justas e sólidas para nos enfrentar.

EDMUND
Senhor, falais com nobreza.

REGAN
                    Por que discutir isso?

GONERIL
Uni-vos contra o inimigo;
Tais brigas domésticas e privadas
Não estão em pauta aqui.

ALBANY
                    Definamos então,
Com os tarimbados na guerra, nossa estratégia.

EDMUND
Apresentar-me-ei sem demora à vossa tenda.

[*Sai Edmund.*]

REGAN
Irmã, não vindes conosco?

GONERIL
Não.

REGAN
É mais apropriado; por favor, vinde.

GONERIL [*à parte*]
Ora essa, conheço este joguinho. [*para Regan*] Já vou.

Exeunt both the Armies. Enter Edgar [disguised].

EDGAR
If e'er your Grace had speech with man so poor,
Hear me one word.

ALBANY [*To those going out*]
                I'll overtake you. [*To Edgar*] Speak.

Exeunt [all but Albany and Edgar].

EDGAR
Before you fight the battle, ope this letter.
If you have victory, let the trumpet sound
For him that brought it: wretched though I seem,
I can produce a champion that will prove
What is avouched there. If you miscarry,
Your business of the world hath so an end,
And machination ceases. Fortune love you.

ALBANY
Stay till I have read the letter.

EDGAR
                I was forbid it.
When time shall serve, let but the herald cry,
And I'll appear again.

ALBANY
Why, fare thee well: I will o'erlook thy paper.

Exit [Edgar]. Enter Edmund.

[*Saem Regan, Goneril e, aos poucos, os soldados; Albany prepara-se para segui-los quando entra Edgar, disfarçado de camponês.*]

EDGAR
Se Vossa Graça algum dia falou a homem tão pobre,
Escuta uma palavra.

ALBANY [*aos últimos soldados*]
                Eu vos alcançarei! [*para Edgar*] Fala.

EDGAR
Antes de lançar-vos à batalha, lede esta carta.
Se vencerdes, soai vossas trombetas,
Chamando quem a trouxe. Embora eu vos pareça miserável,
Um guerreiro por mim enviado provará, em combate,
O que nela vem escrito. Se perderdes,
Vossos assuntos neste mundo terminam,
E cessam tais planos. Que a fortuna vos sorria.

ALBANY
Espera até que eu leia a carta.

EDGAR
                    Fui proibido de fazê-lo.
Quando chegar a hora, que soem as trombetas,
E voltarei.

ALBANY
Pois passe bem. Lerei teu papel.

[*Sai Edgar; volta Edmund.*]

EDMUND
The enemy's in view; draw up your powers.

Here is the guess of their true strength and forces
By diligent discovery; but your haste
Is now urged on you.

ALBANY
                          We will greet the time.

Exit.

EDMUND
To both these sisters have I sworn my love; 55
Each jealous of the other, as the stung
Are of the adder. Which of them shall I take?
Both? One? Or neither? Neither can be enjoyed,
If both remain alive: to take the widow
Exasperates, makes mad her sister Goneril; 60
And hardly shall I carry out my side,
Her husband being alive. Now, then, we'll use
His countenance for the battle; which being done,
Let her who would be rid of him devise
His speedy taking off. As for the mercy 65
Which he intends to Lear and to Cordelia,
The battle done, and they within our power,
Shall never see his pardon: for my state
Stands on me to defend, not to debate.

Exit.

EDMUND
O invasor foi avistado; reuni vossas tropas.
[*entrega um papel a Albany*]
Eis a real estimativa das forças inimigas,
Após cuidadosa apuração; a urgência
Agora a vós se impõe.

ALBANY
                    Estaremos à altura da ocasião.

[*Sai Albany.*]

EDMUND
Às duas irmãs jurei amar,
E uma suspeita da outra, como quem foi picado
Suspeita da víbora. Com qual delas devo ficar?
As duas? Uma? Nenhuma? Nenhuma pode ser usufruída,
Se ambas estiverem vivas. Escolher a viúva,
Exaspera, enlouquece a irmã Goneril;
E meus interesses não prosperarão
Com seu marido vivo. Por enquanto, para a batalha,
Usaremos sua autoridade; quando tudo acabar,
Cabe à que se livraria dele conceber
Um jeito de eliminá-lo. Quanto ao perdão
Que ele deseja para Lear e Cordelia,
Encerrada a luta, ambos em nosso poder,
Jamais será concedido. Pois minha posição
Cabe a mim defender, e não pôr em questão.

[*Sai Edmund.*]

Act V, Scene 2

[*A field between the two camps.*] *Alarum within. Enter, with drum and colors, Lear, Cordelia, and Soldiers, over the stage; and exeunt. Enter Edgar and Gloucester.*

EDGAR
Here, father, take the shadow of this tree
For your good host; pray that the right may thrive.
If ever I return to you again,
I'll bring you comfort.

GLOUCESTER
      Grace go with you, sir.

Exit [Edgar]. Alarum and retreat within. [Re-]enter Edgar.

EDGAR
Away, old man; give me thy hand; away!   5
King Lear hath lost, he and his daughter ta'en:
Give me thy hand; come on!

GLOUCESTER
No further, sir; a man may rot even here.

EDGAR
What, in ill thoughts again? Men must endure
Their going hence, even as their coming hither: 10
Ripeness is all. Come on.

Ato V, Cena 2

[*Uma planície entre o acampamento francês e o inglês; soam trombetas; Lear, Cordelia e soldados, com tambores e bandeiras, atravessam o palco e saem; entram Edgar, vestido de camponês, e Gloucester.*]

EDGAR
Aqui, meu velho, aceitai a sombra desta árvore
Como boa anfitriã. Rezai para que vençam os justos.
Se algum dia nos vermos outra vez,
Eu vos trarei conforto.

GLOUCESTER
                    A graça esteja convosco, senhor.

[*Sai Edgar; trombetas, depois um toque de retirada; volta Edgar, correndo.*]

EDGAR
Fujamos, velho! Dá-me tua mão! Fujamos!
O rei Lear saiu derrotado. Ele e a filha foram presos.
Dá-me tua mão; vamos!

GLOUCESTER
Não mais, senhor; um homem pode apodrecer aqui mesmo.

EDGAR
O quê, maus pensamentos de novo? Neste mundo,
O homem deve suportar tanto a partida como a chegada;
O importante é estar pronto. Vamos.

GLOUCESTER
                    And that's true too.

Exeunt.

GLOUCESTER

                        Isso também é verdade.

[Saem Edgar e Gloucester.]

Act V, Scene 3

[*The British Camp near Dover.*] *Enter in conquest, with drum and colors, Edmund; Lear and Cordelia, as prisoners; Soldiers, Captain.*

EDMUND
Some officers take them away: good guard,
Until their greater pleasures first be known
That are to censure them.

CORDELIA
                    We are not the first
Who with best meaning have incurred the worst.
For thee, oppressed King, I am cast down;   5
Myself could else out-frown false fortune's frown.
Shall we not see these daughters and these sisters?

LEAR
No, no, no, no! Come, let's away to prison:
We two alone will sing like birds i' th' cage:
When thou dost ask me blessing I'll kneel down   10
And ask of thee forgiveness: so we'll live,
And pray, and sing, and tell old tales, and laugh
At gilded butterflies, and hear poor rogues
Talk of court news; and we'll talk with them too,
Who loses and who wins; who's in, who's out;   15
And take upon's the mystery of things,
As if we were God's spies: and we'll wear out,

Ato V, Cena 3

[*Acampamento inglês perto de Dover; vitoriosos, com tambores e bandeiras, entram Edmund, alguns soldados e um Capitão; Lear e Cordelia prisioneiros.*]

EDMUND
Oficiais, levai-os daqui; que sejam bem vigiados,
Até a chegada de ordens superiores,
Determinando seu castigo.

CORDELIA [*para Lear*]
                       Os primeiros não somos,
A causar o mal quando o bem desejamos.
Por ti, rei injustiçado, minha coroa se desarruma;
Só e una minha carranca venceria a vil carranca da fortuna.
Não teremos chance de encarar essas filhas e irmãs?

LEAR
Não, não, não e não! Vamos para a masmorra;
Sozinhos cantaremos feito pássaros numa gaiola.
Quando me pedires a bênção, eu me ajoelharei
E a ti pedirei perdão: assim viveremos,
Rezando, cantando e contando velhas fábulas; e rindo
Das borboletas da corte, ouvindo pobres coitados
Falarem das notícias de lá; e falaremos com eles também,
Quem ganha e quem perde, quem está por cima ou por baixo;
E debruçaremo-nos sobre os mistérios do mundo,
Como se fôssemos espiões de Deus. Sobreviveremos,

In a walled prison, packs and sects of great ones
That ebb and flow by th' moon.

EDMUND
                        Take them away.

LEAR
Upon such sacrifices, my Cordelia, 20
The gods themselves throw incense. Have I caught thee?
He that parts us shall bring a brand from heaven,
And fire us hence like foxes. Wipe thine eyes;
The good years shall devour them, flesh and fell,
Ere they shall make us weep, we'll see 'em starved first. 25
Come.

[*Exeunt Lear and Cordelia, guarded.*]

EDMUND
Come hither, captain; hark.
Take thou this note: go follow them to prison:
One step I have advanced thee; if thou dost
As this instructs thee, thou dost make thy way 30
To noble fortunes: know thou this, that men
Are as the time is: to be tender-minded
Does not become a sword: thy great employment
Will not bear question; either say thou'lt do't,
Or thrive by other means.

CAPTAIN
                      I'll do't, my lord. 35

EDMUND
About it; and write happy when th' hast done.
Mark; I say, instantly; and carry it so
As I have set it down.

Atrás das grades, a muitas ondas de poderosos,
Cujas marés variam com a Lua.

EDMUND [*para os soldados*]
                              Levai-os daqui.

LEAR
Sobre tais sacrifícios, minha Cordelia,
Até os deuses jogam incenso. Estás em meus braços?
Quem quiser nos separar que traga o fogo divino,
Para nos assustar como às raposas. Enxuga teus olhos;
Uma boa peste irá devorá-los, couro e carne,
Antes que nos façam chorar, primeiro morrerão de fome.
Vem.

[*Saem Lear e Cordelia, escoltados.*]

EDMUND
Aproxima-te, capitão, ouve bem.
Toma essa nota, acompanha-os à prisão.
Uma promoção já recebeste: se executares
As instruções, abres teu caminho
Rumo a nobres fortunas. Sabe de uma coisa:
Os homens obedecem à ocasião; ter a mente gentil
Não convém à espada. Tua grave tarefa
Recusa questionamentos. Ou me dizes que o farás,
Ou busca outros meios de vencer.

CAPITÃO
                              Eu o farei, meu senhor.

EDMUND
Pois vai; e dá a ti por feliz quando o tiveres feito.
Nota bem: age sem demora, e faze-o
Como pus no papel.

CAPTAIN
I cannot draw a cart, nor eat dried oats;
If it be man's work, I'll do't.   40

Exit Captain. Flourish. Enter Albany, Goneril, Regan [another Captain, and] Soldiers.

ALBANY
Sir, you have showed today your valiant strain,
And fortune led you well: you have the captives
Who were the opposites of this day's strife:
I do require them of you, so to use them
As we shall find their merits and our safety   45
May equally determine.

EDMUND
                Sir, I thought it fit
To send the old and miserable King
To some retention and appointed guard;
Whose age had charms in it, whose title more,
To pluck the common bosom on his side,   50
And turn our impressed lances in our eyes
Which do command them. With him I sent the Queen;
My reason all the same; and they are ready
Tomorrow, or at further space, t' appear
Where you shall hold your session. At this time   55
We sweat and bleed: the friend hath lost his friend;
And the best quarrels in the heat, are cursed
By those that feel their sharpness.
The question of Cordelia and her father
Requires a fitter place.

ALBANY
                Sir, by your patience,   60
I hold you but a subject of this war,
Not as a brother.

CAPITÃO
Não sei puxar carroça, nem comer aveia seca;
Se for trabalho de homem, eu o farei.

[*Sai o Capitão; soam trombetas, entram Albany, Goneril, Regan, outro Capitão, oficiais e soldados, entre eles um corneteiro.*]

ALBANY [*para Edmund*]
Senhor, provastes vossa corajosa linhagem,
E a fortuna, benfazeja, vos guiou; tendes prisioneiros
Aqueles que hoje foram adversários na contenda.
Ordeno que os entregueis a mim, para serem tratados
Conforme os seus méritos e a nossa segurança
Juntos determinarem.

EDMUND
                    Senhor, julguei apropriado
Mandar o velho e miserável rei,
Com forte guarda, à detenção;
Sua idade, mais seu título, têm encantos
Capazes de angariar o amor do povo
E voltar lanças suscetíveis contra nossos olhos,
Seus reais comandantes. Com ele mandei a rainha,
Pela mesma razão. Ambos estão prontos,
Amanhã ou mais adiante, a comparecer
Ao tribunal que indicardes. Por ora,
Suamos e sangramos, amigo perdeu amigo;
São as mais justas contendas, no calor da hora,
Malditas pelos que sentem o gume cortante.
A decisão sobre Cordelia e seu pai
Requer local apropriado.

ALBANY
                    Senhor, tende paciência,
Sois meu comandado nesta guerra,
Não meu irmão e igual.

REGAN
               That's as we list to grace him.
Methinks our pleasure might have been demanded,
Ere you had spoke so far. He led our powers,
Bore the commission of my place and person;
The which immediacy may well stand up
And call itself your brother.

GONERIL
                  Not so hot:
In his own grace he doth exalt himself
More than in your addition.

REGAN
                    In my rights,
By me invested, he compeers the best.

ALBANY
That were the most, if he should husband you.

REGAN
Jesters do oft prove prophets.

GONERIL
                Holla, holla!
That eye that told you so looked but a-squint.

REGAN
Lady, I am not well; else I should answer
From a full-flowing stomach. General,
Take thou my soldiers, prisoners, patrimony;
Dispose of them, of me; the walls are thine:
Witness the world, that I create thee here
My lord and master.

REGAN [*tomando o partido de Edmund*]
                    Contudo é assim que desejamos honrá-lo.
Creio que deveríeis ter-nos perguntado,
Antes de falardes demais. Ele guiou nossos exércitos,
Representou a mim e ao meu posto;
Aliança tão direta justifica promovê-lo,
Tomando-o como irmão.

GONERIL
                    Menos ardor!
Por méritos próprios ele se exalta,
Não apenas como vosso adjunto.

REGAN
                         Pelos meus direitos,
Por mim conferidos, ele se iguala aos melhores.

GONERIL
Isto seria o máximo, como se ele vos fosse desposar.

REGAN
Quem graceja muitas vezes é profético.

GONERIL
                    Ora, ora!
O olho que viu isso enxergou fora de prumo.

REGAN
Senhora, não me sinto bem, ou vos responderia
Com uma erupção de bílis. [*para Edmund*] General,
Toma meus soldados, prisioneiros, patrimônio;
Dispõe deles, de mim; toma estas muralhas;
Que o mundo testemunhe: faço de ti, aqui,
Meu amo e senhor.

GONERIL
>Mean you to enjoy him?

ALBANY
The let-alone lies not in your good will.

EDMUND
Nor in thine, lord.

ALBANY
>Half-blooded fellow, yes.

REGAN [*To Edmund*]
Let the drum strike, and prove my title thine.

ALBANY
Stay yet; hear reason: Edmund, I arrest thee
On capital treason; and, in thine attaint,
This gilded serpent. [*pointing to Goneril*] For your claim, fair sister,
I bar it in the interest of my wife.
'Tis she is sub-contracted to this lord,
And I, her husband, contradict your banes.
If you will marry, make your loves to me;
My lady is bespoke.

GONERIL
>An interlude!

ALBANY
Thou art armed, Gloucester: let the trumpet sound:
If none appear to prove upon thy person
Thy heinous, manifest, and many treasons,
There is my pledge: [*Throwing down a glove*] I'll make it on thy heart,

Act V, Scene 3

GONERIL
            Desejais tê-lo para vós?

ALBANY
Não vos cabe impedir tal coisa.

EDMUND
E nem a ti, senhor.

ALBANY
            Sim, homem de meio-sangue, a mim cabe.

REGAN [*para Edmund*]
Que rufem os tambores, meu título agora é teu.

ALBANY
Ainda não, ouvi o bom senso. Edmund, estás preso
Por traição capital. E na denúncia eu incluo
[*aponta para Goneril*] Esta serpente pintada de ouro. [*para
    Regan*] Quanto ao vosso pleito, bela irmã,
Eu o barro no interesse de minha esposa.
Eis que está comprometida com este lorde,
E eu, seu marido, anulo vossos proclamas.
Se quereis casar, cortejai a mim;
Minha esposa está comprometida.

GONERIL
            Que farsa antiquada!

ALBANY
Tu estás armado, Gloucester; que soem as trombetas.
Se ninguém aparecer para castigar-te,
Por tuas odiosas, evidentes e várias traições,
Eis meu desafio: [*atira uma luva aos pés de Edmund*] as provas
    arrancarei do teu peito,

Ere I taste bread, thou art in nothing less
Than I have here proclaimed thee.

REGAN
       Sick, O, sick!

GONERIL [*Aside*]
If not, I'll ne'er trust medicine.

EDMUND
[*Throwing down a glove*]
There's my exchange: what in the world he is
That names me traitor, villain-like he lies:
Call by thy trumpet: he that dares approach,
On him, on you — who not? — I will maintain
My truth and honor firmly.

ALBANY
A herald, ho!

EDMUND
    A herald, ho, a herald!

ALBANY
Trust to thy single virtue; for thy soldiers,
All levied in my name, have in my name
Took their discharge.

REGAN
    My sickness grows upon me.

ALBANY
She is not well. Convey her to my tent.
[*Exit Regan, led.*] *Enter a Herald.*

Antes de comer o pão outra vez; não és menos
Do que eu aqui declarei.

REGAN
                    Estou mal, oh, estou mal!

GONERIL [*à parte*]
Se não estivesse, eu perderia a fé nos venenos.

EDMUND
[*atira uma luva aos pés de Albany*]
Eis a minha recíproca: não importa quem me acusa
De traidor; como vilão morrerá.
Soai a trombeta; aquele que ousar aparecer,
Nele, em vós — em qualquer um —,
Afirmarei minha honra e verdade.

ALBANY
Um arauto, já!

EDMUND
              Um arauto, já, um arauto!

ALBANY [*para Edmund*]
Confia apenas em teu valor; pois teus soldados,
Em meu nome reunidos, por minha ordem
Receberam dispensa.

REGAN
              A indisposição se agrava em mim.

ALBANY
Ela não está bem; levai-a à minha tenda.
[*sai Regan, amparada por soldados; entra o Arauto*]

Come hither, herald. Let the trumpet sound...
And read out this.

OFFICER
Sound, trumpet! 110

A trumpet sounds.

HERALD [*Reads.*]
"If any man of quality or degree within the lists of the army will maintain upon Edmund, supposed Earl of Gloucester, that he is a manifold traitor, let him appear by the third sound of the trumpet: he is bold in his defense."

EDMUND
Sound! 115

First trumpet.

HERALD
Again!

Second trumpet.

HERALD
Again!

Third trumpet. Trumpet answers within. Enter Edgar, at the third sound, armed, a trumpet before him.

ALBANY
Ask him his purposes, why he appears
Upon this call o' th' trumpet.

Aproxima-te, arauto. Que as trombetas soem...
E depois lê isto.

CAPITÃO
Tocai, corneteiro!

[*O Corneteiro soa um toque.*]

ARAUTO [*lendo*]
"Se qualquer homem de qualidade e nobreza, nas fileiras do exército, se dispuser a sustentar contra Edmund, o suposto conde de Gloucester, que ele é um traidor reincidente, que apareça ao terceiro toque das trombetas. Ele está firme em sua defesa."

EDMUND
Toca!

[*Primeiro toque.*]

ARAUTO
De novo!

[*Segundo toque.*]

ARAUTO
De novo!

[*Terceiro toque; em resposta, uma trombeta soa fora de cena; entra Edgar, vestindo armadura e um elmo que tampa seu rosto, com um corneteiro à sua frente.*]

ALBANY
Pergunta-lhe o que deseja,
E por que responde ao soar das trombetas.

HERALD
What are you?
Your name, your quality, and why you answer
This present summons?

EDGAR
Know my name is lost;
By treason's tooth bare-gnawn and canker-bit:
Yet am I noble as the adversary
I come to cope.

ALBANY
Which is that adversary?

EDGAR
What's he that speaks for Edmund, Earl of Gloucester?

EDMUND
Himself, what say'st thou to him?

EDGAR
Draw thy sword,
That if my speech offend a noble heart,
Thy arm may do thee justice: here is mine.
Behold, it is the privilege,
The privilege of mine honors,
My oath, and my profession. I protest,
Maugre thy strength, place, youth, and eminence,
Despite thy victor sword and fire-new fortune,
Thy valor and thy heart, thou art a traitor,
False to thy gods, thy brother, and thy father,
Conspirant 'gainst this high illustrious prince,
And, from th' extremest upward of thy head
To the descent and dust beneath thy foot,
A most toad-spotted traitor. Say thou "No,"

ARAUTO

                                            O que sois vós?
Vosso nome, condição, e por que respondeis
Ao presente chamado?

EDGAR

                         Sabei que meu nome perdi,
Roído pelos dentes vis e agudos da traição.
Mas sou tão nobre quanto o adversário
Que venho enfrentar.

ALBANY

                    Quem é este adversário?

EDGAR

Quem aqui responde por Edmund, conde de Gloucester?

EDMUND

O próprio. O que tens a dizer-lhe?

EDGAR

                             Saca tua espada;
Se meu discurso ofende um nobre coração,
Teu braço te fará justiça; aqui está a minha.
[*ele saca a espada*] Atenta bem, é a prerrogativa,
A prerrogativa de minha honra,
Minhas juras e condição. Eu afirmo,
A despeito de tua força, lugar, juventude e importância,
Apesar da tua espada vitoriosa e inflamada ascensão,
Do teu valor e da tua coragem: és um traidor,
Falso a teus deuses, teu irmão e teu pai,
Conspirador contra este príncipe ilustre,
E, do alto mais extremo da tua cabeça,
À descendência e à poeira sob teus pés,
Um réptil venenoso. Se disseres "Não",

Ato V, Cena 3

This sword, this arm, and my best spirits are bent 140
To prove upon thy heart, whereto I speak,
Thou liest.

EDMUND
          In wisdom I should ask thy name;
But since thy outside looks so fair and warlike,
And that thy tongue some say of breeding breathes,
What safe and nicely I might well delay 145
By rule of knighthood, I disdain and spurn:
Back do I toss these treasons to thy head;
With the hell-hated lie o'erwhelm thy heart;
Which for they yet glance by and scarcely bruise,
This sword of mine shall give them instant way, 150
Where they shall rest for ever. Trumpets, speak!

Alarums. [They] fight. [Edmund falls.]

ALBANY
Save him, save him!

GONERIL
          This is practice, Gloucester:
By th' law of arms thou wast not bound to answer
An unknown opposite; thou art not vanquished,
But cozened and beguiled.

ALBANY
          Shut your mouth, dame, 155
Or with this paper shall I stop it. Hold, sir;

Thou worse than any name, read thine own evil.
No tearing, lady; I perceive you know it.

Minha espada, meu braço e maior empenho
Farão teu coração admitir, pois a ele eu repito:
Estás mentindo.

EDMUND
                    O mais indicado seria eu perguntar quem és.
Mas, sendo tua aparência tão bela e guerreira,
Com teu discurso exalando bons modos,
O que a prudência e a observância me permitiriam adiar
Pelas regras da cavalaria, eu nego e desdenho.
Em teu rosto atiro de volta as acusações;
Tais mentiras do inferno possuam teu coração,
Pois embora apenas me raspem e mal arranhem,
Minha espada logo irá despachá-las de vez,
Para onde morrerão esquecidas. Soai as trombetas!

[*Soam as trombetas; os irmãos lutam; Edmund cai.*]

ALBANY [*para Edgar*]
Não o mateis! Não o mateis!

GONERIL
                         Caístes numa armadilha, Gloucester.
A lei das armas não te obrigava a enfrentar
Um adversário incógnito. Tu não foste derrotado,
Mas sim enganado e traído.

ALBANY
                    Calai vossa boca, madame,
Ou com esta carta eu a calarei. [*para Edgar*] Sustai vosso gesto,
    senhor.
[*para Goneril*] Tu, desqualificada criatura, lê tua perfídia.
Não tenteis rasgá-la, senhora; vejo que sabes o conteúdo.

GONERIL
Say if I do, the laws are mine, not thine:
Who can arraign me for't?

ALBANY
       Most monstrous! O!

Know'st thou this paper?

GONERIL
       Ask me not what I know.

Exit.

ALBANY
Go after her; she's desperate; govern her.

EDMUND
What you have charged me with, that have I done;
And more, much more; the time will bring it out.
'Tis past, and so am I. But what art thou
That hast this fortune on me? If thou'rt noble,
I do forgive thee.

EDGAR
      Let's exchange charity.
I am no less in blood than thou art, Edmund;
If more, the more th' hast wronged me.
My name is Edgar, and thy father's son.
The gods are just, and of our pleasant vices
Make instruments to plague us:
The dark and vicious place where thee he got
Cost him his eyes.

GONERIL
Digamos que saiba, eu faço as leis, não tu.
A quem devo satisfações?

ALBANY
                    Monstro sem igual! Oh!
[*para Edmund*]
Sabeis o que diz esta carta?

EDMUND
                    Não me pergunteis o que eu sei.

[*Sai Goneril.*]

ALBANY [*para o primeiro Oficial*]
Segui-a, está desesperada; controlai-a.

[*Sai o primeiro Oficial.*]

EDMUND [*para Edgar*]
Aquilo de que me acusastes, eu fiz,
E mais, muito mais; o tempo irá revelá-lo.
Porém, é passado, assim como eu. Mas o que és tu
Que a mim venceste? Se és um nobre,
Eu te perdoo.

EDGAR
            Troquemos nossos perdões.
Meu sangue não vale menos que o teu, Edmund;
Se vale mais, maior o mal que me fizeste.
Meu nome é Edgar, sou o filho de teu pai.
Os deuses são justos; dos nossos prazeres viciados
Fazem as armas do nosso castigo:
O leito escuro e sórdido onde ele a ti concebeu
Custou-lhe os olhos.

EDMUND
                Thou hast spoken right, 'tis true;
The wheel is come full circle; I am here. 175

ALBANY
Methought thy very gait did prophesy
A royal nobleness: I must embrace thee:
Let sorrow split my heart, if ever I
Did hate thee or thy father.

EDGAR
                Worthy prince, I know't.

ALBANY
Where have you hid yourself? 180
How have you known the miseries of your father?

EDGAR
By nursing them, my lord. List a brief tale;
And when 'tis told, O, that my heart would burst!
The bloody proclamation to escape
That follow'd me so near — O, our lives' sweetness, 185
That with the pain of death would hourly die
Rather than die at once! — taught me to shift
Into a madman's rags, t'assume a semblance
That very dogs disdained; and in this habit
Met I my father with his bleeding rings, 190
Their precious stones new lost; became his guide,
Led him, begged for him, saved him from despair;
Never, — O fault! — revealed myself unto him,
Until some half hour past, when I was armed,
Not sure, though hoping, of this good success, 195
I asked his blessing, and from first to last
Told him our pilgrimage. But his flawed heart —
Alack, too weak the conflict to support —

EDMUND
              Disseste bem, é verdade;
A roda da Fortuna girou. Estou aqui.

ALBANY [*para Edgar*]
Teu porte a mim profetizava
Uma nobreza real. Permita que te abrace;
Que a tristeza me parta o coração, se jamais
Odiei a ti ou a teu pai.

EDGAR
              Valoroso príncipe, sei disso.

ALBANY
Onde vos escondestes?
Como soubestes das aflições de vosso pai?

EDGAR
Aliviando-as, meu senhor. Ouvi uma curta fábula,
E, ao terminar de contá-la, oh, que exploda meu coração!
Ao fugir de minha letal sentença,
Que tão de perto me acossava — Oh, a doçura da vida,
Quando as dores da morte sentimos a cada instante,
Em vez de morrermos de uma vez! —, aprendi a encarnar
Um louco em farrapos, a tomar uma aparência
Que até os cães desdenhavam; e assim
Encontrei meu pai e nele dois anéis sangrentos,
Perdidas suas pedras preciosas; tornei-me seu guia,
Orientei-o, mendiguei por ele, salvei-o do desespero;
Nunca — Oh, pecado! — revelei-lhe minha identidade,
Até meia hora atrás, já em minha armadura.
Almejando esta minha vitória, sem garantias,
Pedi-lhe a bênção e, do começo ao fim,
Contei-lhe tudo que passamos. Mas seu coração sofrido —
Ai de mim, muito fraco para suportar o conflito

'Twixt two extremes of passion, joy and grief,
Burst smilingly.

EDMUND
                     This speech of yours hath moved me,
And shall perchance do good: but speak you on;
You look as you had something more to say.

ALBANY
If there be more, more woeful, hold it in;
For I am almost ready to dissolve,
Hearing of this.

EDGAR
                     This would have seemed a period
To such as love not sorrow; but another,
To amplify too much, would make much more,
And top extremity.
Whilst I was big in clamor, came there in a man,
Who, having seen me in my worst estate,
Shunned my abhorred society; but then, finding
Who 'twas that so endured, with his strong arms
He fastened on my neck, and bellowed out
As he'd burst heaven; threw him on my father;
Told the most piteous tale of Lear and him
That ever ear received: which in recounting
His grief grew puissant, and the strings of life
Began to crack: twice then the trumpets sounded,
And there I left him tranced.

ALBANY
                     But who was this?

EDGAR
Kent, sir, the banished Kent; who in disguise

Entre duas emoções extremas, alegria e tristeza —
Explodiu num sorriso.

EDMUND
                       Sensibilizou-me vossa fala,
E talvez produza algo de bom; continuai,
Pareceis ter mais a dizer.

ALBANY
Se tens mais a contar, maiores tristezas, guarda-as,
Pois estou a ponto de me dissolver em lágrimas,
Ouvindo isso tudo.

EDGAR
                       Isto que contei poderia parecer o cúmulo
Do amor, porém não do sofrimento; mas o acréscimo,
Somando ao que já era muito, o aumentaria ainda mais,
E ultrapassaria todo limite.
Enquanto eu aos brados chorava, um homem apareceu;
Ele, tendo-me visto em sórdido disfarce,
Rejeitara minha abominável companhia; mas ali,
Reconhecendo quem tanto sofrera, com braços fortes
Abraçou-me apertado e soltou um rugido
Capaz de os céus estremecer. Lançou-se sobre meu pai,
E contou a mais lamentável história, sobre Lear e ele,
Que algum dia se ouviu. Ao recontá-la,
Sua tristeza o dominou, e as cordas da vida
Ameaçaram rebentar. Duas trombetas soaram,
E lá o deixei, num transe de dor.

ALBANY
                       Mas quem era ele?

EDGAR
Kent, senhor, o exilado Kent; que sob disfarce

Followed his enemy king and did him service
Improper for a slave.

Enter a Gentleman, with a bloody knife.

GENTLEMAN
Help, help, O, help!

EDGAR
                    What kind of help?

ALBANY
                              Speak, man.

EDGAR
What means this bloody knife?

GENTLEMAN
                       'Tis hot, it smokes;
It came even from the heart of... O, she's dead! 225

ALBANY
Who dead? Speak, man.

GENTLEMAN
Your lady, sir, your lady: and her sister
By her is poisoned; she confesses it.

EDMUND
I was contracted to them both: all three
Now marry in an instant.

EDGAR
                  Here comes Kent. 230

Escoltara o rei hostil e prestara-lhe serviços
Impróprios até a um escravo.

[*Entra um Fidalgo, com uma faca ensanguentada.*]

FIDALGO
Socorro! Socorro! Oh, socorro!

EDGAR
                      Como podemos socorrer-te?

ALBANY
                            Fala, homem.

EDGAR
O que significa essa faca ensanguentada?

FIDALGO
                          Está quente, fumegante;
Saiu direto do coração de... Oh, ela está morta!

ALBANY
Morta, quem? Fala, homem.

FIDALGO
Vossa esposa, senhor, vossa esposa; e a irmã,
A quem ela confessou ter envenenado.

EDMUND
Com as duas eu estava comprometido; todos os três
Agora se casam num instante.

EDGAR
              Aí vem Kent.

ALBANY
Produce their bodies, be they alive or dead.
[*Exit Gentleman.*]
This judgement of the heavens, that makes us tremble,
Touches us not with pity. *Enter Kent.* O, is this he?
The time will not allow the compliment
Which very manners urges.

KENT
                  I am come 235
To bid my King and master aye good night:
Is he not here?

ALBANY
        Great thing of us forgot!
Speak, Edmund, where's the King? and where's Cordelia?
Seest thou this object, Kent?

The bodies of Goneril and Regan are brought in.

KENT
Alack, why thus?

EDMUND
           Yet Edmund was beloved: 240
The one the other poisoned for my sake,
And after slew herself.

ALBANY
Even so. Cover their faces.

EDMUND
I pant for life: some good I mean to do,
Despite of mine own nature. Quickly send, 245
Be brief in it, to th' castle; for my writ

ALBANY
Trazei os corpos, vivos ou mortos;
[*sai o Fidalgo*]
A sentença dos céus, que nos faz tremer,
Não nos inspira piedade. [*entra Kent*] Ah! É ele?
O momento não permite as saudações
Que a cortesia exige.

KENT
                Venho apenas
Dizer adeus ao meu amo e senhor.
Ele não está aqui?

ALBANY
              O mais importante foi esquecido!
Fala, Edmund, onde está o rei? Onde está Cordelia?
Vês esta cena, Kent?

[*Os corpos de Goneril e Regan são trazidos por soldados.*]

KENT
Que lástima! Como aconteceu?

EDMUND
                    Apesar de tudo, Edmund foi amado.
Por mim, uma envenenou a outra,
E depois se matou.

ALBANY
Foi isso mesmo. Cobri-lhes os rostos.

EDMUND
Falha-me a respiração; algum bem desejo fazer,
Apesar da minha natureza. Enviai um mensageiro,
Sede rápidos, para o castelo; pois minha ordem

Ato V, Cena 3   377

Is on the life of Lear and on Cordelia:
Nay, send in time.

ALBANY
                Run, run, O, run!

EDGAR
To who, my lord? Who has the office? Send
Thy token of reprieve.   250

EDMUND
Well thought on: take my sword,
Give it the captain.

EDGAR
                Haste thee, for thy life.

[*Exit Messenger.*]

EDMUND
He hath commission from thy wife and me
To hang Cordelia in the prison, and
To lay the blame upon her own despair,   255
That she fordid herself.

ALBANY
The gods defend her! Bear him hence awhile.

[*Edmund is borne off.*] *Enter Lear with Cordelia dead in his arms* [*Gentleman, and others following*].

LEAR
Howl, howl, howl, howl! O, you are men of stones:
Had I your tongues and eyes, I'd use them so
That heaven's vault should crack. She's gone for ever!   260
I know when one is dead, and when one lives;

Era que executassem Lear e Cordelia;
Já, enquanto há tempo.

ALBANY
                    Oh, correi, correi, correi!

EDGAR
Até quem, senhor? [*para Edmund*] A quem deste a tarefa?
Envia um sinal da contraordem.

EDMUND
Bem pensado; levai minha espada.
Entregai-a ao capitão.

EDGAR [*para o segundo Oficial*]
                    Apressa-te, por amor à tua vida.

[*Sai o segundo Oficial, levando a espada de Edmund.*]

EDMUND
Ele foi instruído por mim e tua esposa
A enforcar Cordelia na prisão,
Lançando a culpa no desespero,
Por ela ter se matado.

ALBANY
Que os deuses a protejam! Tirai-o daqui por enquanto.

[*Soldados carregam Edmund para fora; entra Lear, trazendo Cordelia morta em seus braços, seguido pelo Fidalgo e outros.*]

LEAR
Aaaaiiii! Aaaaiiii! Aaaaiiii! Oh, sois homens de pedra!
Tivesse eu vossas línguas e vossos olhos, eu os usaria
Para rachar a cúpula do paraíso. Ela se foi para sempre!
Sei quando alguém está morto, e quando vive.

She's dead as earth. Lend me a looking-glass;
If that her breath will mist or stain the stone,
Why, then she lives.

KENT
                Is this the promised end?

EDGAR
Or image of that horror?

ALBANY
                     Fall and cease.   265

LEAR
This feather stirs; she lives. If it be so,
It is a chance which does redeem all sorrows
That ever I have felt.

KENT
                O my good master!

LEAR
Prithee, away.

EDGAR
             'Tis noble Kent, your friend.

LEAR
A plague upon you, murderers, traitors all!   270
I might have saved her; now she's gone for ever.
Cordelia, Cordelia, stay a little. Ha,
What is't thou say'st? Her voice was ever soft,
Gentle, and low, an excellent thing in woman.
I killed the slave that was a-hanging thee.   275

Ela está morta como o pó da terra. Dai-me um espelho,
Se respirando embaçar ou manchar a superfície,
Ora, então ela vive.

KENT
                  Será este o fim prometido?

EDGAR
Ou a imagem de tal horror?

ALBANY
                    Que desabe o céu e tudo acabe!

LEAR
A pluma se mexe; ela vive. Se for assim,
É uma sorte que redime todas as tristezas
Que jamais senti.

KENT
                  Oh, meu bom senhor!

LEAR
Por favor, vai embora!

EDGAR
                  É o nobre Kent, vosso amigo.

LEAR
Malditos sejais todos vós, assassinos e traidores!
Eu poderia tê-la salvo, agora ela se foi para sempre.
Cordelia, Cordelia, fica um pouco mais. Ãh,
O que dizes? A voz dela sempre foi doce,
Gentil e suave, algo excelente nas mulheres.
Matei o escravo que a ti enforcava.

GENTLEMAN
'Tis true, my lords, he did.

LEAR
                  Did I not, fellow?
I have seen the day, with my good biting falchion
I would have made them skip: I am old now,
And these same crosses spoil me. Who are you?
Mine eyes are not o' th' best: I'll tell you straight. 280

KENT
If Fortune brag of two she loved and hated,
One of them we behold.

LEAR
This is a dull sight. Are you not Kent?

KENT
                          The same,
Your servant Kent. Where is your servant Caius?

LEAR
He's a good fellow, I can tell you that; 285
He'll strike, and quickly too: he's dead and rotten.

KENT
No, my good lord; I am the very man.

LEAR
I'll see that straight.

KENT
That from your first of difference and decay
Have followed your sad steps.

FIDALGO
É verdade, senhores, ele o fez.

LEAR
                    Não foi mesmo, rapaz?
Já houve tempo em que, com meu sabre afiado,
Eu os punha para correr. Agora estou velho,
Impedido pelas mazelas da idade. Quem sois vós?
Meus olhos não são mais os mesmos, aviso logo.

KENT
Se a Fortuna enaltece a quem ela amou e odiou,
Um dos dois está agora diante de nós.

LEAR
Minha visão está turva. Vós não sois Kent?

KENT
                         O próprio;
Vosso criado Kent. Onde está vosso criado Caius?

LEAR
Ele é um bom sujeito, isso eu garanto.
Sabe lutar, e não perde tempo. Mas está morto e apodreceu.

KENT
Não, meu bom senhor; sou eu aquele homem.

LEAR
Verei isso em breve.

KENT
Desde sua primeira autoridade perdida e decadência,
Segui vossos tristes passos.

LEAR
                    You are welcome hither.   290

KENT
Nor no man else: all's cheerless, dark and deadly.
Your eldest daughters have fordone themselves,
And desperately are dead.

LEAR
                    Ay, so I think.

ALBANY
He knows not what he says; and vain is it
That we present us to him.

EDGAR
                    Very bootless.   295

Enter a Messenger.

MESSENGER
Edmund is dead, my lord.

ALBANY
                    That's but a trifle here.
You lords and noble friends, know our intent.
What comfort to this great decay may come
Shall be applied. For us, we will resign,
During the life of this old majesty,   300
To him our absolute power: [*To Edgar and Kent*] you, to your
    rights;
With boot, and such addition as your honors
Have more than merited. All friends shall taste
The wages of their virtue and all foes
The cup of their deservings. O, see, see!   305

LEAR
             Sois bem-vindo aqui.

KENT
Ninguém pode sê-lo. Tudo é miséria, escuridão e morte.
Vossas filhas mais velhas suicidaram-se,
Mortas pelo desespero.

LEAR
             Sim, penso eu.

ALBANY
Ele não sabe o que diz, de nada adianta
Dizer-lhe quem somos.

EDGAR
             É mais que inútil.

[*Entra um Soldado.*]

SOLDADO [*para Albany*]
Edmund está morto, meu senhor.

ALBANY
                    Isto agora é mero detalhe.
Vós, lordes e nobres amigos, conhecei nossas intenções.
Ante tamanha desgraça, todo possível conforto
Será dado. Quanto a nós, renunciaremos,
Em benefício deste velho rei, enquanto ele viver,
Ao poder soberano. [*para Edgar e Kent*] A vós, vossos
    direitos,
Na extensão e com os acréscimos que,
Por honra, largamente mereceram. Nossos amigos provarão
O sabor da virtuosa aposta; os inimigos,
O cálice amargo a que fizeram jus. Oh, vede, vede!

Ato V, Cena 3   385

LEAR
And my poor fool is hanged: no, no, no life?
Why should a dog, a horse, a rat have life,
And thou no breath at all? Thou'lt come no more,
Never, never, never, never, never.
Pray you undo this button. Thank you, sir. 310
Do you see this? Look on her. Look, her lips,
Look there, look there.

He dies.

EDGAR
　　　　　　　　He faints. My lord, my lord!

KENT
Break, heart; I prithee, break.

EDGAR
　　　　　　　　Look up, my lord.

LEAR
E a minha pobre boba enforcada:[15] não, não, não há vida?
Por que deveria um cachorro, um cavalo, um rato, ter vida,
Se tu já não respiras? Não voltarás mais,
Nunca, nunca, nunca, nunca, nunca.
Peço, abri este botão. Obrigado, senhor.
Vedes isto? Olhai-a. Vede, seus lábios,
Vede, vede aqui.[16]

[*Morre.*]

EDGAR
                Ele desmaiou. Senhor, senhor!

KENT
Arrebenta, coração, arrebenta, imploro!

EDGAR [*para Lear*]
                          Senhor, despertai.

---

[15] No original, "And my poor fool is hanged": como "fool", em inglês, não contém uma indicação de gênero, a expressão *my poor fool* pode ser traduzida como "o meu pobre Bobo", numa referência ao Bobo propriamente dito, ou como "a minha pobre boba", nesse caso interpretada como forma carinhosa de o pai referir-se à filha. Em ambas as soluções, as figuras de Cordelia e do Bobo, a quem Lear estava emocionalmente mais ligado, parecem se combinar.

[16] No texto dos Quartos, não existem os versos 311-2 — "Do you see this? Look on her! Look, her lips,/ Look there, look there" —, introduzidos no Fólio de 1623. Pode-se deduzir que o rei, antes sucumbindo com total consciência da morte da filha, na versão mais recente o faz com a ilusão de que ela está viva. Também no Fólio, o verso 313, "Break heart; I prithee break", antes dito por Lear, é transferido para Kent, assim preparando de maneira mais consistente o final deste personagem.

KENT
Vex not his ghost: O, let him pass! He hates him
That would upon the rack of this tough world
Stretch him out longer.

EDGAR
                He is gone indeed.

KENT
The wonder is he hath endured so long:
He but usurped his life.

ALBANY
Bear them from hence. Our present business
Is general woe. [*To Kent and Edgar*] Friends of my soul, you twain,
Rule in this realm and the gored state sustain.

KENT
I have a journey, sir, shortly to go;
My master calls me, I must not say no.

EDGAR
The weight of this sad time we must obey,
Speak what we feel, not what we ought to say.
The oldest hath borne most: we that are young
Shall never see so much, nor live so long.

Exeunt, with a dead march.

FINIS

KENT
Não atormenteis sua alma. Oh, deixai-o partir! O rei odeia
Quem o submeter à tortura deste rude mundo,
Maltratando-o ainda mais.

EDGAR
                    Ele se foi, de fato.

KENT
Surpresa é que a tanto resistisse:
Ele já usurpava a própria vida.

ALBANY
Levai os corpos daqui. O que nos resta agora
É o luto geral. [*para Kent e Edgar*] Amigos de minha alma,
    vós ambos,
Governai este reino e erguei o Estado ferido.

KENT
Tenho uma viagem, senhor, prestes a começar,
Meu rei me chama, não lhe posso faltar.

EDGAR
Ao fardo deste tempo doloroso devemos obedecer,
Falando o que sentimos, não o que nos cabe dizer.
Os mais velhos sofreram o pior; nós, que a juventude temos,
Nunca tanto, nem por tanto tempo viveremos.

[*Saem todos, ao som da marcha fúnebre.*]

FIM

Sobre moscas e meninos travessos

Rodrigo Lacerda

O personagem do rei Lear está presente em fontes pretensamente históricas, mas não há prova de que tenha existido. Tudo a seu respeito o leva mais para o campo do mito e da lenda. Ao longo de quinhentos anos, a trama que gira em torno dele tornara-se muito conhecida na Inglaterra, tendo sido registrada dezenas de vezes, com variações e por diferentes autores. Quando Shakespeare escreveu sua versão, entre 1603 e 1606, baseou-se em três fontes principais: a mais antiga, a *História dos reis da Bretanha*, de autoria do clérigo galês Geoffrey de Monmouth (1100-1155), escrita por volta de 1130; as *Crônicas de Inglaterra, Escócia e Irlanda*, de Raphael Holinshed (c. 1525-1580), publicadas em 1587; e, em larga medida, a peça anônima *A verdadeira crônica histórica da vida e da morte do rei Leir e suas três filhas*, composta por volta de 1588.

Para a trama paralela, protagonizada pelo conde de Gloucester e seus dois filhos, a crítica destaca como fonte *A arcádia da condessa de Pembroke*, romance pastoral de sir Philip Sidney (1554-1586), publicado nas últimas décadas do século XVI.

Como é sabido, a história de Lear desdobra-se a partir da divisão do reino que ele promove entre suas filhas, deserdando a caçula, Cordelia, e premiando as mais velhas, Goneril e Regan. Ao fracassarem os acordos sucessórios entre as novas rainhas e o pai, o caos se instala na Bretanha. A trama paralela, dedicada a Gloucester, fala de como seu filho bastardo, Edmund, para se apropriar da herança e do título do pai, joga-o contra seu outro filho, o legítimo Edgar. Os dois eixos narrativos, por tratarem, cada um a seu modo, de sucessões familiares, das relações de pais com filhos e de irmão com irmão, entre outros temas comuns, refletem-se mutuamente e tocam-se em vários pontos. Para além de suas particularidades, alcançam um sentido geral mais intenso e amplo, enquanto ao mesmo tempo criam uma espécie de claustrofobia trágica.

Ainda que a peça seja inegavelmente uma tragédia, é plausível enxergar nela elementos de outros gêneros. Da dramaturgia pastoral viria, por exemplo, a natureza como espaço de aprendizado (aqui nada idílico); das *morality plays* (uma das formas que, na Inglaterra, fizeram a passagem das encenações religiosas medievais para o teatro laico e moderno), as trajetórias de Lear e Gloucester oscilando entre os pecados e as virtudes do mundo; e da comédia, o personagem do bobo e a existência de uma trama paralela (pouco usual nas tragédias). Mesmo com tais elementos de empréstimo validados, Shakespeare usava-os na quantidade e da maneira que julgava convenientes. Descartar o final feliz com que terminavam as versões anteriores da história do rei Lear — entre elas a tragicomédia anônima já citada — é o melhor exemplo de sua liberdade ao criar.

"Deuses que amamos,
como isso pôde acontecer?"

Na versão shakespeariana de *Rei Lear*, a aura arquetípica do enredo permanece, mas é curioso que o faça pelo excesso e não pela falta de referências temporais. Há na peça uma superposição de períodos históricos. O tempo nela carece de balizas nítidas, com o presente abarcando um passado que continua vivo e um futuro que já chegou.

Quando se observa de perto, o emaranhado temporal é gritante em vários sentidos. No plano religioso, Júpiter, Hécate e Ájax, deuses greco-romanos, convivem com pelo menos duas outras famílias de divindades. Uma delas, não antropomórfica,[1] é inspirada nos aspectos telúricos da religião celta. Tem a natureza como força suprema, manifesta sob a forma de raios, trovões, tempestades, corpos celestes e

---

[1] Exceção feita a uma possível referência ao deus celta Cernuno, cujo corpo era de humano, com a cabeça dotada de chifres (IV, 6, 70-2).

eclipses. A natureza divina pode ser protetora ou castigadora.[2] Pode ser também uma força curativa.[3] Para Edmund, o filho bastardo do conde de Gloucester — "Tu, Natureza, és minha deusa" —,[4] ela é neutra e amoral, supera todas as leis e convenções sociais e favorece o mais apto. O próprio Lear a vê dessa forma, mas apenas em momentos de desespero.[5]

A terceira religião presente, a católica, dominara as ilhas britânicas por séculos e era ainda latente na Inglaterra de Shakespeare, apesar do protestantismo oficial. São evocados na peça padres, igrejas, milagres, água benta, o ato de tomar a bênção, uma alusão ao Juízo Final[6] e até um obscuro São Vitoldo. O monoteísmo fica explícito na delirante proposta que Lear faz à Cordelia: "E debruçaremo-nos sobre os mistérios do mundo,/ Como se fôssemos espiões de Deus".[7] A comparação entre a pureza de Cordelia e a de Jesus, aquele que redime todos os pecados do mundo, é sugerida por um fidalgo — "Tu tens uma filha,/ Ela redime a natureza da maldição geral" —,[8] mas não seria absurdo pensar também na trajetória de Lear como a de Cristo no Calvário. E o sofrimento do rei evoca ainda outro personagem bíblico, Jó, que assim como ele é privado de todas as suas posses e torna-se um proverbial modelo de paciência (ainda que na peça de Shakespeare, dependendo do contexto, o termo *patience* flutue entre significar paciência mesmo, calma, temperança ou resignação).

Outros elementos ainda merecem destaque. Um deles é a roda da Fortuna, que, ao girar, muda o destino de todos, conferindo-lhes alter-

---

[2] I, 4, 277-9.

[3] IV, 4, 12.

[4] I, 2, 1.

[5] III, 2, 13-8.

[6] V, 3, 264.

[7] V, 3, 17.

[8] IV, 6, 200-1. Mesmo ao invadir a Bretanha, no ato final da peça, Cordelia o faz não por algum "baixo proveito", mas pelo direito do pai (IV, 4, 27-8). Prova de que não se trata de uma condenável expansão territorial por parte da Coroa estrangeira é que o rei da França vai embora antes da guerra (IV, 3, 1-5).

nadamente boa ou má sorte: "Fortuna, boa noite;/ Sorri uma vez mais, gira tua roda",[9] pede, a certa altura, o conde de Kent. Uma herança da Antiguidade latina, disseminada no período medieval, a concepção circular do destino humano, por se restringir ao mundo terreno, não se opunha ao ideal maior de obter a paz no reino de Deus. O outro, que não poderia faltar, são as alusões ao demônio. Edgar, o filho legítimo de Gloucester, injustamente deserdado e perseguido pelo pai, disfarça-se de louco e desfila o imenso repertório da demonologia do século XVII, do qual fazem parte as denominações de Príncipe das Trevas, Lúcifer, Satanás, Belzebu, Mefistófeles, Asmodeu, anjo negro, citados ao longo dos cinco atos.[10]

O tripé religioso — greco-romano, celta e católico medieval —, no palco e no presente da peça, remete a três momentos na história das ilhas britânicas. O sistema de crenças baseado nos elementos naturais, mais difuso, talvez mais rústico e "primitivo" aos olhos dos contemporâneos de Shakespeare, remete à mitologia que predominara nas ilhas britânicas desde a Idade do Bronze, cerca de dois mil anos antes de Júlio César chegar. A mitologia da Antiguidade mediterrânea fala dos quatro séculos que separam as duas invasões de Júlio César, em 55 e 54 d.C., e o século V d.C., quando se concluiu a gradual dissolução da presença latina na região. Por fim, veio o período católico, na maior parte coincidindo com o sistema medieval, que teve início no século VII e encerrou-se formalmente em 1534, quando, após a Reforma inglesa, a igreja anglicana rompeu com a autoridade papal.

Vale acrescentar que nem sempre estes três conjuntos de crenças religiosas aparecem de forma estanque. O melhor exemplo disso é o fato de a religiosidade católica da peça abarcar o ciclo de lendas relativas ao rei Arthur, nas quais a magia pré-cristã convive com a fé e com

---

[9] II, 2, 160-1, e há outras menções à roda em IV, 7, 47 e V, 3, 175.

[10] III, 4, 118 e 129-30; III, 6, 6-42; IV, 1, 56-62; IV, 6, 72. Para essa demonologia, a fonte usada por Shakespeare foi *A declaração das egrégias imposturas papistas*, um trabalho de propaganda anticatólica, escrito por Samuel Harsnett (1561-1631) por encomenda da Igreja anglicana e publicado em 1603. Os nomes dos demônios, aqui, foram traduzidos de acordo com a demonologia existente em português, de modo a, sendo reconhecíveis, preservarem seu efeito dramático.

a busca pelo Santo Graal. O Bobo, após profetizar o caos no reino, brinca com uma de suas figuras mais célebres, e com a própria ideia de sequência cronológica: "Esta profecia o mago Merlin ainda fará, pois eu vivo antes do seu tempo".[11] Da mesma forma, "fadas e deuses" são invocados juntos numa frase de Gloucester;[12] elfos são mencionados;[13] Edmund, no monólogo em que jura obediência à Natureza, conclama: "E agora, deuses, lutai pelos bastardos!";[14] Kent ameaça Oswald misturando Camelot, a capital do rei Arthur, e a planície de Salisbury, onde ficam os monolitos de Stonehenge, entre cujos imensos blocos de pedra, misteriosamente alinhados à posição do Sol e da Lua, os sacerdotes celtas entravam em contato com as forças divinas da natureza.[15]

Diante dessa superposição de arcabouços religiosos, um crítico norte-americano arriscou a seguinte tipificação: Cordelia e Edgar representariam um paganismo esclarecido; Goneril, Regan e Edmund, o ateísmo pagão; Gloucester, a superstição pagã; Lear, o agnosticismo pagão.[16] Difícil concordar inteiramente, a não ser que por "paganismo esclarecido" entenda-se uma fé supostamente menos primitiva, mais próxima do cristianismo. Uma certeza, porém, é que a mistura religiosa, ao inviabilizar a datação precisa dos acontecimentos, além de contribuir para que a peça retenha o caráter arquetípico da história original, conduz o espectador/leitor, do século XVII e de hoje, a se haver com seus próprios conceitos religiosos e/ou metafísicos.

---

[11] III, 2, 94-5.

[12] IV, 6, 29.

[13] II, 3, 10.

[14] I, 2, 22.

[15] II, 2, 71-2.

[16] William R. Elton, *King Lear and The Gods*, Lexington, University Press of Kentucky, 2014. Citado em Ann Thompson, *The Critics Debate: An Introduction to the Variety of Cristicism about King Lear*, Nova York, Macmillan, 1988.

"Nas cidades, motins; nos campos, discórdias; nos palácios, traições"

Na política e na sociedade retratadas na peça, e com os mesmos propósitos, Shakespeare também combina valores de épocas diferentes. É impossível afirmar com certeza de que tipo de monarquia se está falando. Numa leitura rigorosa do texto, Lear parece comandar um Estado ainda primitivo, sem estrutura administrativa, sem burocracia, no qual a autoridade suprema do rei é mantida com violência e sem freios legais. A hipótese de Lear ser ainda um rei celta, embora defensável, precisa que muitos elementos sejam deixados de lado. Melhor talvez seria vê-lo como um rei da Alta Idade Média, digamos do século XI. A Borgonha, por exemplo, cuja origem mais remota data do século VI, e que o reino da França anexou no século XV, ainda está independente. E um duelo de morte, estipulado para provar quem está falando a verdade, como o que ocorre entre Edgar e Edmund,[17] é um típico exemplo do "duelo judicial" do direito germânico, muito disseminado pela Europa durante o período medieval, sobretudo em sua primeira fase.

Contra essa hipótese pesa o fato de o julgamento das filhas perversas, imaginado por Lear na noite da tempestade, ser a representação de um tribunal moderno, com sábios e eruditos juízes. Há também referências a profissionais liberais — alfaiates, advogados, apotecários, cirurgiões etc. —, que compõem uma sociedade diferente do modelo estritamente medieval. Assim, embora seja impossível enxergar em Lear um soberano renascentista puro, são muitos os elementos sociopolíticos do tempo de Shakespeare que vazam peça adentro.

A estrutura ideológica predominante durante o reinado de Lear está apoiada em conceitos característicos do período medieval, mas que durante séculos continuaram presentes.[18] Um era o do "grande encadeamento dos seres", *the great chain of beings*, também chamado

---

[17] V, 3, 126-52.

[18] Barbara Heliodora, "Rei Lear", em *Falando de Shakespeare*, São Paulo, Perspectiva, 1997, p. 174. Ver também: Barbara Heliodora, "A lei natural e sua transgres-

de *scala naturæ*, a "escada da natureza". Segundo ele, cada coisa que existia tinha seu lugar predefinido, numa organização imutável que a tudo abarcava. No plano superior estavam Deus, os anjos e demônios, seres sem materialidade. Abaixo ficava o plano da realidade, híbrido entre matéria e espírito, onde viviam a humanidade e os animais. Por fim, havia o plano da potencialidade, ocupado pela pura matéria, lugar dos vegetais e minerais. Cada um destes planos se subdividia em hierarquias próprias.

As castas da sociedade medieval, seguindo esta lógica, espelhavam o encadeamento da natureza, criado por Deus. No topo da hierarquia social estava o rei, depois vinham a aristocracia laica e a eclesiástica, os servos, os camponeses e, na base, onde o humano e o animal faziam fronteira, os mendigos e os loucos. Cada elemento dispunha de direitos e deveres próprios ao seu grau hierárquico, os quais não podiam ser gozados ou cumpridos nem por quem estava abaixo e nem por quem estava acima.

A este encadeamento perfeito acoplavam-se as chamadas "leis naturais" — o amor entre pais e filhos, o amor entre irmãos, o respeito aos idosos, o amor à terra natal, a fidelidade ao povo de origem, o amor aos semelhantes e o respeito à vida, a honestidade, a hospitalidade para quem precisa de abrigo, a gratidão por quem compartilha o próprio teto etc. As leis naturais respeitavam sentimentos profundos e não podiam ser transgredidas sem provocar abalos graves na sociedade.

Em *Rei Lear*, qualquer ato ou sentimento que desrespeite a perfeita hierarquia e as leis naturais — e por extensão as ordens monárquica e patriarcal — é, por definição, "desnaturado", não por acaso um dos adjetivos mais usados na peça.[19] Quando tal quebra da ordem ocorre, como diz Gloucester: "[...] a natureza se vê açoitada pelos acontecimentos. O amor esfria, a amizade estraga, irmãos se dividem.

---

são pelos heróis trágicos", em *Reflexões shakespearianas*, Rio de Janeiro, Lacerda Editores, 2004; e Keith Thomas, *Religião e o declínio da magia*, São Paulo, Companhia das Letras, 1991.

[19] Algumas ocorrências: I, 1, 214; I, 2, 69; I, 4, 261; II, 1, 51; II, 4, 269; III, 1, 38; III, 3, 2.

Nas cidades, motins; nos campos, discórdias; nos palácios, traições; e os laços entre filho e pai, arrebentados".[20]

Curiosamente, quem dá o primeiro chacoalhão nessa estrutura ideológica é o próprio Lear. Ao dividir seu reino entre as filhas e seus respectivos maridos, ele tem um objetivo nobre. Deseja prevenir potenciais conflitos após sua morte: "[...] que lutas futuras/ Sejam evitadas agora".[21] Mas seu gesto é menos altruísta do que parece. Aos oitenta e poucos anos, ele quer descansar em grande estilo. Equivocada e ingenuamente, supõe ter encontrado um jeito de, abrindo mão de suas responsabilidades como rei, "das preocupações e dos negócios",[22] não perder o status que sempre teve:

> [...] Apenas manteremos
> O nome e todas as honras da realeza. O mando,
> As rendas e a execução do que mais for,
> São vossos, caros filhos.[23]

A ideia de um perfeito encadeamento dos seres, porém, não permite que se ocupe um lugar pela metade, ou dois. Ao deixar de ser rei ainda em vida, Lear deveria se recolocar na hierarquia perfeita do mundo. A fórmula de transição que propõe não respeita essa exigência, e demonstra sua incapacidade de se adequar a um novo papel, separando os "dois corpos do rei". Segundo este princípio, que data da transição entre a Idade Média e o Renascimento, todo rei possuía um corpo físico, do homem que assume o trono, e um coletivo, do qual ele é

---

[20] I, 2, 94-7. Em *Troilo e Créssida* (Ato I, Cena 3), o famoso monólogo de Ulisses também evoca a ruptura na "ordem natural das coisas": "Porém, quando os planetas se misturam/ Em conjunções nefastas e sem ordem,/ Que pragas, que ameaças, que conflitos,/ [...]/ Desviam e fendem, rasgam e arrancam/ Do solo estável a calma harmoniosa/ Dos Estados! [...]". Tradução de José Roberto O'Shea, Tubarão (SC), Copiart, 2020, p. 77.

[21] I, 1, 39-40.

[22] I, 1, 33.

[23] I, 1, 130-3.

apenas o símbolo, a encarnação passageira. Ignorá-lo é falta pela qual os monarcas shakespearianos nunca deixam de ser castigados.

Lear tem a audácia de se julgar ao mesmo tempo um rei semidivino, cujo mero pensamento é lei,[24] sagrado mantenedor da fertilidade e da prosperidade, cujas frases conjugadas no imperativo e a própria existência implicam continuidade e controle sobre tudo, e um chefe de Estado moderno, capaz de aquilatar o valor das coisas e das pessoas, alerta e pragmático no jogo político, inteligente na demarcação das fronteiras de seu reino.

Um homem como ele, acostumado à obediência total, pouco dado à introspecção e que, segundo uma das filhas mais velhas, sempre se conheceu muito mal,[25] nunca seria capaz de depojar-se do "nós" majestático e das deferências ao ocupante do trono, que dirá tornar-se um velho dependente da pensão das filhas, com papel decorativo até a morte chegar. Lear demonstra ser irascível, autoritário e, ao mesmo tempo, psicológica e moralmente fraco. O cerimonial que elaborou para oficializar a partilha do reino, encenando o poder de determinar qual filha o amava mais, qual merecia maior recompensa, mostra quão forte é sua fantasia de onipotência. Octogenário, ele está a caminho da senilidade.

À luz da teoria política renascentista, dividir o reino é um erro imperdoável. A unificação do poder monárquico era um valor muito caro a Shakespeare e aos espectadores elisabetanos, não apenas pelos traumas deixados pela Guerra das Rosas, a grande hemorragia interna sofrida pela Inglaterra entre 1455 e 1485, mas também por viverem, no início do século XVII, a difícil fusão entre Inglaterra e Escócia, motivada pela ascensão ao trono inglês da dinastia Stuart (de origem escocesa e fé católica), sucedendo à dinastia Tudor (inglesa e responsável pela introdução do protestantismo nas ilhas britânicas).[26]

---

[24] I, 1, 163-7.

[25] I, 1, 284-5.

[26] Para uma ótima "costura" entre a peça e o momento político em que foi escrita, ver James Shapiro, *The Year of Lear: Shakespeare in 1606*, Nova York, Simon & Schuster, 2015.

Indo um pouco além do que o texto explicita, pode-se especular de onde surgiu o plano de divisão do reino entre as princesas. Sem um filho homem, que pelos critérios da época teria preferência ao trono, a favorecida, a rigor, deveria ser Goneril, a primogênita. As pistas sobre por que Lear não segue a lógica sucessória estão, talvez, na preferência que ele admite ter pela filha caçula.[27] Nessa hipótese, sem um bom argumento para coroá-la sozinha, movimento político talvez disruptivo demais, a partilha do reino em três parece-lhe a segunda melhor opção, e a única forma de se aposentar protegido pela filha que mais amava, em quem mais confiava e a quem reserva de seu reino "Um terço mais opulento que o de vossas irmãs".[28]

Lear, contudo, demonstra não ter, ou ter perdido, uma última virtude essencial a todo homem público shakespeariano: enxergar as pessoas para além do que dizem, perceber suas verdadeiras intenções e zelar para que seus interesses pessoais não prejudiquem o bem-estar coletivo. As grandiloquentes declarações de amor, feitas pelas princesas Goneril e Regan para merecerem cada uma seu quinhão no reino dividido, não despertam as suspeitas do rei nem mesmo quando a primogênita, quase num ato falho, alega que seu amor por ele a faz perder "o dom da oratória", muito embora seu próprio discurso a desminta de maneira cabal.[29]

A habilidade de "ler" os outros é crucial na peça, uma vez que novos valores, mais materialistas e individualistas, ameaçam os vínculos "naturais" do imaginário medieval. A mobilidade desarticula a hierarquia rígida, e nesse novo mundo flutuante os distintivos sociais de um personagem já nem sempre refletem seu verdadeiro caráter.

Cordelia, ao contrário das irmãs, mostra-se intocada pelo novo *Zeitgeist*. Ela é incapaz de inflar com manipulações retóricas seu amor pelo pai.[30] Sente por ele o que mandam as leis naturais: "Na medida

---

[27] I, 1, 77-8; I, 1, 118-9.

[28] I, 1, 81.

[29] I, 1, 55.

[30] I, 1, 72-3.

do meu dever, nem mais nem menos".[31] Ela enxerga, mas em nome dos vínculos naturais não denuncia, a capacidade de dissimulação das irmãs: "Eu vos conheço e sei o que sois,/ E, por ser irmã, reluto em nomear/ Com franqueza vossos defeitos".[32]

Tais características a fazem parecer, à primeira vista, uma ótima candidata a rainha, mas a questão não é tão simples. A abdicação do rei já estava decidida antes do início da peça, os territórios e o poder destinados a cada filha já haviam sido previamente definidos. Kent e Gloucester, logo na abertura, deixam isto bem claro.[33] A partilha do reino e o "festival de bajulação" promovidos por Lear, segundo esta leitura, tornam-se apenas formalizações de algo pré-estipulado, um ritual de corte com palavras retóricas e gestos codificados (entre os quais, além dos votos de amor filial, estão a exibição do mapa do reino, a partilha pública do território, o contrato de casamento da caçula e a divisão simbólica, entre as irmãs, da pequena coroa a ela reservada). Sob este ângulo, é legítimo dizer que o gesto de Cordelia, embora nobre, também contribui para a desorganização política do reino.

O pai, com alguma razão, recebe seu silêncio como demonstração de desafio, voluntarismo, ingratidão e orgulho excessivo, a *hubris* sempre fatal nas tragédias. A filha desautoriza o ritual que ele criou, diante de toda a corte e de potentados estrangeiros.[34] Entende-se melhor a reação explosiva de Lear ao admitir-se que, numa situação possivelmente criada para favorecê-la, Cordelia submete o pai a um grande constrangimento, para não dizer a uma humilhação. O clima no salão do trono parece pesar à medida que ela e o rei se desentendem. Lear dá algumas chances à filha de emendar o que diz, representando na esfera pública o papel que dela se espera, mas Cordelia insiste em seu comportamento, por este ângulo, infantil. Um crescendo de estupefação toma conta do rei e dos demais personagens, testemunhas da cons-

---

[31] I, 1, 88.

[32] I, 1, 264-6.

[33] I, 1, 1-6.

[34] I, 1, 77-115. Sobre os efeitos colaterais do gesto de Cordelia, ver também: Kenji Yoshino, "The Madman", in *A Thousand Times More Fair: What Shakespeare's Plays Teach Us About Justice*, Nova York, HarperCollins, 2012, pp. 209-32.

trangedora situação. Tamanha quebra de protocolo acaba com Lear perdendo a paciência e exagerando no castigo da filha e do nobre Kent, que ousou defendê-la.[35]

O silêncio, a forma de *soft power* característica do temperamento de Cordelia, que "reluta em nomear" muita coisa, a faz cair em desgraça junto ao rei. Adiante na peça, ao ler sobre as desgraças vividas por seu pai, ela também não verbaliza a tristeza, que permanece idealizada e de uma pureza quase paralisante.[36] Em certos momentos, ficar em silêncio é o preço da perfeição. Mas é um preço muito caro, e esconde, sob a fachada idealista, certa imaturidade para governar, a imposição da ética pessoal sobre os códigos sociais compartilhados, a ignorância do mundo à sua volta. A própria Cordelia, ao final da peça, faz a autocrítica dela e do pai: "Os primeiros não somos,/ A causar o mal quando o bem desejamos".[37]

Da mesma forma, a bajulação de Regan e Goneril não pode ser considerada, de saída, inteiramente perniciosa. Ambas, no ritual de corte, cumpriram com o que se esperava delas. É apenas quando a cerimônia pública termina, deixando as duas novas rainhas no palco, que fica patente o contraste na maneira como falam do rei. Uma vez sozinhas, tendo acabado de se derramar em juras de amor, elas descrevem o pai como "imprevisível", dono de um "juízo deficiente", cuja velhice estava cheia de "imperfeições já enraizadas no temperamento", trazendo com ela "caprichos erráticos" e "coléricos".[38]

Ainda aqui, por chocante que seja o contraste, uma leitura mais equilibrada pode justificar, pelo menos em parte, a frieza delas em relação ao pai. Para começar, sua preferência pela caçula, assumida abertamente no ritual da partilha, decerto vinha de muito antes, estando

---

[35] I, 1, 103-15 e 161-74.

[36] IV, 3, 15-21.

[37] V, 3, 3-4. Cordelia pode estar se referindo mais diretamente à decisão de usar tropas francesas para invadir a Inglaterra, um anátema aos olhos elisabetanos, mas também isto é consequência de seu primeiro erro inicial, quando se recusou a exercer o papel público que se esperava dela na cerimônia de partilha do reino.

[38] I, 1, 281-90.

reservada à Cordelia a pequena coroa que Goneril e Regan acabam por dividir. Além disso, e mais importante, pesam contra Lear o exagero e a impulsividade com que acabou de deserdar e amaldiçoar Cordelia, exilar Kent, um vassalo fiel, e alterar, de maneira impensada, todo o plano de divisão do reino. As filhas mais velhas têm razão em muito do que dizem.

Goneril está certa ao afirmar: "Se nosso pai usar a autoridade da forma que demonstrou hoje, a recente abdicação de seu poder só nos fará mal".[39] Até o insuspeito conde de Kent, a quem na divisão do reino não interessa beneficiar essa ou aquela princesa, ao repreender o rei usa palavras tão ou mais severas que as da nova rainha: "[...] Kent precisa ser rude/ Quando Lear enlouquece. O que estás fazendo, velho?/ [...] Guarda tua soberania,/ E, com melhores reflexões, contém/ Essa atroz imprudência".[40] Nesta fala de Kent, aliás, repare-se num dos truques dramatúrgicos mais característicos de Shakespeare: para que uma coisa seja aceita pela plateia como verdade indiscutível, deve ser dita por quem não tem nenhum interesse em reconhecê-la como tal.

Goneril e Regan irão se encaixar aos poucos no papel de vilãs, assim como Lear no de vítima. O novo capítulo do embate — entre o poder político nascente e o do passado que reluta em desaparecer — tem início quando Goneril se julga desrespeitada em seus domínios, pelo pai e pelo séquito que ele conservara.[41] Mas ainda aqui a razão política está com ela: Lear bate em seus cavaleiros, impõe horários em seu castelo e premia o criado Caius por aplicar uma rasteira no homem de confiança da rainha, Oswald, jogando-o no chão.[42] Estes ultrajes — feitos por um rei sem trono, mas que ainda se apresenta e se comporta como em pleno gozo do poder, e que tem sob seu controle um pequeno exército independente — são representações domésticas de ameaças muito mais graves à própria estabilidade política da Bretanha.

---

[39] I, 1, 293-5.

[40] I, 1, 140-6.

[41] I, 3, 3-10; I, 3, 12-20.

[42] I, 3, 1-2; I, 4, 8; I, 4, 76.

Precisam cessar, ainda que para isso Lear deva ser enquadrado. Goneril não está brincando, quando diz ao pai:

[...] tal erro
Não escaparia da censura, nem a correção se omitiria.
E ela, no curso do trabalho pela saúde do reino,
Ao produzir seus efeitos poderia causar-vos ofensa,
Que em outra situação seria percebida como imprópria,
Mas que a necessidade chamaria de justa providência.[43]

É característica dos vilões de Shakespeare, de início, uma leitura das circunstâncias mais apurada que a dos protagonistas ou dos personagens positivos em geral. Com um entendimento menos idealizado e mais penetrante do temperamento alheio, ganham também maior domínio das situações e a capacidade de manipular os outros. Tal promessa de onipotência sobre a natureza humana é que os torna tão fascinantes. Goneril e Regan, e também Edmund, o filho bastardo de Gloucester, possuem tais ambições e habilidades. Estão mais adaptados ao novo pragmatismo, que fala mais alto do que os deveres "naturais". Renegando as tradições, os esteios sociais que lhes parecem antiquados e contrários à sua afirmação individual, eles encarnam a parte mais aguda do novo mundo, diante do qual a antiga ordem se desagrega, impotente para conter seu avanço.

A oposição do Bem contra o Mal subjaz à ressignificação da inteligência ardilosa e da arte da manipulação, mas os vilões, ao avançarem na hierarquia social não por direito e sim por astúcia, rompem intencionalmente com a ordem natural das coisas. Eles não pretendem reformar as estruturas tradicionais, atualizando-as, apenas reafirmá-las em seu benefício, renegando os valores morais que as sustentavam a ponto de transformá-las em meros instrumentos de satisfação pessoal. Ao usarem os recursos do novo tempo para proveito próprio, tendo o bem-estar coletivo apenas como álibi, ou, na melhor das hipóteses, como objetivo secundário, eles alteram o equilíbrio social e ati-

---

[43] I, 4, 185-90.

çam a parte perigosa da natureza humana. Julgam poder controlá-la; porém, ela se alastra em todas as direções e termina por engolir a eles e a todo o reino. Nas tragédias, além dos vilões, pagam por esse erro os personagens positivos (que também contribuem para a irrupção do mal, com suas idealizações passadistas e má compreensão das novas dinâmicas sociais). O vórtice criado devora a estabilidade política, produz dissenções, guerras civis, e pode mesmo acarretar o risco da suprema derrocada política, a "tempestade perfeita", que é a ocupação do território e do poder central por uma força estrangeira. *Rei Lear* oferece o pacote completo.

Já na primeira cena do Ato II corre o boato de "uma possível e iminente guerra entre os duques de Cornwall e Albany".[44] Na verdade, a essa altura o conflito entre os genros de Lear ainda é incipiente — eles não se posicionaram na cena da partilha do reino e Albany foi pouco incisivo ao questionar a conduta da esposa Goneril em relação ao velho rei (que será também a de seus cunhados Regan e Cornwall). Mas, como se a fagulha escapasse e iniciasse um segundo foco de incêndio, Edmund usa o boato para levar adiante seu plano contra o irmão Edgar.[45]

O redemoinho que os próprios personagens alimentaram, de um jeito ou de outro, fica maior e mais forte até o fim desse ato, que termina com Lear e as filhas rompidos, o séquito do velho rei esfacelado e ele à mercê da borrasca iminente. Goneril e Regan, ao abandonarem o pai sem um teto, castigam-no de forma desproporcional e só então confirmam-se como vilãs. Daí em diante, as divergências entre os duques seus maridos crescem realmente — Albany permanece fiel aos laços naturais que o prendem ao rei e aos valores da antiga nobreza; Cornwall revela-se um tirano ganancioso e sádico. Ao começar o Ato III, a degradação política já se prepara para alcançar seu último estágio, o que se evidencia na fala de Kent: "[...] em nosso reino despedaçado,/ Da França chega um exército".[46]

---

[44] II, 1, 9-10.

[45] II, 1, 23-7.

[46] III, 1, 30-1.

O fato de o exército francês servir a Cordelia — alvissareiro para o protagonista e uma esperança de término do processo destrutivo que a tudo consome —, do ponto de vista político é o mundo de cabeça para baixo, algo tão forte para a plateia de seu tempo que Shakespeare parece tomar cuidados ao tocar no assunto. A própria Cordelia se encarrega de legitimar a invasão: "Meu exército não luta por baixo proveito,/ Apenas por amor, doce amor, e do meu pai o direito".[47] Apenas Edgar, antes o filho virtuoso e legítimo de Gloucester, agora condenado à morte, disfarçado de mendigo e louco, explicita a imagem popular do rei da França na Bretanha de sua época (seja ela qual for), e no tempo de Shakespeare também: "Delfim, meu menino, diabinho, eia!".[48]

Goneril se distancia do próprio marido, Regan enviúva. As duas, embora unidas contra o pai e a irmã invasora, passam a competir pelo amor de Edmund. Quando o exército de Cordelia é derrotado, o espectador/leitor, ao lamentar o agravo no drama individual da rainha da França e de seu pai, não deve esquecer que a vitória do exército bretão é o primeiro estágio essencial para o restabelecimento da governabilidade e da saúde do corpo social. Em seguida vem o castigo a Goneril, Regan e Edmund, consumidos pela própria malignidade. E, por fim, a ascensão de um novo rei.

"Podeis avaliar-me pelo seu valor"

Rei Lear não encena realidades contraditórias, ou em transição, somente nos planos religioso e político. Espelhando o que acontecia no tempo de Shakespeare, a peça reflete ainda a mudança socioeconômica que relativiza os valores aristocráticos medievais, baseada na posse da terra e nos privilégios por consanguinidade, e legitima os valores mais típicos do Renascimento, época das descobertas marítimas, de

---

[47] IV, 4, 27-8.

[48] III, 4, 91-2.

forte expansão da mentalidade comercial, intensa urbanização e ascensão da burguesia e dos que estavam nas franjas da nobreza. Também no plano social é compreensível a fala de Gloucester, um nobre, ao início da peça: "Já vivemos o melhor dos nossos tempos!".[49]

Sob a nova lógica mercantil, o valor das coisas e dos serviços é sempre quantificável. Mas como aplicá-la quando o que está sendo avaliado é o caráter de alguém? Como julgar o "valor" das pessoas numa sociedade cujas categorias morais rígidas estão sendo substituídas por outras mais fluidas? Shakespeare, como se tomasse um prisma com mil facetas e o pusesse a girar sob a luz, dispara hipóteses para todos os lados, apresentando inúmeras respostas a esta pergunta.

Logo nas primeiras falas, Kent e Gloucester, aliados de Lear, medem o afeto do rei por seus genros a partir da quantidade de terras que será conferida a cada um.[50] Lear, na divisão do reino entre as filhas, confirma sua opção por esta métrica.[51]

As declarações de amor das filhas mais velhas, princesas e herdeiras legítimas, são hiperbólicas e, significativamente, cheias de alusões ao valor e à forja dos metais, à cunhagem de moedas e a títulos de propriedade.[52] Para os bons entendedores, o amor que Goneril e Regan dizem sentir pelo pai, dever essencial de toda filha, vem tisnado por preocupações materiais.

Já Cordelia, ao dizer que ama o pai de acordo com seu dever,[53] nega-se a pagar com bajulação as terras que lhe foram reservadas. Mesmo ela, contudo, fiel seguidora da lei natural, ao resistir ao leilão proposto pelo pai, evoca uma mercadoria sendo pesada e equiparada a outra: "[...] estou certa de que meu amor/ Tem mais peso que minha língua".[54]

---

[49] I, 2, 99.

[50] I, 1, 1-6.

[51] I, 1, 44-8.

[52] I, 1, 50-6; I, 1, 64-71.

[53] I, 1, 87-8.

[54] I, 1, 72-3.

O espírito mercantil está em todas as bocas, entra por todas as frestas, e a partilha do reino não é a única vez em que surge na peça a ideia de um leilão para aquilatar o valor das pessoas, posicionando-as na hierarquia social. Ainda na primeira cena temos outro leilão, no qual o valor a se definir é o de Cordelia como noiva. Trata-se de um leilão às avessas, mas é um leilão. O leiloeiro, um enfurecido Lear, deprecia o que está em disputa. Primeiro tenta empurrá-la para o duque da Borgonha, usando a linguagem comercial: "Enquanto nos foi cara, [...]/ Mas agora seu preço caiu". Além disso, menciona "o débito de suas enfermidades" e, opondo-a aos metais preciosos e às joias, atribui a ela uma "aparência de pouco brilho", enfim negando-lhe o dote a que teria direito.[55] O duque se recusa a aceitá-la como esposa nessas condições; tal noiva não tem valor no mercado de casamentos.[56] Cordelia é explícita ao retrucar: "Que a paz esteja com Borgonha!/ Se o seu amor consiste em preocupações materiais,/ Não serei sua esposa".[57]

Quem reconhece o valor intrínseco da jovem espoliada é o rei francês, e, ainda assim, ao fazê-lo, também ele argumenta em termos financeiros. A seus olhos, Cordelia é "mais rica, sendo pobre", e, "em si, é um dote".[58] Ao anunciar sua decisão, ele frisa: "ainda que sem herança,/ É rainha para nós, para os nossos e para a bela França".[59]

No segundo ato, o próprio Lear verá a manifestação concreta de sua realeza sendo objeto de um leilão às avessas, a cada lance valendo menos. Ao dividir o reino, ele estipulara que manteria o séquito de cem cavaleiros, remunerado e sustentado pelas duas filhas mais velhas, e que iria morar em seus castelos em meses alternados. Entre a cena de abertura, quando ocorre a sucessão, e a Cena 3 do primeiro ato, algumas semanas se passam, com ele morando sob o teto de Goneril. O rei e seus homens já vivem atritos com a criadagem e os cavaleiros da primogênita. Este novo leilão invertido tem um primeiro lance quando

---

[55] I, 1, 191-2, 197 e 193.

[56] I, 1, 241-2.

[57] I, 1, 242-4.

[58] I, 1, 245 e 236.

[59] I, 1, 251-2.

Goneril diz ao pai que só aceitará hospedá-lo se abrir mão de metade do séquito.[60] Lear reage indignado ao ver a manifestação objetiva de seu valor pessoal diminuída: "Garanto retomar a grandeza que julgas/ Por mim perdida para sempre".[61]

Após o entrevero com Goneril, ele e seus cavaleiros partem para o castelo da outra filha coroada. Lá chegando, o antigo rei apela à fidelidade de Regan, que supostamente conhece melhor "os deveres da natureza" e as "dívidas de gratidão".[62] Para sua surpresa, a filha do meio, mancomunada com Goneril, dá o segundo lance. Ela exige um corte ainda maior no número de integrantes do séquito: "Nada além de vinte e cinco. Para não mais/ Darei abrigo e reconhecimento".[63]

O velho rei faz as contas, novamente quantificando o amor das filhas por meio de exterioridades: "Teus cinquenta são o dobro de vinte e cinco,/ E teu amor é duas vezes o dela".[64] A maior prova de sua senilidade está justamente no apego a formas antigas de valoração das pessoas, que já não se aplicam à nova realidade. Ao ir e voltar entre as filhas, Lear culpa ora a uma, ora a outra, e apenas lateralmente também a si próprio.[65] As duas restringem o séquito do pai até o fim — Goneril pergunta "Quem precisa de vinte e cinco, dez, ou cinco [...]", e Regan dá o lance final: "Quem precisa de um?".[66]

Aos olhos de Lear, a desmobilização do séquito é inaceitável, e não apenas por violar os termos do acordo de sucessão. Privá-lo das "insígnias da realeza"[67] equivale ao apagamento definitivo de sua identidade. É o que ele sugere desde a primeira briga com Goneril, quando, pelo simples fato de sentir-se desrespeitado por ela e seus empre-

---

[60] I, 4, 225 e 272.

[61] I, 4, 287-8.

[62] II, 4, 168-70.

[63] II, 4, 239-40.

[64] II, 4, 250-1.

[65] I, 4, 244-5 e 248-50.

[66] II, 4, 252 e 254.

[67] I, 4, 209.

gados, desafia todos no recinto: "Quem aqui sabe quem eu sou? Não sou Lear./ Lear não anda assim? Não fala assim? [...] Quem pode me dizer quem sou?".[68]

Ao contrapor várias formas de precisar aquilo que os símbolos sociais já não conseguem, isto é, o valor moral de cada um, a peça faz uso também de expressões tiradas dos jogos de azar, no quais cada gesto corresponde a uma aposta,[69] e de fórmulas comparativas recorrentes. Uma delas, entre o pior e o melhor. Expressões como "pior que animalesco!" e "pior que assassinato" aparecem a toda hora, classificando atos, situações, pessoas e coisas.[70] Cordelia pede a Kent que abandone os trajes de servo com os quais se disfarçara, pois eles "relembram os piores momentos";[71] o rei da França diz que Cordelia é "a melhor";[72] Lear, ao comparar Regan a Goneril, julga que "Não ser a pior,/ Já é algum merecimento";[73] e Gloucester pede aos deuses, "Não deixeis que o pior do meu caráter me tente outra vez".[74]

Mas é Edgar, o filho de Gloucester injustamente proscrito, ao disfarçar-se de mendigo e louco, quem tem a oposição entre *melhor* e *pior* no centro de suas reflexões:

> Melhor assim, ciente de ser malvisto por todos,
> Do que malvisto e adulado. A pior,
> Mais baixa e rejeitada criatura do destino,
> Tem ainda esperança, não vive com medo.
> Mudança lamentável é afastar-se do melhor;
> O pior retorna à alegria. Bem-vindo, pois,
> Ar imaterial a que me entrego!

---

[68] I, 4, 203-7.

[69] I, 1, 150-1; I, 2, 77; I, 4, 108; III, 1, 11-5; V, 3, 303-4.

[70] I, 2, 69-70; II, 4, 21.

[71] IV, 7, 7.

[72] I, 1, 211.

[73] II, 4, 248-9.

[74] IV, 6, 213.

O desgraçado que tu sopraste rumo ao pior
Não deve nada a tuas ventanias.[75]

Outra oposição recorrente, aludida por todos os personagens nas mais diferentes circunstâncias, é entre o jovem e o velho. As duas sucessões familiares em curso são um terreno fértil para o tema. A juventude representa a força do novo tempo e a substituição, muitas vezes dolorosa, do que veio antes. Edmund simboliza como ninguém esse duplo vetor, e o enuncia explicitamente: "[...] nada menos que tudo — é aquilo que perde meu pai./ Pois o jovem sabe, quando o velho cai".[76]

A velhice, em tese, é a idade da sabedoria. Goneril alega acreditar nisso, o Bobo recrimina o rei por não confirmá-lo, e o próprio Lear conjuga tempo de vida e experiência, ao associar cabelos brancos e sabedoria.[77] Entre servos, igualmente, a idade de alguém é motivo de respeito, ditado por leis naturais.[78] Por outro lado, a velhice traz vulnerabilidade física e decadência mental. No velho, a natureza "encontra-se a um passo/ Do próprio limite".[79] Lear já não decodifica situações e pessoas, o mesmo acontece com Gloucester, e ambos pagam caro por não controlar seus afetos naturais e suas reações. "Velhos tolos são de novo bebês", resume Goneril.[80]

Uma leitura psicanalítica sugere que, ao dividir o reino e colocar-se sob a proteção das filhas, Lear procura, na velhice, retornar à infância, e mais, fundir-se a uma nova mãe protetora, Cordelia. Em contrapartida, ele se expõe ao lado B do amor materno, que gera extrema vulnerabilidade, dependência e o risco de aniquilação pelas filhas/mães poderosas.[81] Isso explica, em boa medida, seus ataques de aversão ao

---

[75] IV, 1, 1-9.

[76] III, 3, 20-1.

[77] I, 4, 216; I, 5, 34-5; IV, 6, 96-8.

[78] II, 2, 50-1.

[79] II, 4, 138-9.

[80] I, 3, 19.

[81] Ver Lawrence Flores (tradutor) e Holzermayr Rosenfield, "Introdução", em *Rei Lear*, São Paulo, Penguin/Companhia das Letras, 2020, pp. 21 e 22.

feminino em geral e à sexualidade das mulheres em particular.[82] De fato, toda vez que se considera rejeitado pelas filhas, o velho rei tem rompantes de fúria e grita e chora como um bebê, exercendo o *"jus esperneandi"* de alguém que sozinho não consegue se proteger do frio, da fome e das intempéries, quanto mais controlar o próprio destino. Ao ser preso por Edmund, após o emocionante reencontro com Cordelia, o rei explicita a proposta de uma fusão emocional com a filha caçula.[83] E a ideia se coloca outra vez quando ele a imagina ainda viva, sendo entretanto evidente que está morta, para então morrer ele próprio, como se sua existência não pudesse continuar sem a dela.[84]

Por fim, outra importante oposição recorrente na peça é entre "nada" e "tudo". A palavra "nada", em especial, é usada em vários con-

---

[82] IV, 6, 116-27. Antes que se acuse Shakespeare de machista, vale ter em mente as palavras de Peter Brook: "No momento em que alguém diz 'Shakespeare achava', 'Shakespeare dizia', estamos apenas reduzindo a um nível banal o maior mistério, o maior enigma de todos os tempos na literatura. Estamos tentando convertê-lo em alguém que nos diz o que devemos pensar e sentir a respeito de política, religião, humanidade, em todos os níveis. Mas se olharmos de modo mais simples, veremos que não há em parte alguma vestígio do ponto de vista do próprio Shakespeare [...]. Não há personagens nas peças de Shakespeare que o autor julgue antecipadamente: 'Olha, este é o vilão', 'Esta é a mulher monstruosa', 'Eis uma boa pessoa'. Não. Cada um, no momento da fala, expressa-se com a plenitude de um ser humano. Mas, como todos os seres humanos, alguns são rasos, alguns são turbulentos. Essa complexidade é a riqueza que o teatro divide conosco". Peter Brook, *Na ponta da língua: reflexões sobre linguagem e sentido*, São Paulo, Edições Sesc, 2017, p. 53.

Numa leitura alternativa, sendo Cordelia tão calada e perfeita, e suas irmãs tão más e psicologicamente rasas, a real alma feminina está supostamente sub-representada na peça, ou melhor, para constituí-la as três irmãs deveriam ser tomadas em grupo, como "o outro feminino", a força que Lear, o Bobo, Albany, Kent e Gloucester não controlam e não podem subestimar. O feminino é desejado e, embora temido, desejá-lo os mantém vivos. Gloucester, que só tem filhos homens, perde o desejo e procura acabar com a própria vida, a qual termina por aceitar com resignação pouco firme (V, 2, 10-2). Lear até o fim deseja Cordelia viva (V, 3, 271-2), e, ao recriminar as outras filhas, o faz evocando uma sexualidade descontrolada e animalesca (IV, 6, 120-5). Ver Linda Bamber, "The Woman Reader in *King Lear*", em Russell Fraser (org.), *The Tragedy of King Lear*, Nova York/Ontario, New American Library/Penguin, Signet Classics, 1986.

[83] V, 3, 8-17.

[84] V, 3, 306-12.

textos, numa rica experimentação semântica. Cordelia usa-a ao recusar-se a participar do leilão sucessório, e Lear contesta-a dizendo que "nada virá do nada".[85] Edmund usa-a para fingir sua intriga e ouve do pai que "o nada não precisa se esconder".[86] Edgar, ao assumir o disfarce de Pobre Tom, usa-a como sinônimo de privação de sua identidade original.[87] Este é o mesmo sentido usado pelo Bobo ao dizer a Lear: "sou um bobo, tu não és nada".[88]

Os sentidos da palavra se multiplicam num diálogo entre Kent, o Bobo e o rei, que a usam para designar, sucessivamente: discursos sem sentido, pagamentos não feitos, as terras perdidas pelo rei e a sabedoria popular das canções.[89] Adiante, ela reaparece como o último posto na hierarquia social,[90] a obliteração da vida pela tempestade[91] e sinônimo de resignação.[92] Num plano mais geral, a ideia do "nada" evoca a desimportância humana e a negação dos valores da civilização.

"Eis uma noite que não tem pena nem de sábios nem de bobos"

A famosa cena da tempestade, que no início do Ato III divide a peça em duas metades — a primeira mostrando a queda dos personagens positivos e a ascensão dos negativos; a segunda, as consequências desta inversão —, alcança sua reconhecida potência graças a uma sutil e meticulosa construção, cujas bases foram fincadas desde cedo, no primeiro ato. Explícita ou subliminarmente, dispersa nas falas de to-

---

[85] I, 1, 82-5.

[86] I, 2, 31-4.

[87] II, 3, 21.

[88] I, 4, 170.

[89] I, 4, 113-65.

[90] IV, 6, 132-3.

[91] III, 1, 4-7.

[92] III, 2, 35-6.

dos os personagens, Shakespeare põe na cabeça do espectador/leitor a ideia do confronto entre o homem e o mundo natural.

A natureza, coestrela da cena, havia surgido logo na cena de abertura. Em sua primeira aparição, é descrita por Lear com fartura de elementos benignos: rica e abundante, cheia de "florestas sombreadas", "planícies férteis", "rios caudalosos" e "campos verdejantes", um "belo reino", grande em tamanho e repleto de "valor e prazeres".[93] Para além das fronteiras bretãs, ficam "as vinhas da França e as pastagens da Borgonha".[94]

Mas a idealização do meio natural não dura muito. Ainda na cena de abertura, uma primeira alusão à fragilidade do homem perante a natureza ocorre quando Lear exila e distitui Kent de todas as suas posses, e concede-lhe cinco dias para os "preparativos/ Que te defenderão dos males deste mundo".[95] Na cena seguinte, Edmund invoca as forças mais "selvagens" da natureza e, com ironia, diz que os deuses "lançam trovões contra os parricidas".[96] Gloucester, por sua vez, pressentindo a má influência dos astros, vê a natureza "açoitada pelos acontecimentos".[97] E Edgar, tendo perdido a condição de rico herdeiro e já encarnando um mendigo louco, declara: "com a nudez exposta enfrentarei/ Os ventos e as perseguições dos céus".[98]

Anúncios ainda indiretos da tempestade são dados pelo Bobo. Primeiro, ele menciona a cabeça desprotegida, "careca", do rei sem a coroa,[99] depois fala de um caracol sem casa,[100] para finalmente, numa canção, explicitar a ameaça:

---

[93] I, 1, 58-60 e 75-6.

[94] I, 1, 79.

[95] I, 1, 168-9.

[96] I, 1, 11-5; II, 1, 47.

[97] I, 2, 94-5.

[98] II, 3, 11-2.

[99] I, 4, 139-42.

[100] I, 5, 23-6.

Quem serve mas explora,
E segue só para constar,
Se vê chuva pula fora,
Pra na tormenta te largar.[101]

A par das tempestades, outras ameaças do meio natural aparecem no texto. Lear, apesar da antiga fama de homem sensato e paciente,[102] trai seu destempero e imaginação histriônica recorrendo com frequência a um bestiário de criaturas monstruosas, lúgubres e nocivas. Com a ira de um dragão, ele ameaça Kent.[103] Nas brigas com as filhas, compara-as a águias, cobras, serpentes, lobas e monstros marinhos.[104] Chama-as de ferozes, venenosas e horríveis; deseja que desenvolvam doenças, deformações no corpo, com os ossos impregnados de ares pestilentos, a pele cheia de queimaduras, pústulas e furúnculos; animaliza-as também por fora, pois já as considera assim rebaixadas por dentro.[105]

No fim do segundo ato, entre humilhar-se perante as filhas ou entregar-se à revolta dos elementos, Lear escolhe a segunda opção, e o faz aludindo outra vez a animais noturnos e/ou perigosos:

---

[101] II, 4, 71-4.

[102] III, 6, 53-4.

[103] I, 1, 117.

[104] I, 4, 240; I, 4, 266; II, 4, 152; I, 4, 286; I, 4, 237-9.

[105] II, 4, 153-4 e 157-9. Embora seja quem mais evoque criaturas repulsivas e monstruosas, Lear não é o único a fazê-lo. O rebaixamento da humanidade na grande hierarquia natural, que a aproxima dos seres mais abjetos e perigosos, à medida que perde seus valores civilizatórios, é um tema recorrente na boca de vários personagens. Edgar o faz com frequência; Kent refere-se a tais criaturas pelo menos uma vez, para dar a Lear a dimensão (exagerada?) da tempestade (III, 2, 40-3); Gloucester, ainda não inteiramente ludibriado por um filho, torce pela inocência do outro nos seguintes termos: "Ele não pode ser tal monstro..." (I, 2, 84); e Albany, ao temer que os males provocados pela esposa e pela cunhada tenham ido longe demais, afirma que nesse caso: "A humanidade forçosamente caçará a si mesma,/ Feito os monstros do abismo" (IV, 2, 48-50).

> Não, prefiro abjurar todos os tetos,
> Antes bater-me contra o ar hostil,
> Fazer amizade com o lobo e a coruja,
> Sentir o ferrão da necessidade![106]

Alertas contra um temporal que vem chegando encerram o ato: enquanto Lear tenta não sucumbir ao desespero e à loucura, trovões são ouvidos ao longe;[107] Cornwall anuncia a chegada da tormenta;[108] Gloucester fala de "ventos fortes", que "sopram furiosos";[109] e Cornwall, de uma "noite selvagem".[110]

Ao começar o Ato III, o crescendo com que Shakespeare prepara o grande momento ainda tem um último degrau, no diálogo de Kent com um fidalgo. Este diz sentir-se "como o tempo, muito inquieto," e passa então a descrever a cena de Lear lutando contra os elementos.[111] Diante da descrição de algo que não vê, o espectador/leitor é obrigado a conceber a situação primeiro mentalmente, e só então, após ela assentada, com a verossimilhança reforçada pela imaginação, está pronto para o impacto do que acontecerá diante de seus olhos.

O patamar dramático da cena da tempestade — a inflexão que produzirá na psiquê do velho rei, o símbolo que é da cultura humana reduzida à insignificância, a maneira como dissolverá as fronteiras entre o mundo externo das aparências e o mundo interior dos sentimentos — está colocado. Até esta altura da peça, a natureza já apareceu como deusa benévola ou castigadora; como a ordem da humanidade, caracterizada pelos valores elevados da cultura e superior à dos animais; como força essencial, que supera todos os valores da sociedade; como lugar de grande beleza e também de escuridão, povoado por ani-

---

[106] II, 4, 199-202.

[107] II, 4, 274.

[108] II, 4, 278.

[109] II, 4, 291-2.

[110] II, 4, 299.

[111] III, 1, 1-15.

mais perigosos. Agora ela é o local de um duelo, e um dos duelistas, Lear, delirante, tendo perdido o trono, as terras, o séquito, a identidade e um teto onde se abrigar, desafia a chuva, os ventos, raios e trovões a destruí-lo de uma vez por todas. E então dobra a aposta: que a natureza termine o serviço e castigue a si mesma, eliminando as sementes da vida.[112]

O contato da humanidade com sua própria natureza é o outro objeto da cena. Kent não acredita que a natureza humana resista aos elementos em fúria.[113] Lear, na terra arrasada dentro e fora de si, reproduz a instabilidade do mundo. Num minuto isenta a tempestade de culpa e ingratidão, no outro acusa-a de covarde e cúmplice das filhas.[114] Por fim, a tempestade leva embora sua antiga concepção de mundo, ele renega o mundo de aparências em que vivia, esboçando o entendimento de que valor pessoal e insígnias sociais nunca existiram em perfeito equilíbrio, nem mesmo no passado, quando governava segundo as leis naturais, o que torna a antiga sociedade tão profundamente injusta quanto a nova.[115] Ele interrompe as diatribes voltadas às filhas mais velhas. Sua queda obriga-o, isto sim, a reavaliar a sociedade estratificada em que vivera e a questionar o ideal de uma hierarquia imune a injustiças.

Lear deu o primeiro passo. Antes que dê o próximo, está na hora de uma pausa, para que tudo até aqui seja assimilado, garantindo que o processo interno do personagem seja gradual. Durante essa interrupção, Shakespeare fornece informações sobre outros planos do enredo. Numa curta cena, Gloucester e Edmund falam da revolta interna contra o poder constituído das rainhas e da chegada de um exército invasor ao reino — a proximidade da guerra, a tempestade política, intensifica o momento.

Lear, que ignora a chegada das tropas de Cordelia, volta à cena mais calmo. Embora torne a jurar vingança contra as filhas coroadas,

---

[112] III, 2, 6-9.

[113] III, 2, 46-7.

[114] III, 2, 15-23.

[115] III, 2, 47-57.

consegue racionalizar minimamente seu comportamento diante da tempestade: "Se a mente está em paz,/ O corpo é mais sensível. A borrasca em minha mente/ Tira de meus sentidos toda percepção".[116] Igualado a um mendigo, ele enfim constata que a miséria do povo é uma forma de crueldade, de ingratidão, e se recrimina por não tê-la combatido enquanto era rei.[117]

É quando, de dentro de um casebre perdido no meio do nada, sai Edgar disfarçado de Pobre Tom. Desde que ele anunciou a decisão de se fazer passar por mendigo e louco, num monólogo que já ficou bem para trás, no miolo do segundo ato,[118] é a primeira vez que aparece em cena como tal. Ele vem seminu, se arrastando na lama, descabelado, com um discurso enlouquecido e cheio de referências demoníacas. Está no último e mais degradado plano da natureza. "Ora, será que as filhas o deixaram nesse estado?", pergunta Lear.[119] O efeito cômico é óbvio, mas a profunda identificação entre os dois novos mendigos, ambos despidos de sua identidade e condição social, massacrados moral e fisicamente, se desdobra a partir daí e tem longo alcance. Por meio de sua interação com Pobre Tom, Lear finaliza a nova concepção de humanidade que vinha amadurecendo.

Assim como Lear, o Pobre Tom diz que já foi rico, vaidoso, dado aos prazeres mundanos, satisfeito com seus privilégios, "falso de alma, fútil de ouvido, e tinha as mãos sujas de sangue".[120] Ambos despencaram na hierarquia social até o mesmo patamar, bem próximos do nada. Ambos reconhecem os vícios da antiga ordem. Foram reduzidos à

---

[116] III, 4, 11-3.

[117] III, 4, 28-36.

[118] II, 3, 1-21.

[119] III, 4, 58.

[120] III, 4, 85. Vale especular se não existe uma semelhança menos óbvia entre Lear e Edgar: ambos apresentam-se sempre um pouco diferentes a cada aparição. Lear ora é rei poderoso, ora é um velho temperamental, ora é uma vítima, ora é capaz de *insights* filosóficos, ora é louco etc. Edgar também é mutante, assumindo vários disfarces ao longo da peça. A diferença é que ele escolhe os papéis que irá desempenhar, enquanto os de Lear não são conscientemente assumidos, e sim etapas no colapso de sua personalidade.

condição compartilhada e essencial da humanidade, a de "animal pobre, nu e bípede", sobre o qual as insígnias sociais parecem postiças.[121] Desvestir-se, despojar-se e, ao fazê-lo, descobrir-se, é um tema da peça que tem aqui o seu clímax. A identificação, o reconhecimento e a aceitação da verdade são outros tópicos recorrentes.

O jeito com que Lear abraça a animalidade essencial da espécie humana, evidente quando ela é despojada de tudo, contrasta com a reação que tivera no segundo ato, ao ter o séquito diminuído pelas filhas. Naquela oportunidade, ao ouvir de Regan que não "precisava" de nenhum cavaleiro sob suas ordens, o velho rei havia respondido:

Oh, não é questão de precisar! Até os mendigos mais reles
Possuem em sua miséria algo de supérfluo.
Proíba a natureza de ter mais do que a natureza necessita,
E a vida do homem vale tanto quanto a das feras.[122]

Antes, a humanidade só se constituía como tal indo além da natureza. Os supérfluos, os dados culturais — posições, bens e vaidades —, ainda determinavam o lugar de homens e mulheres no grande encadeamento dos seres. Certa dose de objetificação fica evidente na pergunta que os personagens se fazem com frequência: "O que és tu?". Agora o simples fato de serem da mesma espécie é o vínculo maior entre todos, anterior a qualquer consideração social e que deve prevalecer em suas relações.

Lear e Edgar não são os dois únicos personagens a terem sua persona social transformada. A mobilidade é intensa em *Rei Lear*. Kent perde seu condado e volta como servo, com o plano de proteger o velho rei e amigo das consequências de seus erros, enquanto Cordelia é deserdada e expulsa do reino. Mas ninguém vive essa mudança de forma tão radical quanto o rei e o filho legítimo de Gloucester. Os personagens que sobem na vida ficam longe nesse aspecto; Goneril, Regan e Edmund não se questionam, satisfazem-se com os ganhos puramen-

---

[121] III, 4, 98.

[122] II, 4, 255-8.

te materiais de sua ascensão, substituindo os poderosos de antes como executores piorados da velha maneira de governar. Kent, por sua vez, ainda que disfarçado de servo, continua tendo-se em alta conta, sem crise de identidade alguma.[123] De tão autêntico, sente-se no direito de ser grosseiro.[124] Assim como a filha caçula do rei, ele é incapaz de se adaptar à linguagem da corte, mas, enquanto ela prefere se calar, Kent solta o verbo. Já Cordelia, embora silenciosa e discreta, está sempre muito cônscia de seu lugar e de seus atos. Sem contar que ela deixa a Bretanha deserdada, sim, mas já escolhida para rainha da França.

Parte importante das descobertas de Lear é a revisão radical de seus conceitos de autoridade e justiça. Como se viu, embora tenha abdicado do trono, o rei no fundo só desejava livrar-se do ônus de governar, sem conceber que sua autoridade pessoal pudesse deixar de existir.[125] Quando Kent/Caius se apresenta pedindo emprego, diz ao rei que seu rosto possui uma autoridade natural, intrínseca,[126] e assim conquista sua simpatia. No entanto, depois da tempestade, rompido o vínculo tradicional entre a autoridade e a pessoa que a encarna, Lear admite o uso indevido do poder. No quarto ato, ao encontrar Gloucester cego na floresta, deixa isso claro:

LEAR
Já viste o cão do fazendeiro latir para o mendigo?

---

[123] III, 1, 44-6. Até certo ponto, é possível enxergar um paralelo entre Kent e Edgar, pois cumprem função semelhante em suas respectivas tramas. Ambos assumem nova identidade, não apenas para escapar das ameaças feitas contra eles, mas para retornar e anonimamente cuidar de quem os castigara. Kent é um modelo de abnegação para com Lear, Edgar para com Gloucester. O paralelo só não é perfeito porque Edgar cresce e ganha importância no final da peça, o que não ocorre com Kent.

[124] I, 1, 140-1; II, 2, 80.

[125] I, 1, 33-6.

[126] I, 4, 24-5.

GLOUCESTER
Já, senhor.

LEAR
E a criatura fugir do vira-lata? Então aí podes contemplar a grande imagem da autoridade: no exercício do cargo, até um cão é obedecido.[127]

Lear agora entende o quão hipócrita é o oficial de justiça que chicoteia a prostituta para sufocar sua própria luxúria, ou o banqueiro que despreza o pequeno agiota, ou ainda o juiz que repreende o ladrão de galinhas e o político que finge ver mais que os outros. A "autoridade" oficial é mesmo abusada ao longo da peça.[128] Ele então aceita que, pensando bem, somos todos pecadores, e se isso é fato não existe autoridade absoluta. A loucura radicaliza suas conclusões — "Ninguém tem culpa, ninguém, eu digo, ninguém" —,[129] mas graças a ela aprende que o poder deve ser exercido com humildade, consciente do falho caráter humano, e compreendido não como instância intocável, mas passível de correção, a ser guiado por valores humanistas essenciais, benevolentes com os necessitados e que transcendem qualquer imposição legal ou social.

A lucidez na loucura, ainda que edificante, é difícil de suportar por tempo prolongado, e Lear tem constantes recaídas na antiga ideia que fazia de si mesmo e de sua autoridade. Num momento ele perdoa a todos os pecadores e, ao dar uma esmola imaginária a Gloucester, tranquiliza-o, dizendo ter "o poder/ De fechar a boca do acusador", e, no momento seguinte, demonstra sua dificuldade em aguentar o peso da nova filosofia, dizendo "Agora chega, chega" e ordenando que o conde tire suas botas, como se falasse a um servo.[130] Este é um dos

---

[127] IV, 6, 149-53.

[128] Gloucester, por exemplo, persegue o filho errado com a autoridade que toma emprestada de Cornwall, e Edmund se torna general das tropas de Regan por meio de manobras condenáveis (II, 1, 59-63; V, 1, 57-65).

[129] IV, 6, 162.

[130] IV, 6, 163-4 e 166-7.

momentos mais tocantes da peça, pois Gloucester cumpre a ordem supostamente humilhante, mas agora não por elos de vassalagem, interesses políticos ou territoriais, e também não por medo de qualquer castigo. Gloucester tira as botas do rei por identificar-se com sua decadência, com sua humanidade amargurada, e por amor incondicional a um ideal de realeza. Shakespeare encontra a maneira perfeita de concretizar no palco o único princípio capaz de legitimar qualquer autoridade: no amor tem origem a obediência mais pura, devida a todo soberano, desde que ele saiba retribuí-la, zelando pela paz e a prosperidade dos súditos.

A justiça, no mundo de Lear, é igualmente problemática, seja a divina ou a terrena. Um dos apelos à justiça divina é atendido — feito por Gloucester logo antes de perder a visão e inesperadamente como que respondido pelos criados de Cornwall;[131] e no duelo de morte entre Edgar e Edmund a justiça humana também prevalece.[132] Mas nem sempre as coisas funcionam assim, ou melhor, quase nunca, e essas poucas exceções não bastam para evitar a regra trágica.

Cordelia, recusando-se a bajular o pai, pode ter pensado com justiça, como diz Kent,[133] mas nem por isso seu ponto de vista prevaleceu. O "chicote da justiça", controlado por "deuses poderosos", é invocado por Lear contra as filhas, mas o momento é de delírio, o castigo de Goneril e Regan àquela altura ainda não começou a se desenhar e o preço imenso de vê-las castigadas ainda não foi cobrado.[134]

Edgar, ao sair para a guerra, pede ao pai que reze pelo favor dos deuses aos justos, mas isso não impede a vitória das tropas lideradas por Edmund.[135] E no momento extremo, quando um fidalgo é enviado às pressas para evitar a execução de Cordelia, Albany pede que os deuses a protejam, só para instantes depois ouvirem-se uivos de dor e

---

[131] III, 7, 71-106.
[132] V, 3, 163-5.
[133] I, 1, 178.
[134] III, 2, 47-51.
[135] V, 2, 5-7.

Lear aparecer com a filha morta nos braços.[136] A ausência de uma redenção consistente, minimamente duradoura, está na raiz do pessimismo que paira no final. Resistir ao sofrimento é uma luta constante, da qual o homem não tem como escapar, feita mais de resiliência que de salvação.

Se a justiça divina pode falhar, que dirá a dos homens. Em uma frase solta, como se pensasse consigo mesmo, Lear intui que foi injusto com a filha caçula enquanto ainda era o rei.[137] Ele próprio recebe um castigo excessivo de Goneril e Regan, e sabemos que foi igualmente injusto com Kent e Cordelia. Esta, ao ser presa com o pai, considera-o um "rei injustiçado" pelas autoridades constituídas.[138] Cornwall fala da "máscara da justiça", que o impede de matar Gloucester, mas não de tirar-lhe o título, privá-lo de suas propriedades, torturá-lo, cegá-lo e soltá-lo no mundo à mercê da caridade alheia.[139] Às vezes a justiça oficial contraria nossos melhores sentimentos, como acontece com Edgar — ele sabe que o pai traiu os laços matrimoniais e condenou à morte o filho errado, mas não deixa de amá-lo e de ampará-lo em sua desgraça.[140] E o mesmo Edgar diz "Que nós façamos justiça", mas falar isso durante o julgamento imaginário das rainhas, com Lear delirante e ele disfarçado de louco e mendigo, só pode ser piada, e é.[141]

"Procurarei merecê-lo, senhor"

Edmund, o filho bastardo de Gloucester, é o grande motor da trama paralela de *Rei Lear*. Se Goneril e Regan demoram mais a se confirmarem como vilãs, Edmund expõe sua maldade por inteiro logo na segunda vez em que aparece. Em um monólogo de fúria contida, ele

---

[136] V, 3, 258.

[137] I, 5, 20.

[138] V, 3, 5.

[139] III, 7, 23.

[140] V, 3, 170-4.

[141] III, 6, 37.

deixa claro o plano de acusar seu meio-irmão, Edgar, o filho legítimo do conde, de estar aliciando-o para juntos cometerem o parricídio. Uma carta em que falsifica a caligrafia do irmão, um boato que usa para confundi-lo ainda mais, a maneira como explora as superstições do pai, o ferimento autoinfligido, que demonstra o quão longe é capaz de chegar, a denúncia de alta traição contra Gloucester, a sedução às duas rainhas, jogando uma contra a outra, a ordem para o assassinato de Lear e Cordelia na prisão — Edmund não mede recursos a fim de realizar seus desejos de ascensão social e autoafirmação, e diz isso com todas as letras: "Tudo me serve e é disfarce, eis minha proeza".[142]

Para parte da crítica, é justamente esta malignidade inabalável que faz dele um vilão menor na galeria shakespeariana, sobretudo quando comparado a Claudius, o tio fratricida e regicida de *Hamlet*, a quem o sincero amor pela viúva do irmão e a consciência torturada conferem novas camadas psicológicas; a Iago, a quem a malícia realista e de múltiplos objetivos — ser promovido no exército, afirmar-se sexualmente perante Otelo, vingar um despeito generalizado contra a sociedade —, aliada à raiva desmedida que o leva a correr todos os riscos para prejudicar o general mouro, empresta grande verossimilhança humana; e a Macbeth, cuja crise de consciência em relação aos próprios crimes é um dos assuntos principais da peça. Tão inabalável é a ganância de Edmund que seu gesto humanitário ao final de *Rei Lear*, quando avisa ter dado ordens para que Lear e Cordelia fossem mortos na prisão, oferecendo aos personagens positivos uma chance de evitarem o duplo assassinato, soa um pouco forçado e é tardio demais para significar uma conversão. Ferido e derrotado, ele sabe que vai morrer e não tem mais nada a ganhar. Fossem outras as circunstâncias, não hesitaria em seguir adiante com o plano de eliminar os legítimos ocupantes do trono.[143]

Há que se considerar, no entanto, algumas particularidades interessantes em Edmund. Na dramaturgia inglesa dos séculos XVI e XVII, não é tão frequente que um vilão da trama paralela invada, muito me-

---

[142] I, 2, 160.

[143] V, 3, 244-8.

nos de forma tão decisiva, a trama principal. A malignidade de Edmund amplia seu alcance à medida que ele ascende socialmente — primeiro tirando o irmão da reta sucessória, depois ficando com o título do pai — e ganha força erótica ao seduzir as duas rainhas, tornando-se líder do exército de Regan e candidato ao trono. O mal destruidor de uma família em particular se torna ameaça coletiva. Em certo sentido, Edmund é a encarnação do mal que se alastra.

No plano psicológico, os conflitos do personagem são encontrados não no presente da ação, mas em seu passado. Talvez por isso muitas vezes passem despercebidos. Bem no início da peça, em pouco mais de trinta linhas, Shakespeare fornece vários elementos que explicam e humanizam o impulso do bastardo Edmund contra o pai e contra a ordem social que o rotula e diminui.[144] A cena envolve os condes de Gloucester e de Kent, além dele próprio. Gloucester diz amá-lo tanto quanto ao filho legítimo, mas sua atitude é muito mais ambígua do que as palavras fariam crer. Quando perguntado frontalmente se Edmund é seu filho, ele responde de forma enviesada e admite ter, por muito tempo, sentido vergonha do filho fora do casamento. Diz ainda que seu envolvimento com a mãe foi ao mesmo tempo um erro e uma diversão.[145] No original, Gloucester usa a palavra *whoreson* ao referir-se a Edmund. Uma tradução literal, "filho da puta", poderia transmitir ao leitor a ideia errada, ao menos é o que sugere o contexto, pois o pai fala do filho de maneira desastradamente amigável, insensível apesar da boa intenção. Mas algum peso o texto em português deve exprimir, daí aqui ter-se optado por "bastardo".[146]

Todos estes elementos explicam, em boa medida, o ceticismo de Edmund ao ouvir-se tão amado quanto o filho legítimo.[147] Mas a última frase de Gloucester neste primeiro diálogo com Kent, engolida pelas trombetas que anunciam a chegada de toda a corte, contém a informação que evidencia a maior de todas as diferenças na criação que

---

[144] Como faz para compor outro bastardo famoso, Filipe, em *Rei João*.

[145] I, 1, 11-3 e 16-20.

[146] I, 1, 19.

[147] I, 2, 17-8.

Gloucester deu aos filhos, o bastardo e o legítimo. Edmund, há nove anos, é obrigado a viver no estrangeiro, recebendo a educação paga pelo pai, porém longe da terra natal e dos seus, escondido da sociedade, "e partirá de novo".[148] Isso talvez explique ele e o pai, e também ele e o irmão, começarem a peça tratando-se por "vós", e não com a intimidade da segunda pessoa do singular. Gloucester jamais enfrentou, por amor a este filho, o preconceito contra quem foi gerado fora do casamento.

Tais informações conferem novos ângulos à malignidade de Edmund contra o pai e o irmão e ao desejo que sente por atropelar as regras sociais. Do seu ponto de vista, ele foi injustamente exilado muito antes de Cordelia, e nenhum dos personagens supostamente positivos condena o tipo de injustiça que ele sofre. Se é "defeituoso" de origem, se nada pode fazer para redimir-se aos olhos da sociedade, Edmund, em certa medida, está justificado em seus atos. Ao derrubar hierarquias que o inferiorizam, pelo menos de início Edmund desperta alguma simpatia. Como na culpa de Lear em relação aos pobres, por quem deveria ter feito mais enquanto era rei, misturado às ambições de Edmund há também o impulso por corrigir antigas injustiças. A diferença, novamente, é a modernização que ele encarna estar condenada a deteriorar a sociedade, pois Edmund não visa o bem-estar coletivo, preocupa-se apenas com sua afirmação individual.

"A NOITE FRIA NOS TRANSFORMARÁ A TODOS EM BOBOS E LOUCOS"

Na primeira referência ao Bobo, ficamos sabendo que por sua causa Lear agrediu fisicamente um dos cavaleiros de Goneril, já coroada rainha.[149] Na cena seguinte, quando Lear pergunta por ele, ficamos sabendo que, desde a partida de Cordelia, "o Bobo anda desconso-

---

[148] I, 1, 27.
[149] I, 3, 1.

lado".[150] Ao fazer sua entrada, o Bobo afirma que o novo servo do rei, Kent/Caius, deveria vestir seu barrete. Perguntado o motivo de estar dizendo isso, verbaliza sem meias palavras a situação política de Lear, antes mesmo que ela se configure inteiramente: "Por tomar o partido de quem caiu em desgraça".[151]

Estão dadas algumas informações importantes sobre o personagem: goza de especial apreço por parte do rei; lamenta a partida de Cordelia, e tem licença para falar verdades duras a Lear.[152] Durante a

---

[150] I, 4, 63-4.

[151] I, 4, 87.

[152] Tipo característico no teatro elisabetano, o bobo da corte foi consagrado por Shakespeare como o personagem que tem licença para falar verdades inconvenientes. Com língua ferina, usa de malícia para provocar os outros personagens, desafiando e ridicularizando suas ações, ou mesmo cumprindo a função de coro, capaz de comentar e analisar a própria trama. Na fase inicial da carreira do dramaturgo, este modelo aparece esboçado nos personagens Speed, em *Dois cavalheiros de Verona* (*c.* 1590-1598) e o Bastardo, em *Vida e morte do rei João* (*c.* 1590-1594). Em *Sonhos de uma noite de verão* (1595-1596), Puck se aproxima de um bobo, e Falstaff, em *Henrique IV* (1597-1598), também compartilha de algumas de suas características e do significado mais profundo dos bobos, isto é, o do espírito livre diante das convenções sociais. Contudo, é nas comédias posteriores que o tipo completa seu amadurecimento. Feste, em *Noite de reis* (1599-1601), e Touchstone, em *Como gostais* (1599), são bobos rematados. No segundo ato de *Como gostais*, vale mencionar, Jacques fornece, na soma de várias falas, uma *job description* completa do que é ser um bobo, e afirma que seu poder de crítica é capaz de "lavar o pustulento corpo do mundo infectado" (II, 7). A atitude sardônica dos bobos em relação aos defeitos da sociedade acrescenta uma vaga nota de seriedade às comédias.

Nas tragédias, o bobo funciona como alívio cômico, e isso acontece em *Rei Lear*, embora aqui ele seja levado a outro nível de expressão dramática, tornando-se uma espécie de *alter ego* do rei. Em outras peças, os bobos são figuras menos impactantes. Em *Tudo está bem quando acaba bem* (*c.* 1604), Lavatch é melancólico e desagradável; em *Troilo e Créssida* (1602-1603), Thersites é um disparador de insultos rancoroso e leviano, embora muito engraçado; em *Tímon de Atenas* (1606-1608), Apemantus, embora não seja efetivamente um bobo da corte, aproxima-se de Thersites.

A objetividade cortante dos bobos não condiz com o mundo das peças finais de Shakespeare, e o único representante do tipo nelas presente é Triúnculo, em *A tempestade* (1610-1611), que no entanto é mais um *clown* do que um *fool*. Existem diferenças sutis entre os dois tipos: os palhaços tendem a permanecer fora dos acontecimentos centrais do enredo, enquanto os bobos se envolvem com os personagens; o hu-

partilha do reino, Lear negou tal licença a Kent, um aliado fiel e um conde, e também à filha preferida, uma princesa. De todos os personagens que ousam lhe falar duras verdades, apenas ao Bobo o rei não deseja castigar jamais, pelo menos não a sério.

Desimpedidas, as falas do Bobo abordam vários, para não dizer todos, os *leitmotivs* da peça: a divisão do reino, o fato de Lear ter dissipado seu poder e colocado-se como dependente das filhas, sem um castelo para chamar de seu, o nada e o que tem valor, a mobilidade social, a perda da identidade de Lear, a ingratidão filial, a loucura, a misoginia, os cheiros, a cegueira e a visão, as falhas da natureza humana e a pequenez humana diante do mundo e do destino.

Alguns fatores podem explicar a liberdade do Bobo para confrontar o rei. Muitas vezes, ele o faz de modo a não agredir diretamente a autoridade de seu amo, por meio de charadas, parábolas, conselhos oblíquos, canções, duelos verbais e profecias aparentemente amalucadas. Quando o recrimina sem meias palavras, ele ocupa lugar tão baixo na hierarquia, social e moralmente falando, que não chega a incomodar. Ao longo da peça, a palavra *fool* é usada por Lear em vários sentidos, entre eles o de uma pessoa passiva e impotente; por Goneril, para descrever seu marido fraco, moralista e enganado por ela própria; e de novo por ela como sinônimo de homem público fraco e incapaz de defender seu povo.[153] O próprio Lear, de brincadeira, ameaça o Bobo com um chicote, evocando um castigo equivalente ao de escravos ou até de animais.[154]

Uma terceira razão é mesmo o grande afeto entre o Bobo e o velho rei. Os dois se tratam sempre por "tu", e não pelo "vós" mais formal. Além disso, o Bobo muitas vezes chama Lear como *nuncle*, literalmente "titio", ou "tiozinho", e que nesta versão foi traduzido como "vovô", em respeito à diferença de idade sugerida entre eles e por soar

---

mor dos palhaços é involuntário, o dos bobos, proposital, resultante de muita perspicácia, agilidade intelectual e verbal; em resumo, o palhaço é mais rústico, o bobo, mais sofisticado.

[153] II, 4, 266; IV, 2, 28 e 58.

[154] I, 4, 96.

mais natural. Lear corresponde com o carinhoso tratamento de "menino", ou "meu menino" (como se o Bobo fosse o filho homem que nunca teve).

Em sua defesa, como foi dito, Lear bate num cavaleiro de Goneril, e, durante a tempestade, pede-lhe que se proteja primeiro, entrando antes na choupana.[155] Graças às costas quentes que Lear garante ao Bobo, Goneril considera-o "sem limites", e o Bobo de fato tem a audácia de cutucar a rainha com suas canções.[156] Ele, por sua vez, retribui o tratamento que lhe é concedido pelo velho rei, aconselhando-o bem, por mais que seja um crítico ácido da maneira como Lear dissipou seu poder e exilou Cordelia. O Bobo o tranquiliza quanto ao fantasma da loucura; com "humor tenta vencer/ As feridas em seu coração"; roga-lhe que engula o orgulho e peça proteção às filhas contra a tempestade; demonstra preocupação com o fato de o rei não ter uma casa para morar; aconselha-o a evitar o encontro com o "espírito" Pobre Tom; e tenta chamar Lear à razão no julgamento delirante das filhas.[157]

Mais ou menos inofensivas, as canções e brincadeiras do Bobo algumas vezes antecipam o que está para acontecer. No primeiro ato, quando o rompimento de Lear com as filhas e a tempestade ainda estão longe, ele canta: "Um pardal ao cuco alimentou,/ Ele deu cria e depois o matou./ Assim a vela se extinguiu, e nós ficamos no escuro".[158] E por algumas vezes alerta Lear sobre futuras decepções com as rainhas. Primeiro comparando-as a duas maçãs de igual sabor, depois com o oráculo pessimista segundo o qual "O inverno ainda não acabou, se os gansos selvagens voam nessa direção", e ainda com a canção que diz:

---

[155] III, 4, 23-7.

[156] I, 4, 177 e 294-6.

[157] I, 5, 9; III, 1, 16-7; III, 2, 10-2 e 24-32 (entre várias outras referências à falta de um castelo próprio para o rei aposentado); III, 4, 38; III, 6, 45-7.

[158] I, 4, 192-4.

Pai que anda rasgado,
Causa nos filhos cegueira;
Pai de ouro carregado,
Ganha amor a vida inteira.[159]

Adiante, cantando, de novo ele anuncia a tempestade e a atitude das filhas em relação ao pai.[160] E quando não preveem o que vai acontecer, as "profecias" do Bobo fazem resumos perfeitos do que já está ocorrendo. Logo após a tempestade, ele canta:

E assim o reino bretão,
Cairá na maior confusão.
Quem viver verá, na hora de constatar,
Que os pés servem para andar.[161]

A conjugação dos verbos no futuro não engana àqueles que acabaram de ver o grande confronto entre Lear enlouquecido e a natureza em revolta — a confusão já se instalou na Bretanha. O Bobo enxerga a humanidade tão cruamente que chega a tratá-la como apenas uma entre outras espécies animais, igualmente presa às suas necessidades físicas, porém menos apta a enfrentar o rigor dos fenômenos climáticos.[162]

Outro aspecto interessante do personagem é sua capacidade de exprimir com elementos simples, prosaicos, às vezes de duplo sentido ou mesmo chulos, os imensos dilemas vividos por seu senhor e pelo reino como um todo. Peter Brook, um dos encenadores responsáveis por sacudir a poeira dos espetáculos shakespearianos a partir da segunda metade do século passado, acerta ao explicar a importância do Bobo para a economia geral da peça:

---

[159] I, 5, 11-5; II, 4, 43-8.

[160] II, 4, 71-4.

[161] III, 2, 90-3.

[162] II, 4, 6-9 e 63-4.

"*Rei Lear* nunca teria a mesma ressonância se essa figura extraordinária, poderosa, multidimensional, não fosse contrabalançada por algo como um pequenino arranha-céu com muitos andares, um arranha-céu de brinquedo de criança: o Bobo. E o modo como eles dois se interligam nos possibilita ir da portentosa jornada de Lear à sensatez terra a terra do Bobo.

É aí que a zona intermediária da obra de Shakespeare é tão importante, desde que sejamos capazes de ver e acolher todo o humor cru e ordinário."[163]

Qualquer forma de grandeza, vista pela ótica do Bobo, reduz-se a mais um exemplo da fragilidade da condição social. Por várias vezes, ele especula sobre uma troca de lugares com o rei enganado. É o que faz ao cantar "O bobo doce e o amargo/ Logo irão se revelar:/ O de guizos aqui a tilintar,/ O outro aí e sem um lar"; ou dizer: "Se fosses meu bobo, Vovô, eu te daria uma surra por teres ficado velho antes do tempo";[164] ou ainda, adiante, ao combinar a troca de posições com o rei ao tema do "nada": "Eu preferiria ser qualquer coisa que não um bobo, mas não queria ser quem és, Vovô. Tu descascaste teu juízo de ambos os lados e não deixaste nada no meio".[165] Além de Lear, nobres e damas também são bobos, na visão do Bobo.[166] Ele é a inversão ambulante do mundo.

No correr da peça, o Bobo acaba deixando a simples condição de personagem e torna-se um *leimotiv* em si. A palavra "bobo" vira sinônimo de "humano", ser vulnerável às agruras do meio natural e indefeso diante das engrenagens da história e de desígnios superiores, impostos por divindades ou por uma ideia mais abstrata de destino. A noite fria transforma todos em "bobos e loucos", as dores do mundo os transformam em "bobos da tristeza", e o mundo nada mais é que

---

[163] Peter Brook, *ibidem*, p. 56.

[164] I, 4, 127-30; I, 5, 34-5.

[165] I, 4, 162-4.

[166] I, 4, 131-7.

o "grande palco dos bobos".[167] Esta última imagem ecoa na frase de Gloucester que pode ser considerada uma chave para a peça: "Feito moscas para meninos travessos, somos nós para os deuses;/ Eles nos matam por diversão".[168]

A palavra *fool*, pela indeterminação de gênero na língua inglesa, é responsável também por uma armadilha para a tradução em português, quando Lear chora a morte de Cordelia.[169] Esteja ele referindo-se à filha de forma carinhosa ou, em um indício de sua falência mental definitiva, de fato evocando o Bobo, não é descabido enxergar nessa ambiguidade, após tantas ocasiões em que o termo *fool* foi usado para designar a humanidade em geral, uma extrapolação do caso particular e uma referência a todas as vítimas das dolorosas engrenagens do tempo e da sociedade. Uma apreensão multiconsciente, que abarque todos os sentidos, é, aqui e em várias outras passagens, a melhor maneira de lidar com as diversas interpretações possíveis.

O último elemento curioso no personagem do Bobo é a maneira misteriosa com que ele some da peça ainda no terceiro ato. Já abrigados da tempestade, e logo após o julgamento delirante das filhas que o traíram, Lear é posto para descansar. Neste momento, o Bobo se despede dizendo: "E eu irei para a cama ao meio-dia".[170] Obviamente, é um aviso cifrado de que irá desaparecer antes da hora. Conveniências dramatúrgicas decerto contribuíram para que Shakespeare optasse por abrir mão do personagem. Os atos IV e V não exigem sua presença; os altos e baixos emocionais de Lear — do isolamento na floresta e do encontro com Gloucester, passando pelo reencontro com Cordelia e a prisão de ambos, até a morte da filha e a dele — perderiam força com um elemento agregado, que distrairia a atenção e dividiria os afetos do velho rei. Mas, além do sumiço do Bobo permitir maior foco na relação entre o pai e a filha, talvez haja outro motivo por trás da escolha de Shakespeare.

---

[167] III, 4, 73; IV, 1, 38; IV, 6, 177 e 185.

[168] IV, 1, 36-7.

[169] V, 3, 306. Ver nota 15, p. 387.

[170] III, 6, 78.

Dos três personagens que por amor repreendem os excessos de Lear, o Bobo é o único que não tem vida própria, isto é, um fio de trama exclusivamente seu. Cordelia e Kent passam o restante da peça executando seus respectivos planos para salvar a Bretanha e o rei. Embora altruístas, suas ações e seus deslocamentos obedecem a uma decisão individual. Já o Bobo funciona como uma espécie de voz da consciência de Lear, intrinsecamente ligado ao seu senhor. Na medida em que o rei, ao final do terceiro ato, alcança a lucidez da loucura, um estágio superior de sabedoria da vida, de compreensão de si e dos outros, é como se ele internalizasse o que o Bobo lhe dizia por meio de charadas, piadas e canções. Equivalente a "nada" na escala de aferição de valores da primeira parte da peça, o Bobo tinha como função manter em xeque esta escala. Quando as hierarquias do passado já não existem para Lear, torna-se dispensável outro personagem a repetir o que ele agora já sabe e verbaliza sozinho.

"Eu tropecei enquanto enxergava"

O conde de Gloucester, assim como Lear, se equivoca na leitura do caráter de seus filhos. Assim como Lear, sofrerá as consequências deste erro. A descrição da morte de Gloucester, "Entre duas emoções extremas, alegria e tristeza —/ Explodiu num sorriso", aproxima-se do que se poderia especular sobre a de Lear, que, no Fólio de 1623, parece morrer acreditando na fantasia de Cordelia ainda estar viva.[171] E todo o sofrimento do velho rei é descrito por Kent como a "tortura deste rude mundo",[172] numa formulação que descreve mais concretamente a cena em que Gloucester é mutilado.

Ainda que feitas tais aproximações, e que a passagem mais abjeta e sanguinolenta da peça, da qual Gloucester é a vítima, dê muita força para seu personagem e para a segunda trama como um todo, é evidente que o processo de tomada de consciência do conde não pode ser

---

[171] V, 3, 198-9 e 311-2. Ver nota 16, p. 387.

[172] V, 3, 315.

tão vasto quanto o de Lear. Se Lear sofre num plano elevado, erguido acima do espectador/leitor, tanto por atingir maior nível da lucidez em seus delírios, quanto por ter seu destino individual mais diretamente ligado aos desequilíbrios do reino e da natureza, o mesmo não ocorre no caso de Gloucester, que, embora seja conde, não encarna a autoridade divina no mundo terreno e está, neste sentido, mais próximo do homem comum. Se a tomada de consciência de Lear é gradual, porque precisa ir muito mais longe, a de Gloucester pode acontecer de uma só vez.

Preso por alta traição, ele é amarrado a uma cadeira e tem um olho esmagado e o outro arrancado por Cornwall.[173] Num transe de dor e desespero, Gloucester roga a Edmund que o vingue, quando então ouve de Regan que foi o próprio filho bastardo quem o denunciou: "Oh, que loucura a minha! Então Edgar era inocente./ Deuses bondosos, perdoai-me; e ajudai meu filho!".[174]

Goneril é a primeira a dar a ideia de arrancar os olhos de Gloucester,[175] mas, numa jogada sutil, Shakespeare faz também o conde plantar em nossa cabeça uma sugestão do que está por acontecer. Ao ser interrogado sobre os motivos que o levaram a proteger o velho rei, ele desafia Regan dizendo: "Por não admitir que tuas unhas cruéis/ Arrancassem-lhe os olhos".[176] Inúmeras referências à visão se sucedem ao longo da cena, com Gloucester ameaçando seus algozes com uma vingança que ele ainda há de ver, e eles se certificando de que ele jamais enxergue coisa alguma dali em diante.

A cena é perturbadora em vários sentidos, sobretudo, claro, pela violência exacerbada. Em menor escala, mas não desprezível diante das leis naturais, por representar uma quebra flagrante daquela que obrigava hóspedes a serem gratos ao anfitrião — Gloucester está em seu próprio castelo e chama a atenção para isso pelo menos duas vezes.[177]

---

[173] III, 7, 27-83.

[174] III, 7, 90-1.

[175] III, 7, 5.

[176] III, 7, 55-6.

[177] III, 3, 1-5; III, 7, 38-40.

Mas é perturbadora também no plano político. Das autoridades legalmente constituídas, no caso uma rainha e o duque seu marido, a plateia elisabetana esperava inclemência contra quem se aliasse a exércitos invasores. E Gloucester cometeu tal crime, ela própria viu,[178] mas sabe que o fez em defesa do velho rei e contra a exagerada inclemência das novas rainhas com o pai. O que surge diante do espectador/leitor, portanto, é uma situação em que se está fazendo justiça e injustiça, sobre alguém que é culpado e bem-intencionado ao mesmo tempo. Assim como no caso de Lear — cuja expulsão para a charneca caracteriza o excesso que torna as filhas definitivamente vilãs —, aqui novamente é o excesso de força que permite a distinção entre o Bem e o Mal.

Todo o conjunto de imagens e palavras que Shakespeare mobiliza para explorar poeticamente o ato de enxergar, ou de não enxergar, é um dos onipresentes *leitmotivs* da peça, uma cadeia de significados que percorre todo o texto, evocada por todos os personagens:

— durante a partilha do reino, Goneril diz ao pai que a matéria de seu amor por ele "É mais preciosa que a visão, o espaço e a liberdade", e em seguida o tema da visão é usado por Kent, ao implorar a Lear que acredite nele: "Vê bem, Lear, e permite que eu seja sempre/ O autêntico alvo dos teus olhos!".[179]

— os olhos são aproximados a joias, seja por simples vizinhança no verso ("Joias de nosso pai, com olhos úmidos"), seja em relação direta, como quando Edgar relembra o momento em que viu o pai cego pela primeira vez — "Encontrei meu pai e nele dois anéis sangrentos,/ Perdidas suas pedras preciosas" —, ou ainda quando um fidalgo descreve as lágrimas puras de Cordelia — "As hóspedes em seus olhos, que de lá partiam/ Feito pérolas saídas de diamantes".[180] A preciosidade dos olhos chega a tirar do sério o equilibrado e pouco ambicioso Albany, que ao saber do crime de Cornwall jura vingar os que Gloucester perdeu.[181]

---

[178] III, 3, 8-15.

[179] I, 1, 51 e 153-4.

[180] I, 1, 263; V, 3, 190-1; IV, 3, 20-1.

[181] IV, 2, 94-6.

— o brilho dos olhos é uma característica demoníaca, mencionada no julgamento de Goneril e Regan, ocorrido na fantasia de um Lear delirante, quando Edgar diz: "Vê, o demônio está ali e seus olhos soltam faíscas! Quer que estes olhos assistam a seu julgamento, madame?". Mais tarde, o mesmo Edgar, num de seus disfarces, torna a frisar: "Daqui de baixo, pensei que seus olhos/ Fossem um par de luas cheias; [...] Era algum demônio".[182]

— quando Edmund finge esconder a carta que falsificou com a caligrafia de Edgar, Gloucester conecta o tema da visão ao já mencionado tema do nada: "Vamos ver, andai! Se não for nada, nem precisarei dos óculos". E a própria carta recorre ao sentido da visão: "Começo a enxergar uma servidão ociosa e tola na opressão da tirania envelhecida".[183]

— quando Lear é desautorizado por Goneril pela primeira vez, seus olhos são marcos importantes de sua identidade: "Lear não anda assim? Não fala assim? Onde estão seus olhos?".[184] Adiante na peça, um Gloucester já cego pergunta ao Lear delirante se o reconhece, e o rei novamente se atém aos olhos como marca de identidade: "Lembro de teus olhos muito bem".[185]

— Albany alerta a esposa de que, às vezes, enxergar demais pode fazer mal: "O quão longe estais enxergando, eu não saberia dizer;/ Mas, tentando o melhor, periga o bom corromper".[186]

— a visão também revela o mal escondido: "Tu que, sob aparência e cobertura respeitáveis,/ Atentaste contra a vida alheia. Culpas trancadas,/ Rompei vossas paredes e implorai perdão"; "Então eles que dissequem Regan e vejam o que brota de seu peito. Que razão teria a Natureza para fazer corações tão secos e duros?". É a esse poder revelador que Lear se refere em seu despertar para a falsidade das aparên-

---

[182] III, 6, 21-2; IV, 6, 69-72.

[183] I, 2, 33-4 e 46-7.

[184] I, 4, 204.

[185] IV, 6, 134.

[186] I, 4, 322-3.

cias: "Através de farrapos, pequenos vícios aparecem,/ Togas e mantos de pele a tudo escondem".[187]

— do sentido visual podem depender os demais, diz Edgar, num de seus disfarces, para o pai já cego: "Ora, então decaem vossos outros sentidos/ Em função do tormento nos olhos".[188] Mas, como a visão pode ser enganadora, mesmo sem os olhos um homem deve compreender a realidade, usando os outros sentidos, como diz Lear a Gloucester quando se encontram na floresta a caminho de Dover: "O quê? Estás louco? O homem pode ver sem os olhos como anda o mundo. Olha com os ouvidos".[189] O Bobo trabalhara antes a complementaridade dos sentidos, ao perguntar a Lear por que o nariz fica no meio da cara e responder ele próprio: "Ora, para ter um olho de cada lado do nariz; assim, o que um homem não fareja, ele pode espiar".[190] E adiante ele insiste na ideia: "Os que seguem o nariz são guiados pelos olhos, menos os cegos; e nenhum nariz entre vinte deixa de saber quem cheira mal".[191]

— o olhar é ainda instrumento de poder e força. Lear, na lucidez da loucura, alude a isso: "Diante do meu olhar, vede como treme o súdito./ Eu poupo a vida deste homem". E Edmund também, ao justificar a prisão de Lear e Cordelia: "Sua idade, mais seu título, têm encantos/ Capazes de angariar o amor do povo/ E voltar lanças suscetíveis contra nossos olhos,/ Seus reais comandantes".[192] E Lear, convencido da natureza corrompida da humanidade, vê nos olhos uma perigosa arma de destruição: "Oh, sois homens de pedra!/ Tivesse eu vossas línguas e vossos olhos, eu os usaria/ Para rachar a cúpula do paraíso".[193]

---

[187] III, 2, 54-6; III, 6, 70-1; IV, 6, 158-9.

[188] IV, 6, 5-6.

[189] IV, 6, 146-7.

[190] I, 5, 18-9.

[191] II, 4, 64-6.

[192] IV, 6, 106-7; V, 3, 49-52.

[193] V, 3, 258-60.

— os olhos aparecem ainda como porta para o sofrimento: "É triste ver assim o mais reles desgraçado,/ Que dirá um rei!", exclama o fidalgo enviado por Cordelia. E, na mesma cena, Edgar repete a ideia, ao imaginar o efeito que a prova material do adultério de Goneril provocará em seu marido: "Com esta perniciosa carta afrontarei a visão de Albany/ Cujo fim ela contrata". Uma terceira vez a ideia é utilizada, mas agora a visão, aliada à experiência, traz, além do sofrimento, piedade: "Um homem muito pobre, resignado aos golpes da Fortuna,/ Que, graças a dores vistas e vividas,/ Tem a piedade dentro de si".[194]

— por fim, no entender de Edgar, os olhos são ainda o preço do adultério cometido pelo pai, erro que gerou o vilão Edmund: "O leito escuro e sórdido onde ele a ti concebeu/ Custou-lhe os olhos".[195]

Tal profusão de referências, e de significados a elas conferidos, tem seu porta-voz principal no conde de Gloucester. Se a cadeia poética ligada à visão se concretiza e atinge o clímax quando Cornwall o deixa cego, ela se mantém muito presente enquanto Gloucester, já expulso do próprio castelo, sem-teto como Lear, é guiado por um antigo colono, e depois pelo filho disfarçado, até Dover. O exército de Cordelia lá se prepara para a guerra, invasor e libertador ao mesmo tempo. Ao contrário de Lear, o conde não deblatera contra o que sofreu e tampouco desafia a natureza. Ele aceita seu castigo com uma resignação instável e apenas a vaga esperança de felicidade. O tema da visão serve de canal poético para exprimir ambos e, em dada passagem, combina-se ao tema da aferição de valor, e mostra o quanto Gloucester se recrimina por ter lidado mal com as virtudes e os pecados de si e dos outros:

Não tenho caminho a seguir, logo, não preciso de olhos;
Eu tropecei enquanto enxergava. A toda hora vemos:
Nossos recursos nos iludem, mas nossos defeitos
Provam-se mais valiosos. Oh, Edgar, filho querido,
Alimentaste a fúria de teu pai enganado!

---

[194] IV, 6, 199-200, 267-8 e 216-8.
[195] V, 3, 173-4.

> Se antes de morrer meus dedos pudessem ver-te,
> Eu diria ter olhos de novo![196]

Adiante, a cegueira, combinando-se à ideia da loucura, leva o fatalismo de Gloucester a um plano mais amplo, social e histórico: "É o mal dos tempos, quando os loucos guiam os cegos".[197] Embora dita em referência a Edgar, disfarçado do louco Pobre Tom, que o guiará até Dover, a frase transcende a cena em si e paira sobre a dimensão política da peça.

É de fato a ausência dos olhos — os quais o Pobre Tom, ao consolá-lo, julga doces mesmo sob os curativos[198] — que leva Gloucester a um despertar para a realidade social à sua volta:

> Para o homem vaidoso e na luxúria satisfeito,
> Que julga controlar vossas leis, que não enxerga
> Porque não sente, sentir logo vossa força;
> A distribuição deve anular o excesso
> E todo homem, ter o bastante.[199]

O tema da visão aparece pelo menos uma vez combinado ao da "paciência", no caso entendida como resignação. Lear diz a Gloucester, quando se encontram no caminho para Dover:

> Se queres chorar por mim, toma meus olhos.
> Eu te conheço bem; teu nome é Gloucester.
> Deves ser paciente; nós chegamos aqui chorando;
> Bem sabes, logo que cheiramos o ar,
> Uivamos e gritamos.[200]

---

[196] IV, 1, 18-24.

[197] IV, 1, 46.

[198] IV, 1, 53-4.

[199] IV, 1, 66-70.

[200] IV, 6, 170-4.

E também é a cegueira de Gloucester que permite a Shakespeare construir o grande *coup de théâtre* da peça. O conde, consumido de culpa e sofrimento, é levado por seu misterioso acompanhante — o filho Edgar disfarçado — até a beira de um suposto penhasco, de onde pretende se jogar. Edgar avisa ao espectador/leitor que está enganando o pai cego, não há penhasco algum, mas somente após descrever com detalhes a paisagem vista das alturas.[201] As diferentes proporções do que é visto do alto e à distância, esmiuçadas por Edgar de forma tão verossímil, o evocado barulho do mar no cascalho da praia, ativam a ilusão em Gloucester. Por algum tempo, uma ponta de dúvida é compreensível até para quem assiste à peça ou lê o texto. A cena é um perfeito exemplo do quão era importante a sugestão poética num teatro pobre de realismo cenográfico — por alguns instantes, Gloucester está para Edgar como a plateia e os leitores estão para Shakespeare; as palavras que ele ouve criam em sua imaginação uma realidade falsa, porém convincente e capaz de produzir fortes emoções.

Diante do olhar dos deuses, e com nova referência à "paciente aceitação",[202] Gloucester se joga no abismo criado pelas palavras, esperando morrer. Ao ter frustrado seu intento, no engano ao mesmo tempo doloroso e patético a que foi submetido, nem mesmo a ausência de seus olhos permite que ele fuja do sofrimento: "Ai de mim, não tenho olhos./ A infelicidade não goza do privilégio/ De matar a si mesma?".[203]

A tentativa de suicídio deve fracassar também porque tal ato era tido como pecado mortal pelos contemporâneos de Shakespeare, o epítome da ausência de fé, e nenhuma redenção poderia ser atingida desta forma. Edgar, assim, explora o desespero do pai de modo a restaurar sua esperança, ou pelo menos inspirar a aceitação de que o sofrimento faz parte do "milagre" da vida.[204] E ambos saem transformados do episódio. Edgar, já não um mendigo louco e sim um pescador, fala do

---

[201] IV, 6, 11-24.

[202] IV, 6, 36.

[203] IV, 6, 60-2.

[204] IV, 6, 41-67.

suposto suicídio do pai como um pesadelo que terminou com o demônio voando para longe, como se a queda tivesse exorcizado Gloucester por concessão e graça dos deuses mais puros.[205] Somos testemunhas de que ali, ao nível do mar, só lhes resta olhar para o alto e aguentar suas dores. Entre eles, o pior havia ficado para trás.

A cena toda pode ser vista como subversão da pantomima, ou a recuperação quase circense das *morality plays* medievais, com seu jeito farsesco de filosofar, na qual Gloucester representaria a humanidade; ou como uma combinação do elemento grotesco ao enquadramento da tragédia. Sempre, nesses dois últimos registros, os personagens perdem a luta com o absoluto. A derrota do herói trágico é a confirmação e o reconhecimento deste absoluto, dando a medida humana em contraposição a ele, enquanto a do grotesco iria ainda mais longe, fazendo a crítica do absoluto, uma última etapa em sua dessacralização (descartados os deuses pagãos, o Deus cristão, a justiça da natureza, o sentido de destino e a história dotada de razão e necessidade), que faz do absoluto uma força sem controle e uma situação inescapável, que não conduz à catarse e, portanto, em nenhum momento produz alívio. "O absoluto não é dotado de quaisquer razões últimas: é simplesmente mais forte. O absoluto é absurdo."[206] O suicídio de Gloucester deveria ser um protesto contra a injustiça dos deuses; porém, se eles não existem, ou se desprezam o sofrimento humano, torna-se apenas "uma cambalhota num palco vazio". Pôr em cena tais interrogações, tão abstratas e filosóficas, de forma tão concreta, é um feito shakespeariano, um prenúncio, com alguns séculos de antecedência, do Teatro do Absurdo.[207]

À luz das transformações por que passam Lear, Gloucester e Edgar em seus respectivos suplícios, pode-se talvez inferir os motivos que, ao final da peça, qualificam este último, acima dos outros candidatos remanescentes, a ocupar o trono da Bretanha. Albany renuncia ao po-

---

[205] IV, 6, 69-74.

[206] Jan Kott, *Shakespeare nosso contemporâneo*, São Paulo, Cosac Naify, 2003, pp. 129-30.

[207] *Ibidem*, pp. 143 e 147-9.

der duas vezes. A primeira se compreende, pois o faz em nome de Lear, muito embora seja óbvio que o velho rei está depalperado demais para governar; mas na segunda, sem maiores explicações, o duque ratifica sua inapetência para o mando, tantas vezes apontada pela esposa Goneril.[208]

Kent também irá abrir mão do poder, este porque, preso a um antigo conceito de fidelidade — talvez resquício do estoicismo latino e seus suicídios virtuosos, última pitada do embaralhamento temporal —, pretende terminar a própria vida junto à de seu senhor.[209]

Resta Edgar. A peça termina antes que ele seja oficialmente coroado, mas é quem sobra. E é o homem certo, se o embate que estrutura toda a peça — entre a concepção estática da sociedade, herança medieval na qual tudo estava no seu devido lugar, compartilhada pelos dois anciãos e seus próximos, e a sociedade moderna de Goneril, Regan e Edmund, feita de dura afirmação individual e áspera mobilidade social — chegou a um resultado positivo, isto é, a uma nova ideia de justiça e a um novo sentido de humanidade, válido para todos no reino, inclusive para os governantes.

A continuação da história, filha do choque entre dois mundos, obriga o futuro rei a uma síntese. Para proteger sua autoridade, que vem de longe no tempo, e com ela promover o bem de todos, ele precisa aprender a separar os indivíduos de suas respectivas condições sociais e relações familiares — princesas, condes, mendigos, criados, filhos, irmãos etc. — e avaliar o caráter de cada um com muito cuidado. Deve enfrentar consciente as disputas e intrigas à sua volta, mas sem descartar os valores humanos mais antigos e positivos, as leis a favor da vida, do amor, da justiça, da empatia e da prosperidade coletiva. É sua responsabilidade tornar os novos tempos menos cruéis, usando a melhor parte do passado.

Uma vez morto Lear, somente Edgar viveu na carne a humanidade dos miseráveis. Tendo passado a primeira parte da vida como um

---

[208] V, 3, 299-301 e 320-1.

[209] V, 3, 322-3. No quinto ato de *Hamlet*, o personagem Horácio, melhor amigo do príncipe da Dinamarca, também evoca o desejo de morrer por um suicídio virtuoso, símbolo de extrema fidelidade, após a morte do protagonista.

jovem aristocrata fútil e leviano,[210] ao longo de seu tempo na proscrição ele foi mendigo, louco, camponês bem articulado, camponês analfabeto, pescador e cavaleiro misterioso. Aprendeu a manipular as aparências e o sentimento alheio, mas usando tais recursos de forma generosa, baseado nos valores essenciais de outrora. Ele percorreu toda a cadeia hierárquica, e está, portanto, preparado para encarnar o conjunto daquela sociedade. Como se, ao custo de gigantesco sofrimento, a renovação tivesse alcançado um equilíbrio imprevisto, que contrabalança, alguns tons abaixo, o clima predominante de niilismo e destruição geral.

Bibliografia

Boyce, Charles. *Shakespeare A to Z: The Essential Reference to His Plays, his poems, His Life and Times, and More*. Nova York: Laurel Trade Paperback/Roundtable Press Book/Dell Publishing, 1990.

Brook, Peter. *Reflexões sobre Shakespeare*. São Paulo: Edições Sesc, 2013.

_____. *Na ponta da língua*. São Paulo: Edições Sesc, 2019.

Fernandes, Millôr (trad.). *Rei Lear*. Porto Alegre: L&PM, 1997.

Flores, Lawrence (trad.). *Rei Lear*. São Paulo: Penguin/Companhia das Letras, 2020.

Fraser, Russell (org.). *The Tragedy of King Lear*. Nova York/Ontario: New American Library/Penguin, Signet Classics, 1986. [Obs.: Além de fragmentos das fontes usadas por Shakespeare, esta edição contém ensaios inéditos e excertos de textos e de livros cruciais na recepção da obra. No primeiro grupo estão: Harry Levin ("The Heights and the Depths: A Scene from *King Lear*"); Linda Bamber ("The Woman Reader in *King Lear*"); e Sylvan Barnet ("King Lear on Stage and Screen"). E no segundo: Samuel Johnson ("Preface to Shakespeare" e "*King Lear*"); A. C. Bradley (*Shakespearian Tragedy*); Harley Granville-Barker (*Prefaces to Shakespeare*); e Maynard Mack (*King Lear in Our Time*)].

Frye, Northrop. *Sobre Shakespeare*. São Paulo: Edusp, 1986.

Heliodora, Barbara. *A expressão dramática do homem político em Shakespeare*. Rio de Janeiro: Paz e Terra, 1978.

_____. *Falando de Shakespeare*. São Paulo: Perspectiva, 1997.

---

[210] III, 4, 78-87.

_____ (trad.). *Rei Lear*. Rio de Janeiro: Lacerda Editores, 1998.

_____. *Reflexões shakespearianas*. Rio de Janeiro: Lacerda Editores, 2004.

HUNTER, G. K. (org.). *King Lear*. Harmondsworth: Penguin Books, 1987.

KOTT, Jan. *Shakespeare nosso contemporâneo*. São Paulo: Cosac Naify, 2003.

NUNES, Carlos Alberto (trad.). *Shakespeare, teatro completo: tragédias*. Rio de Janeiro: Agir, 2008.

THOMAS, K. *Religião e o declínio da magia*. São Paulo: Companhia das Letras, 1991.

THOMPSON, Ann. *The Critics Debate: An Introduction to the Variety of Criticism about King Lear*. Nova York: Macmillan Publishers, 1988.

YOSHINO, Kenji. *A Thousand Times More Fair: What Shakespeare's Plays Teach Us About Justice*. Nova York: HarperCollins, 2012.

Sobre o autor

William Shakespeare (1564-1616), filho de John Shakespeare, oriundo da baixa aristocracia rural inglesa, com Mary Arden, filha de um grande fazendeiro e arrendatário de terras. Passou os primeiros vinte anos na cidade de Stratford-upon-Avon, onde seu pai se tornara um membro destacado da sociedade e da administração locais. A prosperidade paterna, contudo, durante a juventude do filho, foi relativizada por obscuras dificuldades financeiras, que, embora jamais tenham comprometido o nível de vida da família, levaram duas décadas para ser resolvidas. Não são conhecidos detalhes de sua trajetória escolar, mas William Shakespeare sem dúvida frequentou as chamadas Grammar Schools, onde estudou sobretudo a literatura latina, em latim. O futuro dramaturgo deve ter deixado os estudos aos quinze anos, uma idade normal para a época, talvez com o intuito de ajudar o pai endividado arrumando algum trabalho — especula-se que tenha sido professor assistente na escola, secretário num escritório de advocacia e/ou jardineiro. É mais lógico e provável, porém, que tenha trabalhado para o próprio John Shakespeare, um comerciante de artigos agrícolas e dono de uma confecção de luvas. Em 1582, William engravidou a filha de um fazendeiro das redondezas, Anne Hathaway, oito anos mais velha, e os dois casaram-se apressadamente. Em 1583 nasceu a primeira filha do casal, Susanna, e logo vieram os gêmeos, Hamnet e Judith, registrados em 1585. Daí até 1592, nada se sabe sobre a vida do jovem Shakespeare, caracterizando o período que os biógrafos batizaram de "os anos perdidos". Novamente as especulações abundam: ele teria sido flagrado caçando ilegalmente nas terras de um nobre e viu-se obrigado a fugir para Londres; teria se alistado no exército e ido lutar na Holanda contra as forças espanholas; teria arrumado um emprego na indústria gráfica, como fez o amigo de Stratford Richard Field, e mudado para a capital do reino.

Certamente, em algum ponto dos anos perdidos, Shakespeare ingressou no mundo do teatro. Em 1592, ele aflora novamente na documentação sobrevivente, residindo em Londres e já um ator e dramaturgo de alguma projeção, respeitado e admirado por alguns, criticado e menosprezado por outros. As primeiras companhias teatrais a que pode ter se vinculado são: Pembroke's Men, Admiral's Men, Sussex's Men e/ou Strange's Men. Sua carreira e toda a vida teatral da época, contudo, foram mais de uma vez interrompidas por irrupções da peste na capital inglesa. Numa primeira ocasião, entre 1592 e 1594, ele se voltou à produção de longos poemas narrativos — *Vênus e Adonis* e *O estupro de Lucrécia* —, na época considerados mais dignos de um grande artista do que as peças de teatro. Seu mecenas era o conde Southampton, cuja amizade com Shakespeare é um dos poucos tópicos sobre sua vida não documentado porém consensualmente aceito pelos estudiosos. Em 1594, seu nome aparece pela primeira vez como acionista de uma companhia, a Chamberlain's Men, que sucedera a Strange's Men. Ele permaneceria com ela até o fim de sua vida nos palcos. Naqueles primeiros anos na companhia, enfileirou sucessos como *Romeu e Julieta*, *Ricardo III* e *Vida e morte do rei João*, entre outros. Àquela altura, ele e a Chamberlain's Men tinham como base o Swan Theatre, em Londres. Entre 1596 e 1603, produziu novos sucessos, entre os quais *Henrique V*, *Júlio César* e *Hamlet*. Durante a década de 1590, escreveu também seus famosos sonetos e o poema *A fênix e a pomba*. Em 1596, seu pai obteve — ou William comprou para ele? — um título nobiliárquico, e sua família adquiriu uma grande mansão em Stratford, encerrando o longo tempo de atribulações financeiras. No mesmo ano, porém, seu filho Hamnet morreu, aos onze anos. Embora durante anos suas idas a Stratford não tenham sido registradas de forma alguma, ainda que presumivelmente ocorressem, a partir deste momento de prosperidade os documentos atestam seus interesses financeiros na localidade. Em 1598, foi apontado como um dos maiores produtores de grãos da região e é citado como um de seus grandes homens de negócios. Em 1599, Shakespeare entrou como sócio no Globe Theatre, em Londres, um empreendimento bem-sucedido que fez sua fortuna crescer ainda mais. John Shakespeare morreu em 1601, mas os negócios de William em Stratford se ampliaram, com novos investimentos e terras sendo adicionadas à mansão da família. Após a ascensão do rei Jaime, em 1603, a companhia teatral de Shakespeare foi integrada à corte, sob o nome de King's Men, e o número de performances perante o rei mais que dobrou. Nos primeiros cinco anos deste reinado, o dramaturgo se superou, escrevendo e produzindo, entre outras peças, *Othello*, *Medida por medida*, *Rei Lear*, *Macbeth* e *Antônio e Cleópatra*. Em 1608 sua companhia adquiriu também o Blackfriars Theatre, de clientela mais sofisticada e maiores recursos cênicos. Neste período, Shakespeare produziu suas peças finais, com destaque para *Péricles*, *Conto de inverno* e *A tempestade*. Aproximando-se de sua aposentadoria da vida teatral, Shakespeare começou a trabalhar em parceria com John Fletcher, nas peças *Cardênio*, *Dois primos nobres* e *Henrique VIII*. A partir de 1612 já residia novamente em Stratford, mas alguns estudiosos acreditam que a mudança pode ter ocorrido um ou dois anos antes. Como grande proprietário, Shakespeare era um dos líderes da cidade e continuou aumentando seu patrimônio imobiliário. Em 1616, seu advogado, Francis Collins, preparou uma versão do testamento do ex-dramaturgo, mas o casamento de sua filha Judith com um homem de má reputação fez com que Shakespeare o reescrevesse, protegendo contra o genro a porção da herança a que a filha tinha direito. Shakespeare faleceu em 23 de abril de 1616, de causas desconhecidas. Ainda que, meio século mais tarde, John Ward (1629-1681), um vigário de Stratford-upon-Avon, atribua a morte do dramaturgo a uma forte bebedeira, em companhia dos amigos e colegas nas letras Ben Johnson (1592-1637) e Michael Drayton (1629-1681), nenhum outro documento ratifica tal hipótese.

Sobre o tradutor

Rodrigo Lacerda é escritor, tradutor, editor e doutor em Teoria Literária e Literatura Comparada (2006) pela Universidade de São Paulo. Publicou, entre outros, os livros: *O mistério do leão rampante* (novela, 1995, prêmios Jabuti e Certas Palavras); *Vista do Rio* (romance, 2004, finalista dos prêmios Zaffari & Bourbon, Portugal Telecom e Jabuti); *O fazedor de velhos* (romance juvenil, 2008, prêmios Biblioteca Nacional, Jabuti e Fundação Nacional do Livro Infantil e Juvenil); *Outra vida* (romance, 2009, prêmio da Academia Brasileira de Letras, segundo lugar nos prêmios Biblioteca Nacional e Portugal Telecom); *A república das abelhas* (romance, 2013, finalista dos prêmios Portugal Telecom e São Paulo, 2014); *Hamlet ou Amleto? Shakespeare para jovens curiosos e adultos preguiçosos* (juvenil, 2015, prêmio Jabuti de Melhor Adaptação); *Todo dia é dia de apocalipse* (juvenil, 2016, finalista do prêmio APCA); *Reserva natural* (contos, 2018, prêmio APCA, finalista dos prêmios Rio de Janeiro e Jabuti); e *O Fazedor de Velhos 5.0* (juvenil, 2020). Traduziu para o português autores como William Faulkner, Alexandre Dumas, Raymond Carver, Charles Dickens e H. G. Wells, tendo recebido, em parceria com André Telles, o prêmio Jabuti de Melhor Tradução de Língua Francesa, em 2009, e o de Melhor Tradução, em 2011. Integrou a equipe de algumas das mais importantes casas editoriais do Brasil, como Nova Fronteira, Nova Aguilar, Editora da Universidade de São Paulo, Cosac Naify, Zahar e Record.

Este livro foi composto em Sabon,
pela Franciosi & Malta, com CTP
e impressão da Edições Loyola em
papel Pólen Natural 80 g/m² da Cia.
Suzano de Papel e Celulose para a
Editora 34, em dezembro de 2022.